每一次的破茧成蝶，只为寻觅到我和我的终身灵魂伴侣。

——柏拉图

蓝色依米花

纳兰香未央 段子 著

九州出版社 | 全国百佳图书出版单位

图书在版编目（CIP）数据

蓝色依米花 / 纳兰香未央，段子著. -- 北京：九
州出版社，2022.11
　　ISBN 978-7-5225-1330-0

　　Ⅰ. ①蓝… Ⅱ. ①纳… ②段… Ⅲ. ①言情小说－中
国－当代 Ⅳ. ①I247.5

中国版本图书馆CIP数据核字(2022)第206804号

蓝色依米花

作　　者	纳兰香未央　段子　著	
责任编辑	赵恒丹　曹　环	
出版发行	九州出版社	
地　　址	北京市西城区阜外大街甲 35 号（100037）	
发行电话	(010)68992190/3/5/6	
网　　址	www.jiuzhoupress.com	
印　　刷	北京市北方华天彩色印刷有限公司	
开　　本	710 毫米 ×1000 毫米　16 开	
印　　张	20.25	
字　　数	268 千字	
版　　次	2023 年 4 月第 1 版	
印　　次	2023 年 4 月第 1 次印刷	
书　　号	ISBN 978-7-5225-1330-0	
定　　价	48.00 元	

序

杨凤良 / 文

战乱，维和，救援……

偶遇，相识，相爱……

波澜壮阔的背景勾画，衬托出当今世界的大格局；

丝丝入扣的情感描写，镌刻了一对恋人的感情历程。

因为职业的原因，开始阅读这部小说的时候，我有一种期待，希望它能提供一个好的电影故事，甚至奢望它能是一种佳构，毕竟这样的小说太稀少了。

不过，随着阅读的进行，它没有我期待的戏剧佳构，也没有我理想中的所谓电影故事。但是它全景式的叙事，大量的心理描写和对话……让我被深深地吸引了，被小说中的人物灵魂震撼了。

灵魂伴侣，这是何等难以企及的爱情高度！近乎理想化的男女主人公，在这部小说的行文中，逐渐使人清晰，使人相信，这一切是有可能的：两个不同的灵魂是可以结成伴侣的。

如果按我设想的那样，有一个所谓的电影式的故事，可能就会显得做作了，显得有意为之了，没有现在呈现给读者的这样自然、行云流水。作者很好地把控着情节的推进和人物关系的发展，读来非常舒服，情节推进很有张力，小说中的人物也很有个性。这恐怕都得益于作者那种独特的女性视角。

难能可贵的是，书中没有任何的矫揉造作，如此理想化的男女主人公竟在她的笔下仿佛就是我们身边的朋友一样可触可及。巫恪嘉，蓝一诺，这一对年轻人有自己的人生设计和理想追求。他们是幸福的，他们在理想的追求中产生了爱，又在这爱中矫正着他们的人生设计。尽管他们最终没有走到一起，但是他们的灵魂却结成了伴侣。

从世俗的眼光看，巫恪嘉的牺牲是他们爱情的悲剧，但是这对伴侣的灵魂却是穿越时空如同量子纠缠般永世不灭……他们灵魂的结合如同作者寓意的蓝色依米花，是需要寻找的，是珍稀的。他们找到了，他们结合了，他们是幸福的。

蓝一诺对自己是有严格戒律的，35岁之前不谈恋爱，这是她对自己人生的阶段性设计，背后有坚定的理想支撑。我们尊重每个人的选择，尽管她最终破防了，但是她并没有放弃自己的理想，实乃难能可贵。巫恪嘉和她相比如同一个铜板的两面而截然不同。他始终追求自己内心的呼唤，追求真正的爱，追求爱的过程。他为了心中的爱可以屡次重新规划自己的生活选择，而这只是为了爱。作者对他的爱做了全方位的描述。他爱屋及乌，对蓝一诺的爱拓展到了对全体维和官兵的爱。但是他并不狭隘，他爱非洲那些受尽苦难的儿童，想方设法关注他们、帮助他们，他像天使一般在有限的生命旅程中尽可能地将他的爱撒向他力所能及的每一个人……正是基于这些，他们是理想的，是我们一般人难以企及的。如果都像他们这样，世界多么美好啊！

小说基本属于军旅题材，不过是将营房安扎在了境外，记录了我军在国际上的活动身影，体现了我军在维护世界和平中的价值和意义，更彰显了我军在国际维和事务中的中国特色和民族底蕴，让人耳目一新。以蓝一诺为代表的维和官兵使我们看到了中国军队现代化建设的成果。

作品的气质很正，人物虽然设定在特殊领域，但并没有失去烟火气，反而是紧扣时代的脉搏，投射出了数十年来中国和世界的变迁。

作者用善良的笔触，描写了灾难；用和平的祈祷，叙说了战乱；用真诚的祝福，讴歌了友谊和爱情……

再说到我原先期望的所谓佳构，我只是注重了技术上的所谓理想状态，而忽略了作品本身的生命力是来自作者的感悟。作者到底想告诉我们什么，她是会写出来的，她的行文和铺排最好遵从内心的呼唤。小说最终能不能改编为好的戏剧和电影，不是小说作者应该考虑的事情。那是由改编者对作品的感悟决定的，哪怕改编者是小说作者本人，也可能需要再创作。

话又说回来，戏剧和电影也不是一定有什么范式，也需要不断创新和探索，何况小说这种非常个性化的文学创作。

在作者为这部小说搜集素材和酝酿的过程中，我和作者有过接触，她谈到过一些初步的想法，我也谈到过我的期望。现在看来，在阅读完《蓝色依米花》时，我感到我当时期望的所谓佳构，有些"八股"了。作品的活力和它自洽的小说结构完全吸引了我，感动了我，征服了我。

实际上作品提供了另一种电影的结构或者是戏剧的可能性，作品中字里行间渗透着作者那种大爱无疆的情怀，着实激励人。

我为这个时代有《蓝色依米花》这种独特的小说面世而高兴，若有更多的人能读到它将是一件幸事。

2022 年冬　西安

杨凤良：著名导演，编剧。1989 年执导个人首部电影《代号美洲豹》。1990 年与张艺谋联合执导剧情电影《菊豆》，该片入围第 63 届奥斯卡奖—最佳外语片奖。1993 年执导剧情电影《陕北大嫂》。1997 年执导剧情电影《龙城正月》，该片入围第 17 届金鸡奖—最佳合拍故事片奖。2003 年执导刑侦剧《铿锵玫瑰》。2007 年执导剧情电影《黑色死亡》。2009 年执导革命战争电影《清涧起义》。

目　录

楔　子

小巫问蓝一诺："你相信这世上真的有依米花吗？"

看到蓝一诺迟疑的表情，小巫坚定地说道："我相信有。就像我相信，这世上存在着另一个相似的我——我的灵魂伴侣。"

小巫站起身，朝着前方晨曦中，在一棵孤零零的芭蕉树映衬下显得格外空旷莫测的草坪，大声吟诵起来："我将于茫茫人海中，访我唯一灵魂之伴侣。得之，我幸；不得，我命。"

蓝一诺微微点头："徐志摩的句子。"

小巫定定地看着蓝一诺："咱俩打个赌吧？如果我找到了依米花，蓝色的依米花，你就要相信，这世上存在灵魂伴侣。"

蓝一诺没有点头，也没有摇头。但鬼使神差地，眨了眨眼睛。

小巫笑了："咱们一言为定。"

第一章　蓝一诺剪影

一架 Y 国航空公司的夜航班机穿行在深蓝色的夜幕中。

坐在舷窗前的蓝一诺在昏昏欲睡的旅客中仿佛一个异类，这不仅是因为她清丽静雅的东方年轻女性的面孔在一众不同肤色的人中格外醒目，她此刻全无睡意望向窗外的眼眸，也在整个沉睡的机舱内宛若星星般闪亮。

这不是蓝一诺第一次乘坐飞往异域的长途飞机，但不知为什么，每次这样长途的夜航飞行，蓝一诺望向窗外时，总有一种穿越人生隧道的奇妙感受。

就如此刻，看着窗外夜色深沉的景色，蓝一诺的思绪又开始发散，缥缈，像是乘上时光机一般自由穿行。

如果一个人的人生道路上有分水岭，可以把生命旅途分成前后两段迥异的画风，那么十八岁，就是蓝一诺这辈子遭遇到的第一个重要的分水岭。

这个念头像舷窗外夜空中偶然遭遇的云朵，蓦然间闯进蓝一诺的脑海，让她忍不住嘴角上翘，微微一笑。

十八岁前，蓝一诺是一个生活在边远小城的姑娘，性格内向，文静自持。她就读的中学离家三百公里，是远近闻名的好学校，有着极高的一本上线率，每年还能有近十名学生考入国家级著名高校。蓝一诺成绩中等，加之内敛少言羞怯的性格，使她在这个学校里就是一个完全不起眼的小透明。

蓝一诺的原生家庭也很普通，父母都是县中学的老师，他们对于独生女的教育传统而朴实，希望她能考入师范院校，接过父母的衣钵，安安稳稳地端上教师这个饭碗，平平静静地度过一生。

对于父母这样的理念蓝一诺从来没有露出不满或抗拒的情绪，她安静本分地学习着，生活着。如果说有什么课外感兴趣的事，那就是蓝一诺爱一个人发呆，而且是在古遗迹上。

她家乡所在的这个边远小县城在中国地图上是一个非常不起眼的地标，没有令人瞩目的物产风情，唯有一个小众的历史遗迹，穿越四千年的历史尘埃静静地伫立。

这是一处新石器时代的大型古村落遗址，被称为"东方庞贝古城"，保存完好，挖掘后因宣传力度不大，没有形成太大的商业价值，游人稀少，当地人更是熟视无睹，漠然置之。

蓝一诺却独爱这片氤氲着浓郁历史气息的古遗迹。她常在这里散步，读英语，听音乐，甚至是发呆。有时蓝一诺也会突发奇想，如果自己没有那份早已沉淀于心的雄心壮志，是不是可能展开另一种人生：像父母期望的那样，读师范，毕业，成为一名小学或中学历史老师，带领学生来到这片古遗迹上，为孩子们讲解着这片土地的前世今生。

这份"如果"终究只是一个假设，在现实中没有发生。就像平静的水面下蕴藏着即将喷发的火山，蓝一诺的心底沉睡着一份坚韧倔强的凌云壮志。日积月累，理想的花蕾汲取养分，抽丝吐蕊，终于绽放在十八岁那年的高考季，在蓝一诺面对高考志愿表的那一刻。

"女士们，先生们，我们的飞机将在三十分钟后到达目的地——特拉维亚桑德机场，现在飞机已经开始下降……"

机舱的广播声打断了蓝一诺飞翔的思绪。接近此行目的地，即将踏上新征程，让一向喜欢接受新挑战的蓝一诺莫名兴奋，心中自然而然涌起一股壮志豪情，不由想起了少年时最爱的一句古诗：万里赴戎机，关山度若飞。

整理心情，准备落地。

走出Y国特拉维亚桑德机场大厅，充盈着地中海气味的海风迎面而来，蓝一诺甩甩利索的短发，在一名佩戴A国少校军衔的军官的导引下，上了机场外停靠的一辆有"UN"标志的军车。

Y国椰城政府大楼，这里原为英国委任统治时期的总督府，是一座用当地特产的石材建造的灰白色三层建筑，造型古朴典雅。联合国停战监督组织（简称UNTSO）总部就设立在这里。成立于1948年5月的UNTSO是联合国最早成立的停战监督组织，主要使命是监督Y国与邻国之间对停战协定的执行情况，维持该地区的和平与稳定。

已经换上军装的蓝一诺英姿飒爽，瘦削的身材难掩训练有素的军人身姿。此刻的蓝一诺，是到UNTSO总部报到的来自中国的军事观察员，她即将和来自其他国家的军事观察员一起，进入高强度的培训与考核中，这是他们在走上观察员岗位前需要通过的最后一道关口。

训练场上，来自各国的军事观察员们身穿联合国军装，佩戴标有各自国家名称和国旗标志的臂章，头戴天蓝色贝雷帽。帽子的颜色和联合国旗的颜色是一致的。蓝色是和平的象征，以此作为军帽和头盔的颜色是为了表示身份和区别其他军队，维和部队也因此被称为"蓝盔部队"。

蓝一诺是本批观察员中唯一的女军人。训练场上，站在孔武有力的男性军官队列中的她显得格外醒目。单薄的身材，文静的气质，清丽柔美的东方面孔，肩佩上尉军衔，左臂上佩戴着五星红旗图案臂章。几名人高马大的外籍观察员看着这样的蓝一诺窃窃私语：这位秀气可爱的大学生模样的中国女军官，难道是专门远渡重洋来打酱油的？

这一切都逃不过蓝一诺敏捷锐利的目光。是龙，是虫，咱们考场上见。我会用自己的行动展示什么是中国军人的荣誉。也要向你们证明，姐就是为这身军装而生的！

蓝一诺此刻在心底暗暗发出的豪言壮语，可以追溯到当年她填报高考志愿的那一刻。

考军校，成为一名职业军人，是蓝一诺从小就树立的人生理想。

就像一首歌唱的那样："十八岁，十八岁，我参军到部队，红红的领章印着我开花的年岁。"蓝一诺的军旅梦想，在十八岁那年，通过报考军校得以实现。

填报高考志愿时，蓝一诺没有按照父母的意愿选择师范院校，而是义无反顾地把目标死死地锁定在了军队院校上。

这并不是懵懂少女的一时冲动，这份魄力源于蓝一诺的那位军官表舅，他服役于某野战部队，几次有限的回乡探亲，亲友聚会，就让蓝一诺对那身威武挺拔、观之即生荣誉感的戎装生发了无法抗拒的仰慕之情。

表舅说起自己的军旅生涯，谈到军营里火热熔炉般的集体生活，更是让蓝一诺产生了浓厚兴趣，她开始关注军人群体，并悄悄种下了从军梦想。

可以说蓝一诺的少女梦是和军旅梦一起成熟的，只是不同于爱上戎装的男孩们把飞机、军舰、军人的照片贴满宿舍墙的张扬做派，蓝一诺的理想之梦如冰下的水，静水流深，悄悄积蓄着能量，又如同树下的根，扎得越深，越坚不可摧。

由于常年独自住校，父母也并未察觉到这一切，所以当他们还没完全反应过来之时，自己眼里的乖乖女已经果断地完成了她人生道路的第一次重要抉择，并且凭借稳定的发挥，如愿以偿地被解放军外国语大学录取。

之所以会选择军队院校外语专业，蓝一诺自有一番规划打算。首先，她的外语成绩一直较为突出，同时这也是她的职业兴趣点；其次，从学习成绩讲，外语专业正好在她的努力范围之内，能力争保底录取；更重要的是，选择学外语，也部分满足了自己父母的心愿。果然，看到烫金字的部队院校录取通知书，蓝母和蓝父私下商议：军校就军校吧，学外语挺好，将来毕业留在部队院校教书，也很不错。于是惊诧变惊喜，老少如愿，皆大欢喜。

如果说，进入高校前的蓝一诺，只是有一个朦胧而浪漫的从军梦想，那么从蓝一诺穿上军装的那一刻起，她的理想就变得清晰而果决。

毫不留恋地剪去留了十多年的清汤挂面式的长发，看着镜子中齐耳短发、娇俏又干练的自己，蓝一诺整整军装，神情变得严肃起来。一种从心底霍然涌起的英气豪情让她措手不及，竟然眼眶发热，鼻子发酸。

我就是为这身军装而生的，这女兵身份我会爱一辈子。蓝一诺听到有声音在自己体内激情呼喊。

蓝一诺不知道这世上有多少人，在十八岁时就能找准自己人生的理想之路，但无疑她就是难得的清醒理智者。既然认准了理想的方向，那就百折不挠、砥砺前行。她给自己定了一个小目标——二十五岁前，为成为职业军人打下坚实的基础。

蓝一诺的人生道路在踏入军校的那一刻来了个急转弯，首先表现为性格的变化。蓝一诺想，人们爱把军营比作一个大熔炉，既然深入熔炉，就该自觉自愿地锻造自己，打破旧的自己，塑造新的自我，淬火提纯，涅槃重生。

谁说江山易改本性难移？蓝一诺偏要从自己的性格开刀。以前从不爱在人前发言的她如今给机会就上。区队拉歌，缺个领头羊，蓝一诺挺身而出，带领女兵队引吭高歌，和男学员较量；野外体能训练需要有联络员上下协调，蓝一诺自告奋勇，跑上跑下，把一切打点周全；课堂上小组讨论发言冷场时，蓝一诺就是奋勇当先站出来的那个人；外事翻译实习，蓝一诺也是最积极的组织者和参与者。一年不到，蓝一诺脱颖而出，成为学生干部中的佼佼者。

门门优异的学习成绩，外加出色的组织协调能力，让蓝一诺在本科毕业后，顺利保研留校深造。在研究生阶段，蓝一诺的各方面进步如同开挂的小火车，更加刹不住闸。尤其在研三阶段，蓝一诺还作为优秀实习生赴 B 国参加国际军事竞赛，在其中担任中国军方翻译。蓝一诺精湛的外语水平和训练有素的职业形象引起某集团军领导的关注，使她得以在毕业后直接进入该集团军某师担任参谋。

二十五岁这年，蓝一诺实现了自己人生的第一个小目标，成功地站在了职业军人的起点线上。

愈战愈勇的蓝一诺接着制定了自己的第二个职业理想目标：三十五岁前，通过各种实践和检验，使自己成长为一名完全合格的职业军人。在此之前，绝不考虑恋爱婚姻等个人问题。

蓝一诺之所以加上最后这个条件，是因为在校时遭遇到一个自认为比较麻烦的问题。洪浩是蓝一诺的同校师兄，高她两届，本科阶段蓝一诺担任女生队队长，洪浩是团支部书记，两人经常因为工作关系凑在一起，配合默契。这种郎才女貌的搭档自然会引人瞩目，即使是在禁止谈恋爱的军校也不能幸免。蓝一诺自认胸怀坦荡，霁月光风，为避嫌疑，她干脆开诚布公地和洪浩约法三章——两人只能是最铁的战友和工作搭档，不能有任何私情。

可两人研究生毕业后，好巧不巧地又分到同一个部队，这样连一向胸怀坦荡的蓝一诺也有点不自在起来，她再次找洪浩商量对策，洪浩也很委屈："咱俩不能见人就解释，我们是蓝颜知己，是好战友好同志，不是别人想象的那种关系吧？"

蓝一诺灵机一动，想出一个绝招，她开导洪浩："反正我目前绝对不谈恋爱不结婚，可你洪浩不是吧？那你直接找个对象不就解决问题了吗？"蓝一诺不光嘴上建议，还马上展开行动。她挖掘资源，牵线搭桥，介绍了一众自己的同学、闺蜜给洪浩认识。苍天不负有心人，洪浩竟然真的和蓝一诺的闺蜜方圆一见钟情，开始了温馨甜蜜的恋爱之旅。蓝一诺终于长松一口气。

放下情感包袱的蓝一诺全力冲刺在自己职业理想的征程上。野战部队各项军事技能锻炼铸造了她强劲的体魄，出色的业务能力让她在每一个岗位上都能发出自己独特的光彩。

机会永远留给有准备的人。在蓝一诺职业军人生涯的第二年，一直纠结于在和平年代无法获得更多实战机会的她迎来了千载难逢的好机会：部队选拔赴联合国派驻任务区的军事观察员，蓝一诺因出色的外语水平和超强的军事素养进入选拔人员名单中。

身为和平时期的中国军人，没有机会在战场上建功立业，能走出国门，代表中国军队加入维护世界和平的维和行动中，也是军人的另一种荣耀。

军事观察员来自联合国各成员国。中国向联合国派出的军事观察员都是我军中的佼佼者。军事观察员的选拔条件严苛，不仅要求政治过硬、外语水平高、军事素养和心理素质优秀，而且还要体能状态良好，且具备熟练的驾驶技术。

蓝一诺通过参加紧张艰苦的培训，顺利闯过军事素质、外语和驾驶技术几道考试关卡，并且成绩优异，终于如愿以偿地踏上远赴联合国任务区的征程。

此刻站在 UNTSO 总部考核场上的蓝一诺信心满满，她将在崭新的军旅征途上再次崭露峥嵘，与他国观察员进行较量，而且是扬我国威、军威的拼搏较量。

中东任务区在联合国所有维和任务区里堪称典范，其成立时间最早，制度规范最完善，工作生活环境相对最便利，被来自各国的观察员们昵称为 FIVE STAR MISSION（五星级任务区），但相应的，该任务区对观察员的要求也最高。

来这里任职的军事观察员 90% 以上来自西方发达国家，他们普遍都有海外服役和多次维和的经历，语言、驾驶能力较强。

但是这次似乎出了意外状况，来自各国的观察员们领略到一位中国女军人的诸多"不可思议"：维和常识、维和英语、军事观察员业务、标准通联用语、电台使用及规则、维和案例研究、野外安全防护、战场急救常识、消防器材使用、军事地形学、防雷知识、谈判技巧等科目的针对性和实用性很强，且培训内容多，考核强度大，男观察员们都感到吃不消，蓝一诺应付起来却轻松自如，她的英文发言准确到位，态度积极踊跃，各项专业技能也游刃有余。在这些项目考核中，蓝一诺的成绩都遥遥领先。

与此同时，观察员们每天还要面对大量的英文材料，填写许多英文报表，听不同口音的官员授课，回到宾馆还要完成下发的作业。这些在各位男观察员眼里繁重琐碎的事务，却成了蓝一诺的强项。她的课堂笔记工整、详细，被男观察员们争相借阅参考，蓝一诺完成的英文报表甚至成为教官让所有学员们学习的模板。

车辆驾驶考核来临，这项考核对于很多军事观察员来说，就是能否顺利上岗的一个卡点，他们把这门考试叫作"滑铁卢地带"。

椰城是典型的山城，城内道路特征有三多：山路多，弯道多，交叉路口多。同时，城内道路狭窄，多为两车道，交通标志繁杂，整个城市就像一个模拟练车场，特别考验驾驶人员的车技和经验。鉴于军事观察员工作的特殊性，UNTSO对其驾驶技术要求很高，对驾驶人员的安全意识尤为强调，观察员们稍有不慎，就可能过不了关。连续两次考核失败，就遣返回国，之前就有不少在这里参加考核的军事观察员因为车辆驾驶考核不过关而被淘汰。

蓝一诺面临的压力一点不比别人小。历史纪录表明，中东任务区的驾驶考核是中国参加的所有任务区中最严格的。以往平均每年淘汰一个中国观察员，其原因绝大部分是驾驶考核不过关。

客观条件不能成为自己逃避困难的借口，别人的优势也绝不能成为困扰自己的原因。这是蓝一诺一向遵循的原则。来之前她搜集研究了相关资料，在国内就有意识地进行山地驾驶技术的训练，并模拟中东一些国家的地形，加大训练强度。

功夫不负有心人，在椰城考核地，蓝一诺不仅顺利通过了驾驶考试，还拿到了第一名的优异成绩，让很多来自西方的军事观察员惊掉下巴。用来自T国的观察员奥利佛的话说："被一个瘦小的中国女兵超越，我很服气，我感到幸运的是她超过的是我们全部人，而不是我一个。"

蓝一诺无可置疑地成了这一批军事观察员中的明星人物，几名外籍观察员给她起了个"中国女神"的绰号。大家暗暗期盼着，能和这位神奇的中国女军人分到同一个任务区。

车辆驾驶考核结束，通过的观察员都拿到了白卡，这象征着他们获得了可以在中东地区驾驶 UN 车辆的通行证——驾照，同时任务区分配名单也下来了，奥利佛喜出望外。UNTSO 在 L 国南部和 GL 高地两处设有两个观察组：OGL 组和 OGG 组，奥利佛和蓝一诺恰巧被一同分到 L 国 OGL 观察组。

穿越 L 国和 Y 国边境，蓝一诺和奥利佛来到 L 国的海滨城市——帖金，正式开始为期一年的军事观察员生涯。

蓝线巡逻、村庄巡逻、会议汇报，蓝一诺慢慢熟悉并适应着新的军旅生活。在完成一周期的上岗工作后，蓝一诺终于迎来了下哨休息时间，她可以好好感受一下这个异域城市的风情风貌了。

蓝一诺行走在帖金古城的街道上，两旁遍植的棕榈树，在地中海湿润的海风中摇曳着婆娑的身姿。小城属地中海气候，夏季干燥，冬季多雨，气候温和，景色宜人。

从小生活在内陆城市的蓝一诺非常喜欢这样的滨海风光。在码头边的沙滩上，蓝一诺脱去鞋袜，踩上湿漉漉的沙滩，温柔的海水浸润着她的双足，海风的咸味钻到她的鼻孔里，她闭目深吸口气，此时远处传来悠扬的音乐声。

蓝一诺凝神倾听着，分辨出有咏叹调和钟声，韵味截然不同的两种音乐声此起彼伏，听起来不甚和谐，却在这一刻带给她一种非常新奇的异域感受。

海岸天际，暮色渐渐涌起，蓝一诺静静地聆听着这座城市的奇妙之声，她多么期待这一刻的和平和安宁能持久永恒。

不为战争和毁灭效劳，而为和平与谅解服务。

蓝一诺记起了军事观察员的神圣职责。

第二章　小巫写真

清晨，小巫驾车和楚曼穿行在帖金城的街道中。

这座位于 L 国首都贝城以南约 80 公里的海滨小城在古时候曾经是一个海岛，现在与大陆相连，有着 2000 多年的建城史。罗马帝国时代，这里属于 S 国行省的一部分，建有许多气势恢宏的罗马神庙。城内著名的文化遗址帖金古城，至今保存着凯旋门和古代最大的竞技场等恢宏壮观的历史遗迹。

小巫熟练地驾驶着租来的丰田越野车。小城不大，不到两天工夫小巫已经能熟练游走于这座城市的各条街道。

此刻繁华热闹的城市还没完全醒来，但是主街道旁随处可见停靠着的奔驰、宝马等豪华轿车。超市刚打开店门，摆满商品的货架隐约可见。街边伫立着巨大的广告牌，上面衣着暴露的模特顾盼生姿。广告牌旁，就是严肃雄伟的清真寺。

背街小巷里，一些早起的老人把桌子摆在自家门前，三五人围坐在一起，悠闲地吸着阿拉伯水烟。远处传来如泣如诉的咏叹调，和着悠远绵长的钟声此起彼伏，它们分属两个宗教派别，两种风格完全不同的旋律合奏成一曲异样却和谐的曲调。

这样静谧安宁的景象让小巫感到迷惑，他有点难以置信自己正置身于一个中东国家。他不由得拷问初心：我，为什么会来到这里？

一切都是因为一张照片。

去年夏天，小巫即将完成自己在哥伦比亚大学商学院的研究生课程，他跟随做经济调查课题的师兄汤姆去 H 国旅行，见到一种叫"特雷"的当地食物。

当时小巫路过一个村庄，看到一群黑娃娃在啃食一种饼干。出于好奇，小巫用五美分换来一块特雷，拿在手里打量，它看似纹理细腻，像是用一种浅灰黄色的面粉制作而成。小巫掰了一块放进嘴里，立刻有一股奇怪的潮味弥漫在口腔中，仿佛有东西瞬间吸干了水分，使他的嘴巴变得干涩粘腻，接着，小巫就品尝到一种难以忍受的泥土味道。

小巫对汤姆说出自己的味蕾感受，汤姆神色平静，显然他不是第一次接触到特雷："你的味蕾没有骗你，这就是泥土饼干。"

小巫在 H 国看到了特雷的制作过程：将泥土和河水或者雨水混合形成泥浆，过筛，加入少量黄油、盐、糖调味，将泥浆做成饼干样，放置在地上铺好的布上，在太阳下晾晒一下午，特雷就做成了。

这种泥土饼干是当地穷人的主要食物，小巫亲眼看到一个三岁的小男孩啃着这种泥土饼干，而他黑黑的小肚皮鼓胀胀的。小巫想起自己在网上查到的资料，制作特雷的原料是一种膨润土，具有吸水膨胀和脱水干缩的特性，多用于治疗腹泻，除了能补充矿物质外，没有任何营养价值。膨润土吃多了会堵塞肠道，造成排便困难，泥土越积越多，肚子也越来越大，要是不及时治疗，将会被胀死。土料中含有的寄生虫、致病细菌和未知的有害物质，对人体的伤害更是显而易见。

更令小巫心惊又心酸的是他接触到一对可怜的母子，黑黑瘦瘦的母亲杜马只有十六岁，她怀里抱着一个一月大的男婴。杜马告诉小巫，家里买不起粮食，只能吃特雷维持一日餐食，但是食用这种泥土饼干常让她肚子痛，当她喂奶时，她的儿子有时也会出现类似疝气痛的症状。

看着蜷缩在母亲怀里瘦得像一只小病猫似的毫无生气的男婴，小巫掏出身上所有的零钱交到了这位年轻母亲的手中。

晚餐时小巫难以下咽，他的口袋里还有一小块特雷，它就像一把坚硬的刀柄一样抵在他的身上，让他寝食难安。他在朋友圈里发了这样一番话：平日里没钱时，大家爱调侃自己太穷了，穷得只能"吃土"了，很多人都认为这只是夸夸其谈，不会当真。然而，这个世界上真的有人穷到只能吃土，他们依靠吃泥巴来维持生命。

小巫关注到一组令人触目惊心的数据：当地每1000名儿童里，就有74人因为营养不良而死亡，每5个年幼的孩子，就会有1人丧生，有一部分原因就是饥饿吃土导致的胃肠功能损害。对于一般人来说，吃泥饼就是自杀，但对当地人来说，不吃就会饿死，吃了还可以多活一阵子。对儿童来说，这样活着，又是怎样的一种悲剧？

回到哥大校园里的小巫开始关注贫穷国家儿童的生存状况，他在网上搜寻资料时，在校园论坛上遇到了关注同样问题的校友楚曼，因而看到了改变自己人生道路的那张照片。

那是一个阴雨天的下午，小巫和楚曼相约在哥大校园咖啡厅碰面，两人因着网上聊天的契合度，初次见面就相谈甚欢。

楚曼来自迈阿密，在哥大学国际政治，他准备做一个有关战乱地区儿童的生存状态调查报告，为此一直在搜集相关资料。他给小巫带来了朋友在中东国家拍摄的儿童照片，其中有张照片瞬间击中小巫的心脏。

照片上，一个小女孩愣愣地看着镜头，两只大眼睛里含着惊恐和委屈，一双小手高高举过头顶。

"这是朋友在中东一个难民营拍到的。正在玩耍的小姑娘可能是被突然面对的黑洞洞的镜头吓到了。"楚曼手比画着，语气艰难地说着，"那天朋友是用的长焦镜头，小女孩一定是认作枪管了，所以她习惯性举起了手，做出了投降的姿势……"

模仿照片上女孩的样子，楚曼此刻举起了自己的双手。但是小巫的目光没有落在他身上，只是死死盯住自己手里的照片。小女孩的年龄不会超过五岁，圆圆的脸庞，大大的眼睛，齐刘海。瞬间击中小巫心扉的，是那种似曾相识的表情。

是柚柚。柚柚今年恰好五岁，也有着同样圆圆的面庞，和同样灵动的大眼睛，就连那排厚厚的齐刘海都很像，只是五官不同，肤色不同。但是那种天真纯朴的特质，只要你有心观察，每一个孩子身上都是相同的。

小巫的心在颤抖，儿童，永远是这个世界上最令人怜惜的弱势群体。相对于贫穷、落后，在内乱频仍、战火纷飞的国度里的孩子，更令人担忧和怜惜。

这张照片彻底改变了小巫的人生道路，或者准确地说，是在他人生关键的岔道口上，作为一道路标，给小巫指明了方向。

大名巫恪嘉的小巫出生在一个三代经商的富贵家庭。从祖辈那代起，就积累了丰厚的家族财富。继承家业挑起大梁的父母又都是自由职业者，所以小巫不同于同龄人中的大多数那样是独生子女，而是有一姊一兄在前，他是家中最小的孩子。

前面两个孩子性格稳健，在父母长辈的期许和引导下，顺风顺水地选择商科，并在完成高等教育后进入家族企业任职，到了幺儿小巫这里，父母多少有点儿挠头。

小巫因为是早产儿，从小身体孱弱，父母对他的学习成绩要求就不像对前两个孩子那般严苛，反而注重"野蛮其体魄"，在小巫儿童时期就给他报了很多体育项目训练班。

健身训练让逐渐长成少年的小巫体质增强，虽然长成一个如同"瘦金体"似的细高挑身材，但是他运动能力极强，还悄悄爱上了各种极限运动。

但小巫在学校里的表现却不尽如人意。虽然小巫天资过人、领悟力强、兴趣广泛，但性格顽劣、个性突出、自由散漫、不守规则，对应试教育的模式完全不配合，在课堂上顶撞老师，课后作业常常不能按时上交，玩心大，学习成绩忽高忽低。小巫曾创造出最大成绩反差，某次期末考试，他的英语成绩全年级第一，化学成绩却全班垫底，原因竟是他懒得背诵化学元素周期表。初中毕业时还曾经创造过年级纪录：因违反学校和班级纪律被老师罚站的次数全年级第一，被叫家长次数也是全年级第一。

这样的小巫自然让父母忧心忡忡，眼看儿子冲刺中考实力不足，在国内毫无竞争力，干脆将小巫送到了国外。

在国外读高中的三年让小巫如鱼得水，善于表达、勇于展示的个性让小巫的学习成绩较之国内有了极大的反转，第一学期几门功课都得到了 A，华丽丽转身，学渣变学霸的奇迹在他身上出现。

在小巫父母眼中，他们为儿子选择的道路是正确有效的。他们再次给小巫设立了努力的目标——争取考入名校商学院，成为家族企业的重要储备力量。

小巫对读商科并无多大兴趣，但他对自己将要从事的职业也没有一个特别清晰的目标，他决定继续在玩和"爱好"的路上寻找方向，在没有负担的情形下决定自己的人生。于是他和父母谈判并达成协议，在没有找到个人真正感兴趣的方向的前提下，努力完成父母期许的学习目标，但是同时父母不得干涉他在学有余力的情况下任意发展自己的兴趣爱好。

高中阶段小巫迷上了动物研究，考察的对象是国宝大熊猫。为此他将三年的寒暑假和春假都泡在了四川大熊猫基地。砍竹子，做饲料，打扫熊猫舍，每日观察研究。高中毕业时，小巫已经工工整整记录了几大本笔记，并写出一篇三万字的论文，不仅获得校级嘉奖，更成为他申请心仪的哥伦比亚大学的加分项。

进入哥大商学院后，小巫的业余爱好变成了极限冰川考察。为此他背起行囊，三次进入西藏高原，去到人迹罕至的高海拔地区。

他孤独地跋涉在茫茫的冰原上，一直走向连自己都不知道的远方。他寻觅到神奇无比的冰塔林，置身在极为壮美的冰川中，大片的蓝色和白色，让小巫感觉自己就像身处另一个星球。

有一次，小巫宿营在一个海拔5900米的高原湖泊边，夜晚他独自躺在透明顶的帐篷里，仰望着漫天星辉，小巫第一次发现，原来星星都是彩色的。那一刻，小巫热泪盈眶。血管里呼啸着高原的风声和星光，热爱生活珍惜当下的情感喷薄而出。

四年本科学习结束，小巫以全A成绩毕业，父母专程赴美参加了儿子的毕业典礼。多年的海外学习生活经历，不仅使小巫学有所成，而且因常年参加高强度体能锻炼，小巫的身材虽然还是家族符号式的瘦金体，但却肌肉紧实，精干强劲。运动也让他天生活泼开朗的性格更加奔放浓烈，阳光自信，充满幽默感，亲和力极强。

这样的小巫自然令父母倍感欣慰，他们希望小巫回国进入家族企业，走上他们为小巫设计好的职业道路。

已经在海外自由自在生活了几年的小巫却不想按照父母的安排度过一生，他自有考量，目前未培养起对商科的浓厚兴趣，但对于真正的职业规划，却也没找到明确的方向，他想有一个机会冷静下来认真思考自己的未来。

为此他和父母进行了几回艰难的谈判，双方再次各让一步达成协议：小巫可以继续留在国外读硕士学位，但必须还是学商科。

小巫选择了国际经济专业，顺利考上哥大研究生。在完成学业的同时，继续参加自己一向热爱的飞行、滑雪、攀岩等各项极限运动。

除此之外，小巫还充分发挥了另一项重要业余爱好的优势。与同龄人相比，格外丰富绚烂的人生旅行经历，与聪颖过人又敏感多思的情感天赋叠加在一起，让小巫轻而易举地在网络世界纵横驰骋。

生活中人缘爆棚，虚拟世界人气爆棚，小巫用镜头记述了他行万里路的丰盛收获，剪辑制作的短视频收获了一大拨粉丝，成为一名直播达人。"小巫"是他自己取的网名，把自己的姓氏演化成他在网上的鲜明标志，头像图案就是一个小小巫师的漫画形象。

小巫用行动诠释了自己一向推崇的理念——"当一个人敢于用自己来冒险，敢于体验新的生活方式时，他就有可能变化和发展"。

两年时间如箭飞逝，放荡不羁、自由浪漫的学生时代即将结束，研究生毕业在即，小巫再次站在人生道路的十字路口，是继续留在国外攻读博士学位，踏上经济学研究者之路，还是回国进入家族企业任职，他面临抉择。父母长辈的催促施压，自己内心的挣扎纠结，让小巫陷入迷茫之中。

恰在此时，小巫看到了这幅照片。

照片深深打动了小巫的心。照片上的小女孩让小巫想起姐姐的女儿柚柚，自己最疼爱的小外甥女。每次回国探亲，柚柚总是变成小舅舅的跟屁虫，两人相处亲密温馨。柚柚是巫家第四代中的长外孙女，过着优裕富足的生活，天真无邪，如清新的阳光般迷人。

如果柚柚生活在那样战火纷飞的国家，对着照相机镜头举起两只小手……想到此处，小巫肝肠寸断，一种刻骨铭心的痛侵入骨髓。他又因此记起 H 国那个伏在母亲怀里喘息的瘦弱男婴，一股无法抑制的悲情从身体内生发出来，直冲心扉。他想起曾看到的一句话：儿童是这个世界上的弱势群体，他们永远不会发动战争，不会带来贫穷和灾难，但他们永远是战乱、贫穷和灾难中最可悲、可怜的受害者。

我该去那个小女孩的家乡看看，去关注并记录下战乱国度儿童的真实状态，用自己的力量，呼吁全世界去关注这个弱势群体。一个坚定深远的人生道路规划在小巫心底瞬间形成。

共同关注的问题让小巫和楚曼成了搭档，二人组成研学小组，朝着自己的理想奔梦。

只要有了目标，小巫的行动就是光速。小巫和楚曼以最快的速度做好各项准备工作，一拿到签证，就开始了中东之行。

由于签证原因，L 国成为他们到达的第一个中东国家。此刻看到的景象，让小巫心生迷惑，不由在心底打上一个大大的问号：眼前这一切显得祥和安宁又不失繁华，怎么能让人相信这是一个频繁发生战乱的国家？

透过车前挡风玻璃，看到不远处的清真寺和基督教教堂仅隔着一条街道对向而立，小巫不由在心底感叹，百闻不如一见，谁说不同宗教的人们不能和谐相处？这样迥异风格的宗教之音似乎就是很好的证明。

为熟悉当地风土人情，小巫和楚曼首先来到帖金古城遗址，在这里，他们遇到了当地小男孩赛尔德。

当时赛尔德和几个儿童一起在兜售旅游纪念品，看到小巫，赛尔德跟了上来，用流利的中国话和小巫打起了招呼："你好，中国大哥，带点纪念品回家吧，送给你的爸爸、妈妈、夫人和小孩。"

小巫和楚曼对视了一下，都笑了。小巫很好奇地问赛尔德："你怎么知道我是中国人，而不是日本人或韩国人？"

"中国人和其他亚洲人不一样，这可瞒不过我的眼睛。"赛尔德很老气也很自信地说。这更让小巫觉得不可思议，他又问："你竟然会讲中国话？我看了一下，来这里的中国游客并不多啊。"

赛尔德举起手里的纪念品，开出条件来："你买了我的东西，我就告诉你原因。"

小巫笑笑，从男孩手拿着的看上去很粗糙的纪念品中随意挑选了两样，摸摸口袋付款时，发现没有零钱，只好抽出一张百元美钞。

楚曼直觉就想阻拦，但赛尔德灵活的小手已经抢先抓过美钞，扔下一句"我去换钱"就飞快地跑开了。

看着赛尔德像小泥鳅一般消失在熙熙攘攘的游人中，楚曼对着小巫耸耸肩："你损失了一百美元。"小巫不解："何以见得？"楚曼大笑："你不会认为刚才那个孩子真的会给你换回零钱吧？"

"也许不至于……"小巫的话音未落，赛尔德已经飞快地跑回来，手里果然空空如也。

赛尔德看着小巫，亮晶晶的大眼睛在浓密的睫毛下忽闪着："很抱歉，你的钱被人抢走了，但是别担心，咱们约好明天早晨在这里见面，我会把钱还给你。"

赛尔德跑走了。楚曼拍拍小巫的肩膀安慰："算了，反正咱们此行的目标就是难民区的儿童。我听咱们酒店的侍应生说，在这个古城做小生意的大都是来自 S 国的难民，你只当自己捐了善款就好。"

第二天早晨，小巫准备去帖金古城赴约，楚曼哂笑："你真相信那个见人说人话，见鬼说鬼话的小男孩？他分明说的是谎言。"

"是否谎言我不知道，但是既然答应了人家，我这边绝不会爽约的。"小巫的较真让楚曼耸肩摇头。

在昨天相遇的地方，赛尔德跑到小巫面前，递给他一大把零钱。这下该楚曼不可思议了，他问赛尔德如何要回被抢走的钱，赛尔德对着楚曼用英语解释，口气老气横秋，但英语很流利："这里做生意的人多半来自难民区，分好几个派系，我找到那个抢钱的老大，就把钱给要回来了。"

赛尔德自豪地拍拍胸脯，对小巫和楚曼炫耀着："我认识很多老大，他们讲不好英语、法语，有事都要找我当翻译。"

楚曼对赛尔德比了个 OK 的手势。小巫感兴趣的倒是赛尔德过人的语言天赋："小家伙，除了英语、法语、汉语，你还会说什么语言？"

"阿拉伯语、希伯来语、德语、意大利语……"赛尔德扳着指头都数不过来了，"不管什么话，只要我听到过，就一定能学会。"

天呐，真是不可思议！小巫咋舌，从小英语成绩优异，又业余学了法语、日语的他，第一次在一个孩童面前自惭形秽。他看着赛尔德笑着问道："那么现在你该告诉我，究竟跟谁学的中国话？"

赛尔德认真回答："我的中国话当然是跟你们中国人学的，帖金城的中国人不多，但我都熟悉，那些中国军人，非常棒！"

赛尔德竖起了大拇指，对着小巫露出一口白牙："我喜欢中国人，中国人很热情，很温和，也很大方。"

小巫被这一通情真意切的夸赞弄得更加热情大方起来，他提议请赛尔德吃饭，三个人来到帖金城一家西餐厅。

看着西餐的价格，赛尔德请求小巫："中国大哥，我能不能只吃汉堡？"小巫笑笑："我诚心请你吃饭，你别替我省钱哈。"赛尔德腼腆地瘪瘪嘴巴，他分明有着自己的小九九："我吃一个汉堡就够了，省下的钱，可不可以多买几个汉堡？我想带回家给妈妈和妹妹。"

小巫摸摸小男孩的头表示答应。他和楚曼也不约而同地点了汉堡。

啃着汉堡，赛尔德向小巫和楚曼讲述了自己的身世来历。他的名字赛尔德，在阿拉伯语中是"好运"的意思，他今年十一岁，父亲在家乡的一次轰炸中丧生，他和母亲及三个姐妹从 S 国逃难到了这里，居住在城郊难民区。

赛尔德抱着汉堡准备离开，他已经和小巫他们约定，明天带他们去难民区的家中做客。

第三章 "身子别动，把手给我"

又美又飒的中国女上尉蓝一诺成为 OGL 观察组中一道靓丽的风景线。

在任务区上岗已经两个多月，蓝一诺优异的工作成绩有目共睹。军事观察员在此地有重要的三项工作：蓝线巡逻、村庄巡逻、会议汇报。蓝一诺和来自异国的观察员战友们并肩战斗。她军事素养和业务能力突出，因此行动力极强。尤其涉及个人完成的工作部分，蓝一诺细致认真的作风就充分展现出来，她提交的日常工作报告细致严谨，错漏的地方很少，格式也最为规范。即使和来自欧洲英语系的观察员相比，蓝一诺的英语水平也毫不逊色，她撰写的英文值班日志工整合规，毫无差错，令几名外籍观察员战友叹服不已。UNTSO 总部不断发来的嘉奖令让蓝一诺在 OGL 观察组中声名鹊起，用来自 T 国的观察员奥利佛的话讲：和美丽的中国女上尉搭档工作是幸运也是不幸。幸运的是工作上有一个高质量的并肩战友，工作得心应手；不幸的是，高标准模板立在那里，自叹弗如的感觉真的不好受。

在蓝一诺的身上，来自不同国家的军事观察员看到了一个独属于中国军人的标签，那就是勤奋和专业。

如果说在日常工作方面的优异成绩让蓝一诺在 OGL 观察组口碑极好，那么在处理一次特殊事件时，蓝一诺的表现更让她在众军事观察员中脱颖而出。

到 OGL 观察组上岗不久，蓝一诺发现本组上报的 L 国和 Y 国双方违反停火协议的情况高达数百次，与其他观察组的上报数据相比，本组上报的数据明显偏高。是 L 国和 Y 国边境蓝线附近真的违规事件高发吗？蓝一诺通过观察，发现其中的问题所在：在达成的协议中，停火双方均同意联合国军事观察员可以定期 visit（访问）营地进行监督，但在实际执行过程中，OGL 观察组在发出通知时往往采用 verification（核查）的说法，这就很容易让对方产生抵触情绪，从而拒绝接受。

发现了问题就要解决它。蓝一诺向组长 E 国中校谢廖夫做了情况分析，希望能改变这种被动情况。"一个单词的不同，真的会造成这样的后果？"谢廖夫中校不理解也不以为然。

蓝一诺耐心解释，并用了一个非常通俗的比喻："中校先生，如果您得了病，去医院看医生，难道只是为了找他喝茶聊天？不该是要解决重要问题吗？"

谢廖夫中校接受了蓝一诺的建议，后来的结果充分证实了蓝一诺的判断，仅仅是措辞上的微小改变，却收到了十分明显的效果，监督工作的开展情况有了很大改观。仅仅过了两个月，每月违反停火协议的事件就降至十余件。谢廖夫中校在观察员们的总结会上当众对蓝一诺竖起大拇指："蓝上尉，你让我看到了什么是'中国智慧'！"

身处全新环境，与来自不同国家的军人共事，这样的工作充满压力与挑战，但蓝一诺总能处理得游刃有余，她的优势不仅在于女性的温婉，还在于能够制作中国特色的美食。

军事观察员的工作采用集中上哨制度，每五人为一组，连续在 L 国和 Y 国边境的蓝线附近的 X 哨所值班巡逻 10 天，剩下的时间为休假和在总部值班。每当蓝一诺下哨后，中国观察员租住的公寓"中国 HOUSE"就会饭菜飘香，成为大家向往的"中国餐厅"。

其实蓝一诺也不明白为什么吃惯西餐的异国观察员战友们会对自己做的中

国餐食如此痴迷，赞不绝口。但她知道这一切源于一场"饺子饕餮案"。

那天，蓝一诺特意包了一些饺子，原本是为洪浩和他的战友们准备的。洪浩比蓝一诺早三个月来到这里，在联合国驻 L 国总部担任少校军事参谋。他和两名中国同事计划那天傍晚来"中国 HOUSE"看望蓝一诺，却不料因接到一件紧急公务晚到了两小时。

洪浩和他的战友绝没想到，就在这迟到的两小时内，他们的美食饺子已经顺利转移到了两位异国军人的肚里。当时，和蓝一诺同批到这里的奥利佛及好友迈克也来"中国 HOUSE"找蓝一诺，看到那一盘包好的中国饺子就瞪直了眼睛。热情好客的蓝一诺无法抑制国际共产主义精神之火焰在自己的胸内熊熊燃烧，就给两个白人小伙儿煮了一盘，没想到美食的闸门打开，就再也无法关闭，奥利佛和迈克狼吞虎咽地吃完这一盘，又冲着蓝一诺举起了餐盘，嘴里喊着："饺子，好吃！中国，美味！"蓝一诺无奈，只好再次拿起饺子下锅。就这样，不到一个小时，两名人高马大的白人小伙儿直接干掉了蓝一诺包好的一百个饺子。

等洪浩等人赶到"中国 HOUSE"时，正看到奥利佛和迈克意犹未尽地把蘸料碟子里剩余的蒜泥和醋汁也统统倒进嘴里。

大晚上的，再弄饺子馅已经不可能了，但蓝一诺自有补救妙法。她把剩下的面粉又和了一些，干脆做出几碗香喷喷、色泽诱人的油泼扯面。不但洪浩等三人吃得心满意足，已经干掉所有饺子的两位外军军官又各自蹭了一碗面条。这两名外籍观察员的食量让三名中国小伙儿望尘莫及，更让蓝一诺目瞪口呆，她脑海里蹦出两个字——饕餮。

从此蓝一诺的厨艺声名远扬，"中国 HOUSE"成为驻扎在帖金城里的各国军人们向往的美食天堂，中国女上尉用自己的饮食文化锁住了诸多异国战友的嘴，继而征服了他们的胃，而她开朗明媚、热情大方的性格又让所有来"中国HOUSE"的人如沐春风，感受到中国女性的独特魅力。

蓝一诺在 L 国顺风顺水、光彩照人的军事观察员生涯，注定会成为她职业军人梦想征途中色彩斑斓的一站，此刻的她绝不会想到，麻烦就要来了。

这天蓝一诺正好在 X 哨所上岗，她和奥利佛搭档，再加一位当地翻译组成蓝线巡逻小组，驾驶标有"UN"字样的丰田越野车 LAND CRUISER（陆地巡洋舰）进行蓝线附近的日常巡逻。

蓝线，从军事地图上看，是曾经交战过的 L 国和 Y 国在撤军后于相邻边境上画出的一条分界线。从实地景况来看，是一道由一个个蓝桶布点形成的两国分界线。所谓蓝桶，顾名思义是蓝色的铁桶，要把"蓝色和平线"真正地"画"在边界上，首先确定界桩点，用混凝土浇筑界桩模子，然后在界桩上安装标有"UN"字样和所在位置经纬度的蓝桶，如此就完成一个界桩的栽桩任务。L 国和 Y 国两国军队沿蓝线两侧分别建立了数十个规模不等的阵地，双方阵地距离最近的仅有几米。

蓝线巡逻小组担负着监督蓝线两侧停火情况的任务。他们以机动巡逻的方式，监督各方对停火协议的执行情况，一旦有异常，如发现跨越蓝线者、沿蓝线有重大兵力调动或者发生交火事件等，观察员将立即向司令部进行口报，并提交书面报告。

这个早晨，蓝一诺所在的蓝线巡逻小组遭遇到非比寻常的情况。首先是蓝一诺发现附近气氛略显紧张。就在前一天的傍晚，在 X 哨所上哨的蓝一诺接到报告，驻扎在蓝线附近的 L 国军队出于对自己瞭望哨的保护砍倒了蓝线附近的一棵树，引起对面 Y 国军队的不满，双方相互喊话交涉。幸而晚上下起了大雨，两边阵地才停止了较量。

雨过天晴的早晨，边境线上对峙局面再次形成，冲突似乎无缓解之势，蓝一诺等人密切观察着边境线上的情况。蓝一诺在越野车中用望远镜紧紧盯着前方局势，突然间，一个身影闯入了她的视线。

一个高高瘦瘦的青年在蓝桶界桩附近晃悠，他捧着摄像机，像是在拍摄着什么。蓝一诺警觉起来：奇怪，怎么会有人闯入禁区？

奥利佛接过望远镜看着前方，还没说话，蓝一诺已经命令司机："快，开过去。"

接近蓝桶附近，蓝一诺等人才看清楚眼前状况，一个亚裔面孔的年轻男子趴在地上，聚精会神地拍摄着，他的面前，是当地的一个牧羊男童，周围是一群低着头吃草的羊。

奥利佛对坐在副驾上的当地翻译阿丹嘟囔道："不可思议，这里是边境禁区，几道关卡把守着，怎么会跑进来牧羊人？还有一个貌似旅游者？"

阿丹耸肩摇头："这边牧草丰盛，当地村民有时会偷偷过来放羊，根据经验，偶尔也会有好事的探险者、旅游者买通当地人，从附近村庄潜入这里……"

蓝一诺没等阿丹说完，就对着那个男青年用英语喊话："嗨，先生，你已闯入军事禁区，请尽快离开，不要在蓝线边境附近停留！"蓝一诺一边不停地喊话，一边对着摄影青年挥手示意。

小巫从地上爬起身来，看向不远处的车辆。车身上有着醒目的 UN 标志，一名身着迷彩军装、头戴蓝色贝雷帽的女子看不清面容，但是她的英语却让小巫听得清清楚楚："这位先生，你已闯入军事禁区，请尽快离开，不得停留！"

小巫认出那是联合国维和军人在向自己喊话，他也挥挥手，表示自己听到了。小巫收拾了摄像机，乖乖地准备离开。毕竟自己违规闯入边境禁区也是犯忌的事。

恰在此刻，不远处突然传来一阵尖锐的轰鸣。毫无准备的小巫被吓了一大跳，同时身边受惊的羊群已经四散逃离。

牧羊男孩吹着口哨想聚拢羊群，又去追赶逃离的羊只，小巫也下意识地帮着追赶，一直跟着羊群跑进一片草丛中。

"不好，那边是雷区！"蓝一诺扔下这句话，急忙拉开车门跳下车。奥利佛等人还没反应过来，蓝一诺已经冲向前方。

小巫穿行在草丛中，羊只跑得无影无踪，但周围突现的一种花儿引起小巫的注意。这种花的颜色很特别，血一样红艳，在微风中点着头。小巫的手刚接近一朵花儿，耳边却听到一句令他魂飞胆丧的话："别动！你已陷入雷区！"

蓝一诺看到眼前的青年像一具被施了魔法的木偶一般呆立在草丛中。他距离她也就不到十米远，使她轻松地看清楚他的全貌。他的身材很高，虽然很瘦，却并不单弱。他的脸颊和他的身段很相配，也是瘦长型，五官清秀俊朗，也算一个标致青年，但是此刻因为受到惊吓，他的嘴巴微微张开，有点像一个无辜又无助的儿童，十分可怜。

蓝一诺放缓语速，但是语气却是不容置疑的清晰坚定："注意，你现在的位置就是一片雷区，你的身子千万别动，但可以转过头去，看向你的十一点方向，那里有标识牌。"

小巫身子僵硬不动，头部小心翼翼地转动，果然看到不远处立着的一个红色标牌，上面的英文简单明了却触目惊心：雷区，勿入！

血红色的标牌和这草丛里生长的艳红色的花朵相似，但是此刻一个代表着红艳艳神奇的浪漫，一个却代表着黑漆漆死亡的威胁。

小巫感到从未有过的恐惧。在没有任何心理准备的情形下，突然间他就陷入绝境。这是他生平第一次面对死亡的羽翼，离自己这么近，仿佛触手可及。他看看四周的草丛，平静中潜伏着未可预知的灾难。他又看向前方的蓝色贝雷帽，那位威武仁立的维和女军人，他的英语一向流利如母语，此刻却因为过度紧张变得磕巴起来，听起来可怜巴巴："女……女兵……救我！"

蓝一诺下意识掏出电话。根据维和培训知识，现在应该第一时间通知他们所在哨所的驻军工兵来救人。但是看看周围的形势，蓝一诺瞬间改变了主意。

奥利佛和阿丹此刻也来到蓝一诺身边，看到蓝一诺俯身拨开草丛，仔细打量着，然后取下身上的背包，递给奥利佛。

"嘿，蓝！你要干什么？"

"我过去引导他出来！"

"你疯了？这里是雷区！要救人，咱们请工兵来协助。"

"你知道来不及。这里有奔跑的羊只，会随时引发地雷。"

"可是冒险救人，是违规的，也很危险！"

"我明白，我不会做没把握的事情。"

蓝一诺已经果敢地迈出第一步，她一边仔细辨认着草丛，一边向小巫的方向迈动步子。

小巫看到蓝色的贝雷帽向自己这边移动，是那位年轻的维和女军人向自己走来。不知为何，他突然间就不那么害怕了，仿佛一股奇怪的勇气从脚底生起，慢慢涌向周身。他看到她走得很慢，几乎看不到她的脸，因为她好像一直在低头寻找着什么，从小巫这个方向看去，就只见那顶蓝色的贝雷帽在晃动着走来。

生的希望伴随着难言的焦灼，不到十米远的距离此刻仿佛延伸得很长，小巫觉得那顶象征希望的蓝色帽子仿佛走过了自己整个人生的距离。

蓝一诺镇定地向前走着。其实此刻的她，心脏也怦怦地跳得厉害，但良好的军事素养加上超强的心理素质，让她在极其危险的境地仍能保持清醒冷静的头脑，维持果敢坚定的步伐。

还剩八米、五米、三米、两米、一米……

蓝一诺把手伸向小巫，清晰地发出命令："身子别动，把手给我。"

小巫凝视着蓝一诺，一股热流此刻涌入眼眶，刺激得他浑身战栗，他拼命克制住了，此刻任何的身体抖动都会让他感觉在触碰死亡，但那飒爽英姿的女军人就像一缕阳光，照亮他的至暗时刻。

他的手和她的手相握的那一瞬间，一句母语从他的心底窜起，冲口而出："谢天谢地！"

蓝一诺惊讶地看着小巫，一句汉语也是冲口而出："你是中国人？"

"难道……你也是中国人？"小巫几乎哽咽起来，万分激动下更是词穷，说出来还是那四个字，"谢天谢地！"

蓝一诺语气干脆地用中文命令小巫："冷静，听我指挥，咱们离开这里。"

小巫："好。"

蓝一诺耐心地指挥着小巫脚踏自己的脚印向外走，她的指令清晰明确，她的专业让小巫勇气倍增。

"放松自己。注意踩我的脚印……选择一步的位置作为下一个落脚点……很好……稳住，动作轻柔点，大胆迈步踏向新的落脚点，注意抬腿尽量低……你做得非常对！"

蓝一诺紧紧拽着小巫的手，尽力将自己的这份从容镇定传递给他，她一边辨认着脚下情形，一边冷静地鼓励并引导着小巫。

小巫死死攥住蓝一诺的手，他感觉自己手心有冷汗沁出，但是对方手掌上的暖意消减了这种冰凉，他亦步亦趋地按照蓝一诺的指令行动，小心地踩着蓝一诺的脚印向外挪动。

蓝一诺成功导引小巫走出雷区，奥利佛和阿丹忍不住发出喝彩声。走出草丛的小巫浑身瘫软，但过度的紧张让他的手仍紧紧地拉着蓝一诺的手不放松，蓝一诺理解他的虚弱无力，干脆继续拽着他走向越野车。

几人刚走到越野车附近，远处就突然爆响起一阵闷雷声。阿丹嘴里吸着凉气，嘟囔一句："好险啊，有羊踩爆了雷……"

一串冷汗猛地蹿上小巫的背脊。

第四章 "你是军人，怎么不佩枪？"

小巫面对着蓝一诺。

眼前的维和女军官目测不超过二十五岁，秀气的脸庞上，一双微微上挑的细长眼眸熠熠发光。她的五官都是纤细的，但组合在一起却别有韵味，在迷彩军装的映衬下，有一种弱柳之质却被钢铁铸就成松柏之姿的强对比的美感，使人观之忘俗又心生敬意。那顶蓝色的贝雷帽，把女孩衬托得格外白皙俊秀。

奇怪的是，为什么小巫会觉得眼前这张脸似曾相识呢？

相似的清淡疏朗的五官，不动声色却不怒自威的表情，让惊魂已定的小巫飞快地发动大脑引擎展开搜寻，蓦然间回忆起中学时代的一缕心理阴影。

当年天资聪颖却不甘纪律约束的小巫是班级里的不安定因素，调皮捣蛋才能突出，被老师罚站、写检查、罚抄课文、请家长是家常便饭的事。这些小巫倒不在乎，但是他没法不在乎一双如影随形的总盯在他身上的眼睛。

他至今还记得那位女孩子的大名——叶之萌，一个很诗情画意的名字，女孩也当真出自名门，书香门第之家。叶之萌是班长，不但学习成绩名列前茅，而且极具女干部气质，有卓越的领导能力和组织才干。在小巫看来，她还有极强的刑侦天赋，她拿出警察抓小偷的责任感和自信心，能侦破小巫种种不轨行迹，将他精心设计准备一鸣惊人的"违法乱纪行为"毫不留情地一网打尽，随后还及时记录经过形成战果汇报给老师，开启小巫罚站、写检查、叫家长等一系列的程序。可以说，整个中学时代，叶之萌就是小巫的克星，她对小巫的那句口头禅"巫恪嘉,你又让我抓住"就像噩梦咒语一般萦绕在小巫脑际很多年。

终于找到原因了。这位维和女军人和叶之萌不但眉眼相近,连表情都有点神似,难怪小巫会心生不爽。即使这位秀气威武的女军人刚救了自己的命,小巫也没忘记刚才自己攥住人家纤手忘记松开的窘态,但是"叶之萌印象"在此刻发挥了不应该有的负面效应。

因为被这种情绪左右,小巫没有在第一时间对自己的救命恩人说出应该说的感谢语,然后就失去了再说出的机会,因为他眼中的"叶之萌二世"已经开始语气冷峻地对他进行灵魂审判了:

"你是中国人?来自哪里?"

"我祖籍四川,家在福建,目前在 M 国留学,是假期来这里调研考察。"

"这里是军事禁区,不可能随便出入,你有许可证件吗?在这里考察调研什么?"

"不是,我必须纠正一下哈,我不是闯军事禁区做考察,我是留学生,非常关注战乱地区儿童的生存状态,想做一下调查记录,形成专业文章。"

小巫拍拍胸前的摄像机,郑重做出保证:"我对政治军事都不感兴趣,不会拍什么军事机密,我的兴趣点只在这里的贫困儿童,只想做相关的专题新闻。"

为表示自己的清白,小巫主动取下摄像机,递到蓝一诺手里。蓝一诺翻看一下,递给了奥利佛,蓝一诺犀利的目光始终没离开小巫的眼睛。

"不管什么原因,军事禁区内擅自行动就是违法行为。请你尽快离开。你的交通工具呢?"

"我租车从古城过来的。我的车子放在离这里一公里的一个村里了。我马上离开。"

奥利佛查看了摄像机，对蓝一诺比了个 OK 的手势，将摄像机还给了小巫。蓝一诺点头准许小巫离开，小巫快步跑走。

蓝一诺等人上了越野车，刚启动，就听到一排密集清晰的枪声从蓝线方向传来，接着有炮声呼啸着从他们的头顶飞过，在不远处落地炸响，在前方土路上掀起一股烟尘。

"哦，上帝！冲突升级了！"奥利佛惊呼一声，"咱们得赶紧撤。"越野车飞快启动飞驰出去。

坑洼不平的土路上，不时有流弹飞过，呼啸声尖锐刺耳。透过车窗玻璃，蓝一诺看到前方的小巫明显是被眼前突然燃起的战火弄蒙了头，步履踉跄地向前跑着，一不留神就绊倒摔在地上。

"快停车！"蓝一诺对司机大声喊道，她回头看向奥利佛："我们得救他。"

不待奥利佛表态，越野车已经停在小巫身后，蓝一诺跳下车，向小巫跑去。

狼狈摔倒的小巫此刻惊魂未定，就看见那顶熟悉的蓝色贝雷帽又出现在自己眼前。

蓝一诺动作利索，力气也不小，一把将小巫拽起，对他大声喊道："快，上车！"

回过神来，小巫的行动力也不容小觑，他飞奔几步，一跃就跨上了车，蓝一诺也跳上车，越野车在土路上再次飞驰起来。

奥利佛看看身边的小巫，对蓝一诺咧嘴："又是一个违规。但是蓝，你是幸运的，你的搭档是我。"

惊魂刚定的小巫虽然英语很溜却一时半会儿没明白奥利佛的意思，但是那位女军人的话他却听得清清楚楚："我会如实上报的，但是还是要谢谢你的好意。"

她叫蓝一诺，是个上尉。小巫第一次猜蓝一诺的名字就分毫不差。刚才蓝一诺审问他的时候，他忙里偷闲看清了女军人胸前的标牌，弄清楚了她名字的英文拼写和军衔。

其实汉字字多意广，小巫却能准确猜中蓝一诺的名字是哪三个字，蓝作为姓氏比较少见，而"一诺"两字就完全是小巫的机敏聪颖、善解人意，女军人的父母给她命名时，一定是取自"一诺千金"这个成语，隐含着他们对自己女儿重若千金的爱怜看重之意。由此小巫还猜到蓝一诺一定是个独生女。

吉普车在一个山坡下停住，蓝一诺等人登上小山丘，山顶上树立着一面蓝色联合国旗帜，这里是联合国军事观察站下的一个观察点。远方交战区枪炮声密集，不时有流弹在山坡附近爆炸。

小巫跟随蓝一诺等人进入一个简易坑道，这里像是一个小型防空洞，只能容纳五六个人，几个人面对面坐在坑道里，听着外边榴弹炮在不停地轰鸣炸响。

第一次亲身经历战火场面，虽然不是近距离，但也让小巫感到紧张又新奇。蓝一诺倒是一副司空见惯的神情，此时还有闲心继续"审问"小巫。

"刚才忘记问了，你叫什么名字？"

"巫恪嘉。除却巫山不是云的'巫'，恪尽本分的'恪'，无可嘉许的'嘉'。"

小巫回答得认真郑重，蓝一诺却不以为然地咧咧嘴："你说自己是留学生，是学生不该在校认真学习专业知识？这样到处胡跑可算不上恪尽本分，而且擅闯军事禁区，把自己的生命完全不当回事，这种不理智的行为倒真是无可嘉许！"

这样直戳人肺管子的犀利语言若放在普通青年身上，早被呛得说不出话，小巫却是个混不吝的异类，脑筋活络，伶牙俐齿，从不肯甘拜下风。此刻他微微一笑，直接怼上了面前威严的女军官：

"俗话说，读万卷书不如行万里路，都进入 5G 时代了，大姐！人类获取知识不能只盯着学校课堂那一亩三分地，对吧？当代青年拼的是全球视野、国际胸襟，放眼茫茫宇宙，地球就是个'村'，任何专业归根结底是研究人和这个世界的关联和影响。所以，先天下之忧而忧，幼吾幼以及人之幼，就是至真至纯的理想，我说的没错吧？"

小巫滔滔不绝，蓝一诺却盯住了他那声不合时宜的称谓，她径直逼问："你今年多大？"

"二十五。"

"难怪，"蓝一诺晒笑，一脸不屑，"小屁孩一枚，懒得和你讲。"

这下小巫绷不住了，脸微微泛红："你叫我小屁孩？我看你还没我大呢。"

"算了，你刚才信口开河的那句'大姐'我照单全收，实至名归。"蓝一诺洋洋得意，小巫瞪着眼珠不肯相信："目测你绝对不会超过二十五岁！这可逃不过我的眼睛。我那句'大姐'是调侃专用人称，不作数的！"

"亏你还是留学海外的，议论女士年龄可不算礼貌之举。"蓝一诺蹦出一句英语。刚才两人的言语对呛用的都是中文，坑道里的奥利佛和阿丹完全如听天书，不知所云。此刻蓝一诺这句好容易转换过来的英语让奥利佛来了精神，及时献上自己发自肺腑的奉承之语："嗨，中国小伙，你怎敢小瞧我们蓝上尉？她虽然年轻，却是我们 OGL 的女神，英勇神武，无所不能。"

聪明的小巫马上缴械，他好歹记起蓝一诺刚才两次的搭救之恩，这么怼自己的救命恩人可不厚道，一向识时务、见机行事、可盐可甜的小巫立马放低姿态："是是是，蓝上尉，你是了不起的军人。刚才在雷区，你可太棒了！准确辨认出安全途径，带我走出雷区绝境。哎，你是怎么做到的？真让我佩服之至，也万般好奇。"

"好奇害死猫，你还是别知道的好。"蓝一诺起身就想离开，却被小巫拽住："拜托，女神，告诉我吧，穿越雷区的绝活儿。"

"还想学绝活儿？"蓝一诺眉毛扬起，细长的秀目灵巧一转，她继续呛声小巫，"像你这号儿的，学会了下次再去胡闯雷区？哼，没有永远的幸运，小心你小命不保！"

小巫还想继续问，蓝一诺已经挣脱他的拉扯，正色说道："你别拉我，我有任务呢。"

蓝一诺轻巧地跳出坑道。

枪炮声从密集到渐渐稀落，蓝一诺和奥利佛开始自己的工作，一个用望远镜观察蓝线附近的动态，一个记录着观察到的情形。

蓝天白云，天色明朗，远处山坡绿树苍翠、青草茵茵。身姿刚劲婀娜的维和女兵挺立山巅，瞭望着远方。她的身后，是淡蓝色底子白色图案的联合国旗，和她头戴的蓝色贝雷帽以及迷彩服领口扎着的蓝色围巾完美呼应。

小巫被眼前美好的一幕所吸引，不由自主地举起摄像机，对着蓝一诺拍摄起来。

"停止！你在干什么？"突然发现小巫行为的蓝一诺柳眉倒竖，厉声呵斥。小巫一脸委屈不解："我……我在拍你啊。"

"谁允许你拍我？"

"你工作的状态太美！"

蓝一诺走上前，对小巫伸出手，语气威严："给我。"

"什么？"

"摄像机。"

小巫不情不愿，却不敢反抗，乖乖地把手里的摄像机递给蓝一诺。

"这个我先保存。你回到坑道去。"

"干什么？你们都出来了，凭什么让我待在坑道里？"

"凭我们是军人。你是吗？"

蓝一诺目光炯炯地看着小巫，小巫在这样锐利的目光刺射下有点气馁，但是他的嘴上却不肯饶人。

"你是军人，怎么不佩枪？"

这话呛得蓝一诺愣怔一下，继而放缓语气："佩不佩枪我都是军人，这个你不懂，也不归你管。但此刻你在军事区域，我的话，就是军令，请你马上回到坑道里，没得到允许，不得出来。"

蓝一诺将手里的摄像机递给阿丹，对他示意，阿丹过来拉拉小巫。小巫内心虽然不服气但是又毫无办法，这是在人家地盘上。他只好顺从地走向坑道。

蓝线附近的战事逐渐趋于缓和，蓝一诺等人后撤进入山丘后的 X 哨所。哨所位于 B 国维和部队营区内，由几座板房组成。

阿丹把小巫带进一间板房，小巫留意到门上有休息室的标牌。

阿丹叮嘱小巫："蓝上尉说，请你在这里休息一下，可以看看书报杂志，但注意不要走出这间屋子。"

小巫打量了一下房间，陈设简单：一张床，一个长长的办公桌，书报架上陈列着花花绿绿的报纸杂志，还有饮水机等物品。

阿丹为小巫倒了一杯水，指指侧面小门："那边是卫生间，有需要时可以使用。"

小巫看着阿丹问："我的摄像机呢？"

阿丹："暂时保管在蓝上尉那里，明天出营区时她会亲自交还给你。你先休息，我还有事要忙。"

阿丹正想离开，却又被小巫叫住："翻译先生，我想问一下，这里有电脑吗？能否上网？"

"电脑都在办公室里，那边你不被批准进入。"阿丹对小巫摇头，"先生，这里可是军事营区，上网？想什么呢？"

阿丹离去，小巫百无聊赖地在室内转悠。他翻翻报纸杂志，全无兴趣，从口袋里掏出手机，却又没有一点儿信号。

小巫趴在窗子前向外张望，营区内偶尔有穿 B 国军装的军官士兵走过。小巫发了一会儿愣，又掏出手机切换到摄像功能，隔着窗户拍摄着自己能看到的营区景象。拍完室外，干脆又拍起室内，他自言自语地担任着视频解说："L 国和 Y 国交界的一个兵营的日常，一个无意间闯入者的所见所闻。"

蓝一诺来给小巫送晚餐时，小巫已经把拍摄的几条素材做成了花絮，正在一遍遍欣赏。看到蓝一诺进来，小巫下意识把手机藏回兜里。

蓝一诺似乎没注意到小巫紧张的动作，她把餐盘放在桌上，招呼小巫用餐。

今天轮到 D 国观察员战友做值日，所以饭食是传统风味西餐。看着餐盘里盘成圆圈的烤肠、焗土豆和煎培根，小巫猛地咽了下口水，他这才想起自己已经整整一天没吃东西了。

风卷残云般扫光盘中餐，又喝了蓝一诺给他冲泡的咖啡，小巫心满意足地长舒口气。蓝一诺不动声色地问道："吃饱了？"

"太饱了。"小巫没控制住打了个响嗝儿。抬眼对上蓝一诺似笑非笑的神情，莫名又紧张起来。

这个女兵可不好惹，她又发现什么了？小巫此刻对蓝一诺的思维逻辑仿佛又飞回了往昔"叶之萌"时代。形似外加神似的两个女人，她们难道都是小巫天生的克星？

不能不说小巫的直觉绝不是无的放矢。果然，蓝一诺的神情变得严肃起来，对着小巫伸手："给我吧。"

"什、什么？"

"你右口袋里装着的那部手机。"

蓝一诺说出的话仿佛句句是不可抗拒的军令，小巫无力招架，犹豫片刻，掏出手机递了上去。

蓝一诺熟练地找到相册，利索地删去小巫拍摄的视频、制作的花絮。她没有把手机还给小巫，而是放到自己的口袋里。

"你也太霸道了吧？怎么随便删我的东西？还没收手机？"

"我不想再解释了，看看你所在的位置，弄清楚你应该守的规矩。"

蓝一诺黑着脸准备离开，小巫气呼呼地拦住她："我说蓝上尉，你有点过分了吧。刚才在观察点，你没收了我的摄像机，我没说什么吧，毕竟那里像是军事据点，我理解，要保密。但你看这里……"

小巫指指屋内，瞪着蓝一诺辩解道："一间普普通通的休息室，有啥秘密可言？我怎么就不能拍了？"

蓝一诺口气严肃："军事营区，一切都涉密，任何地方都不得随意拍摄，这是规矩，是铁的纪律。"

"我不是军人，什么铁规矩钢纪律的，跟我无关！"

"任何进入军事地区的人，都要无条件服从军事纪律，这是常识。你一个留学生，不讲规矩，不守纪律，还不懂常识？"

蓝一诺狠狠扔下这句话，推门出去，小巫紧紧跟上。

"你怎么又跑出来了？刚给你强调了纪律，你目前只能待在屋里。"

"对不起，我作为一名自由公民，申请马上离开此地，行吗？"

小巫说得一句一顿，清晰明确。

"不行。"

蓝一诺回答得言简意赅，一个多余字都没有。

小巫气哼哼地对蓝一诺吼道："蓝上尉，请送我出营区，把我的东西还给我。"

"我说过了，不行。"蓝一诺拒绝得干脆冷峻，她将小巫推回屋内，"你既然擅自闯入军事禁区，就要接受这里的管理，还须准备接受必要的审查。什么时候可以出去，你说了不算。"

蓝一诺说着动手关门，却不料被憋急了的小巫那股天生混不吝的毛病又犯了，他推开房门，直接冲了出来。

蓝一诺吓了一跳，她的火也被小巫此刻不理智的莽撞行为勾起来。

"来人！"蓝一诺一声呼喊。几名持枪的 B 国士兵跑了过来，围住了小巫。

一脸沮丧的小巫被士兵押解到一个更小的板房中，门上了锁，门口有士兵持枪把守。气急败坏的小巫扒着窗户，对外边的蓝一诺大声喊话："你有什么本事啊，一个连枪都不佩的军人，能算真正的军人吗？"

蓝一诺没吭声，她准备走开，却被小巫下面的一段话说得站住了脚步：

"你们不是号称联合国维和军人吗？你们的职责体现在哪里？那边 L 国和 Y

国军队在交火，你们不去制止，却躲在这里又是观察又是记录的，有啥作用？就是装模作样罢了！"

　　蓝一诺回头看向小巫，小巫一脸的倔强不屈。

第五章 "一个处分救一条命，值了"

　　蓝一诺面对着小巫。

　　她暗暗猜测这个二十五岁的青年一定是双子座。他有着感性和理性的双重人格，激动起来放荡不羁、口出狂言，像一只跳跃在山间的烈性小豹子，但冷静下来，却又沉稳持重，大大的眼睛凝视着你，会让人想起驯鹿眼里散发出来的柔和沉静的光泽。

　　但是不管怎样，蓝一诺必须承认，小巫的口才极好。

　　小巫接过蓝一诺递过来的手机，翻出里面的相片，向蓝一诺一一展示，有 H 国鼓着大肚皮啃着泥巴饼干的黑人小孩儿，有面对镜头举手投降的小女孩儿，更多的，是小巫前几天在帖金城附近难民区拍到的照片。

　　那天，小巫和楚曼在赛尔德的带领下来到他们家所在的贫民区。眼前看到的情景让小巫完全不相信自己仍身处于帖金城。

　　狭窄的街道和头顶密布的各种管线构成了居住在这里的数千人的生活空间。污水横流的街道，垃圾随意堆放的巷口，矮小的房屋层层叠立，几乎没有隐私可言。杂乱铺设的电线在半空中任意纵横交错，衣衫破旧、满身尘土的孩子们每天就从这样如蜘蛛网般的天空下穿行而过，据赛尔德介绍，这里每年都会发生儿童触电身亡事件。

　　小巫随意抓住一个跑过自己身边的小男孩儿，他注意到这个看上去四五岁的小男孩儿裸露的双臂上疮痕斑斑。

这样的疤痕小巫在赛尔德母亲的手上也看到。赛尔德和他的家人住在一个破旧的铁皮屋中，屋里一贫如洗，几乎没什么家具。小巫和楚曼坐在满是污迹的地毯上，看到两个小姑娘躲在里屋门帘后偷偷向他们张望。

"她们是我的两个妹妹，"赛尔德向小巫和楚曼介绍，"我还有一个姐姐，她已经出嫁了。"

小巫掏出带来的糖果点心，示意赛尔德拿给两个妹妹，赛尔德拿了过去，那边传来无法抑制的笑声。

赛尔德妈妈为客人端来了茶水。楚曼端起杯子打量，是一种淡褐色的液体，发出一股难以言说的味道。楚曼略显犹豫，却看到小巫已经镇定自若地喝了起来。

"这种茶是我们这里特有的，是用从山上采的草熬制的，你喝得惯吗？"赛尔德问小巫，小巫点头："没问题。"

赛尔德却摇头："可我知道它很难喝。但如果不加这种草，我们的水更难喝。"

小巫此刻注意到赛尔德母亲的手上也有疮痕。小巫起身去看赛尔德家的饮用水，从水桶里舀起一瓢水仔细打量，又用舌尖舔舔。小巫觉得自己有了答案。

回到帖金城酒店，小巫和楚曼都出现了消化道不适的症状。小巫只是腹部疼痛，略微有恶心的感觉，楚曼却上吐下泻，卧床几天，错失了和小巫一起去蓝线附近考察的机会。

小巫根据自己的观察和上网搜到的相关资料，认定难民区的饮用水水质过咸，使得当地人患有各种皮肤病。而对于像小巫他们这样的外来客来说，这种水就会引发消化道疾病。

蓝一诺默默翻看着小巫手机里采访拍摄的照片，小巫向她讲述自己目前所做的事意义之所在：

"贫穷战乱地区儿童的生存状态令人揪心，但是我在想，这个世界上有多少人，能真正关注到这个群体。就像昨天，我拍到的那个牧羊男孩，他只有九岁，他放养的羊就是他们家的全部家当。

"他完全不懂什么政治、军事，他只是在寻找更丰沃的草地，不管是 L 国还是 Y 国，他只关心他的羊能不能吃饱。但是在动荡危险的边境线上，除了贫穷，他还时刻面临着死亡、受伤、残疾的命运。"

小巫认真地看着蓝一诺，如驯鹿般温顺明亮的眼睛散发着灿烂的光芒："我想记录下这些，把它们编辑成纪录片，放在我的直播节目中，让更多的人看到并关注这里的儿童、这里的难民，带给他们改善处境的希望。"

"我必须承认，你做的事很有意义，你的初心值得点赞，但是，"蓝一诺也认真看着小巫，耐心地说服着，"你单枪匹马闯入边境线，尤其是通过买通当地人来绕过哨卡，这样大胆冒险的行为，绝不值得提倡。"

蓝一诺站起身："这个世界是有规则的，如果人人不守规矩、任性妄为，难道不会引起更多的矛盾，造成更多的冲突，甚至引发更可怕的战争？我个人倒觉得，一个有现代思维的新青年，不仅要有爱心，更要有责任心。我们每个人，都肩负着不同的责任，我们要对自己的言行负责，对这个社会负责。"

蓝一诺想离开，小巫追问道："说到责任，上尉，你还没回答我对你提出的问题，你们维和军人的责任在哪里？是躲在军营哨所看看、写写、画画？那边不远处就是两国军事分界线，那里硝烟弥漫，弹雨横飞，你们作为军人，能做什么？所谓军事观察员在这里的意义，又是什么？"

蓝一诺打开窗户，又打开门，示意小巫别说话，蓝一诺做了一个静静聆听的手势。

黎明的阳光斜斜地照进小屋，周围一片寂静。

"听到什么了？"蓝一诺问小巫。

小巫摇头，随即醒悟："枪炮声完全没了？消失了？"

蓝一诺微笑："硝烟散去，这里的黎明静悄悄。这就是我们存在的意义。"

小巫呆呆地回味着蓝一诺的话，蓝一诺已经转身离去。

中午时分，蓝一诺再次带来午餐，同时从身边的包里取出小巫的摄像机，还给他："吃饱了，咱们就出发。"

小巫诧异："去哪儿？"

蓝一诺送给小巫一个白眼："你又不是军人，还想驻扎在这里？当然是送你回去。不过，还需要办理一些必要的手续。"

小巫被移交到洪浩那里，作为联合国驻 L 国部队军事参谋，洪浩联系了中国驻 L 国大使馆，审核了小巫的身份，确定他是以留学生研学的名义来到 L 国采访。但对于小巫违规擅自闯蓝线的行为提出了警告批评。大使馆人员离开后，洪浩又对小巫进行了相关外事教育。但人和人之间的缘分很微妙神奇，小巫放荡不羁的行事风格遭遇洪浩稳健持重的作风，反而碰撞出友情的火花，两人一见如故，相谈甚欢。

回到帖金城的小巫和楚曼简单讲述了自己在蓝线的遭遇，说到蓝一诺，小巫就用了一句"超级霸气厉害的女军事观察员"轻描淡写地一带而过，倒是提到洪浩时，小巫绘声绘色地讲述了洪浩科普给自己的知识点。他们决定把关注对象放在难民区，赛尔德就是一个极好的个例，他的家庭，他的姐妹，他的人生轨迹都应该好好关注。

原来洪浩和赛尔德也很熟悉。赛尔德经常帮助在帖金城的维和军人购买物品，打杂跑腿，尤其和中国军人关系良好，赛尔德的中文就是跟洪浩等人学习的。洪浩也通过联系当地红十字会援助机构，尽量帮助赛尔德家附近的难民解决生活困难。以一个来自 S 国的难民儿童为纽带，让很多人忙碌在一起，也相互建立了联系。

可能连小巫自己也说不清楚，对于军事观察员这个职业，自己为何突然格外关注起来。他上网搜寻有关军事观察员的信息，弄明白了这个职业的含义、职责和存在的意义。

联合国军事观察员是指联合国会员国政府应联合国的请求提供给联合国，并由联合国派往冲突国家或地区单独执行维持和平任务的军官，他们身穿联合国军服，头戴蓝色贝雷帽，所以又称"蓝色贝雷帽部队"，是联合国维持和平行动的一部分。

军事观察员的主要任务是：在联合国的授权下，根据冲突各方与联合国达成的停火协议，监督检查冲突各方对停火协议的遵守情况，观察有无违反停火协议的行为，如不经联合国的同意调动集结部队、紧急或大规模训练部队、增加武器装备数量等，均属违反停火的行为。联合国军事观察员应恪守公正、中立和不使用武力的原则，依靠谈判、调停、劝说等和平手段，而不是以武力威慑来执行维和任务。因此，联合国军事观察员在执行任务时一般不携带武器，即使他们会因此而面临一定危险。

小巫一遍遍默读并理解着这个特殊职业的含义，联想到自己在蓝线上的那短短的经历，他记起那天早上，蓝一诺打开房门和窗户，让自己聆听周围声音时的情景，那位俏丽又聪明的女兵，在不动声色间暗示了自己和战友们所做的一切。

在硝烟中睡去，在炮火中醒来。不为战争和毁灭效劳，而为和平与谅解服务。这群人身着军装，头戴蓝盔，代表着和平与正义去监督交战双方停火，这样的工作充满了刺激和挑战，小巫第一次感受到一种职业的神圣意义，心底有点羡慕蓝一诺他们了。

清明节到来，在帖金城的中国维和军人们照例去给牺牲在这里的战友扫墓。

三年前，L国的一个联合国军事观察哨被炸，四名观察员牺牲，其中就有一名中国观察员。以后每年来这里执行任务的中国维和军人，都会在清明节去祭奠这位长眠在异国他乡的战友。

墓地在被炸毁的原观察哨位置，现在那里树立起一个纪念碑。蓝一诺、洪浩等五名中国军人带着自己制作的白色花环和来自祖国味道的食品一步步走上台阶。

纪念碑在地中海灿烂的阳光下巍然屹立，庄严肃穆，周遭一片祥和安宁。但仔细望向碑身，上面布满弹片的痕迹，碑体中裸露着的钢筋狰狞刺目，不远处被夷为平地的哨所和避弹所废墟，又昭示人们勿忘战争的残酷与恐怖。

洪浩打开二锅头酒，倒在碑前排好的酒杯中，又点上一包中华牌香烟，插在祭奠台前。蓝一诺把带来的各色中国小食品摆放在花环周围。五名头戴蓝色贝雷帽的军人成一列肃立，向烈士纪念碑敬军礼。

在纪念碑的侧面，还有一个特殊的维和纪念物——一根密密麻麻地钉满了写有不同国名和距离的铭牌的标志杆，它见证着各国军人为了和平的付出。

蓝一诺显然是做了精心准备，她拿出自己事先用易拉罐的铝壳剪成的一枚长方形箭头，在上面用马克笔写了"BEIJING CHINA 7500KM"字样。在洪浩的协助下，蓝一诺将箭头对准中国的方向，并牢牢地钉在标志杆上。中国军人们再次肃立成一排，面朝祖国方向庄严地敬军礼。蓝一诺心潮澎湃，她的脸颊因为激动而泛起粉红色，细长的丹凤眼蒙上一层薄薄的水雾。她知道，就在这一刻，中国印记永远地留在了这片土地上，也永远留在了联合国维和大家庭中。作为亲历者，她和她的战友们都感到无上的荣光。

走下纪念碑在山坡前小憩，洪浩突然看着蓝一诺问道："一诺，我一直想问你一个问题，为什么来参加维和？"

蓝一诺顽皮一笑："因为你在这里啊。"

看着洪浩瞪大眼睛，蓝一诺捂住嘴巴，生怕自己忍不住笑出声来："我替方圆看住你啊，怕你迷失在美女之邦，乐不思归。洪少校，这里可是著名的东方小巴黎呀。"

洪浩摇头："没正形儿。蓝上尉，请认真回答我的问题。"

蓝一诺整整自己的蓝色贝雷帽，微扬秀颈："当军事观察员神气啊。"

看着洪浩若有所思，蓝一诺也收起嬉笑，认真回答道："其实吧，你知道我的理想就是成为一名真正的职业军人。那么在和平年代，怎样才算是真正的军人呢？我想，没经历过战争的洗礼、弹雨硝烟的熏染就算不得合格的兵。"

洪浩点头："就是那句流行语——我们不是生活在一个和平的时代，不过是生活在一个和平的国度罢了。"

蓝一诺紧接上他的话："维和是勇敢者的事业，蓝盔是勇敢者的荣耀。能有机会走出国门，参与维护世界和平的任务，是实现我人生理想的重要一步。"

眺望着远方碧蓝色的地中海，蓝一诺向老战友老搭档继续说着自己的从军感悟："参与维和行动，对中国军人来讲，最重要的收获是开阔视野。国际规则、任务考验，对于军人素质、军队管理有潜移默化的影响。经历过和没经历过肯定不一样，这些都是看不到的财富。"

"这才是大实话。"洪浩抚掌，但是他的神色却突然变得严肃起来，他紧紧盯着蓝一诺，"我倒认为，想成为标准的职业军人，还有一条极为关键的要素，那就是严格遵守纪律。"

说到这里，洪浩加重语气："作为曾经的搭档和战友，我一向毫不怀疑你的军事素养和个人自控能力，但我不明白的是，一向严守军规从不逾越半步的未来最优秀的职业女军人，怎么会在遇到具体问题时，鲁莽冲动，任性妄为？"

这番话语气就有些重了，蓝一诺微微一怔，很快明白了洪浩的有所指。她不好意思地垂首："你都知道了？这真是好事不出门，坏事传千里啊。"

"救人当然算好人好事，但具体问题具体分析。身为维和军人、军事观察员，什么该做、什么绝不能做应该是有着钢铁般的纪律。我且问你，听说UNTSO总部对你们军事观察员有三点要求，是什么？"

"安全，安全，还是安全。"

"你背得很溜啊。那我再问你，在没有工兵援助的情形下，你擅自进入雷区，算什么？"

"你知道我不做没把握的事。当时事发突然，命在旦夕，我没法不救人。"

"有把握做事就可以违反军纪？蓝一诺，你真会这样认为？"

"不是，不是，当然不是！我承认……肯定是违反了军纪，违反军纪肯定是错误的！所以我已经如实撰写了报告并上报总部，我等待处分。"

蓝一诺低低地埋下头，洪浩看到这样的她有点心生不忍，但该说的话还是要说："万里迢迢来到异国他乡参加维和任务，只为实现自己职业军人的梦想。

你知道一个处分，意味着什么？"

"一个处分救一条命，值了。"

蓝一诺平静的语调和写在脸上的坦然让洪浩动容，他一时半刻说不出什么。蓝一诺反倒善解人意地开导起他来："我知道你在为我担心，但是事情已然发生，无法挽回。下次，我保证再不触犯军规军令，你放心吧。"

"唉——"洪浩长叹一声，更说不出话来。

一阵强劲的海风吹来，纪念碑前树立着的联合国旗呼啦啦作响。洪浩和蓝一诺的目光此刻都望向那蔚蓝色的旗帜。旗上镶着蔚蓝的联合国徽章，白色的橄榄枝和地球标志无声无息。

洪浩的确为蓝一诺的安全感到后怕，也为她即将到来的未知量级的处分而担忧。但他不知道的是，蓝一诺曾拒绝过一种也许很有效但不够光彩的弥补之计。

那日从蓝线下哨回到帖金城，奥利佛专门私下找到蓝一诺，建议她可以将在蓝线上发生的事情充分淡化后再写进给总部的报告中。反正没多少人知道蓝一诺走进雷区外加带非军人进入营区的事情。

"天知地知你知我知，阿丹那边我们可以充分搞定。"奥利佛对蓝一诺说道。他佩服蓝一诺助人为乐的非凡勇气，不想让蓝一诺接受处分，从而影响她原本光彩照人的维和军旅生涯。

蓝一诺拒绝了奥利佛的好意，坚持如实书写在蓝线时的全部行程动态，上报 UNTSO 总部。

蓝一诺静静等待自己应得的那个处分。

第六章 "我欠她一个道歉"

两个月的研学时间很快到期，小巫和楚曼的 S 国签证才拿到手，但楚曼的导师已经召唤他回去做毕业答辩。楚曼说服了小巫放弃继续考察的计划，先一起回哥大完成毕业事项，等今年暑期再找机会来这里。

意外情况发生在小巫他们出发前夜，帖金城南部难民区遭遇不明原因恐怖袭击，发生了严重的爆炸事件。

在小巫眼里，这是此生难忘的一个血色黎明。

因为采访记录，小巫和楚曼多次来过赛尔德家所在的难民区，这里拥挤破败的环境也渐渐变得熟悉。但是此刻，站在曾经走过的地方，小巫他们完全失去了方向，就连往昔的记忆似乎也因眼前看到的情景变得不真实起来。

废墟，一片混沌凌乱、残酷恐怖的废墟。所有的人们曾经生活在这里的痕迹，都在一夜间被未知的可怕能量抹去。

眼前到处可见破损的建筑物和散落的玻璃碎片，一些集装箱式的简易住房在爆炸中被掀飞、变形，旁边的街道巷口一片狼藉，纸箱、泡沫板和各种生活用品像垃圾一样四处散落。离事发已经过去七八个小时，现场依然弥漫着浓烈刺鼻的焦煳味道。

大量的受伤人员已经被送走，但仍有人在废墟里寻找着幸存者。有人守候在瓦砾堆旁表情木然，老人蜷缩在已经看不清往昔模样的家跟前抹眼泪，面部淌血的受伤女孩被救助者横抱着送到救护车上，幼小孤独的孩童在号哭奔跑……

小巫和楚曼走在恍若人间地狱的现场，小巫突然想起刚到帖金城时的感受。他震惊于这个城市带给自己的惊艳之感。美丽的古城，四千年前的恢宏古迹，幽静美丽的港湾，开放浪漫的女郎，安逸闲适的居民们。他听过这样一句赞美词："如果这世上真有天堂，那一定是帖金城的模样。"

然而眼前的一切，却是从天堂直入地狱，巨大的反差让人惊诧、战栗、满心悲凉。

"看来咱们已经无法找到赛尔德家的位置了，一切都混乱了，失去了……"楚曼喃喃自语。他长叹一声，举起摄像机，开始拍摄眼前的情景，在他晃动的镜头里，这里发生的悲剧变成历史的瞬间被记录在案。

小巫却毫无心思顾及这些，他看到有一个红十字标志的车辆停在那里，就飞快地跑了过去。

小巫打听到几个伤员救助点，他一一寻找过去，最后来到中国维和部队二级医院。

设立在简易板房中的抢救室和病房都挤满了人，中国军人医护人员忙碌地奔跑在手术室和抢救间。

小巫到处寻找查看着，他没有发现赛尔德的身影。

难道……小巫不敢想下去。这两个多小时的奔跑找寻让他身体疲惫，心底慢慢涌起的绝望感更让他心力交瘁。他喘息着，跌坐在医院外边的芭蕉树下。手机铃声此刻响起，是楚曼打来的。

"嗨，巫，你在哪里？我们该出发去机场了。"

"我还没找到赛尔德，也许他被送到什么救护点了，也许他已经不在人世了……"

"巫，我们已经尽力了，这是没有办法的事，上帝看得到这一切，我们无能为力。咱们还有更重要的事去做，走吧。"

小巫长叹一声，站起身准备离开，突然，他看到一辆救护车开进医院大门。

"楚曼，这样，你先出发，我过一会儿来追你，咱们机场见。"

"好的，你抓紧时间，千万别误机。"

小巫收起电话，向救护车跑去。

洪浩跳下救护车，迷彩军装上满是血迹，他指挥着将伤员送进急救室。小巫跑到洪浩面前，还没等他开口，洪浩就急急地对他说道："你去急救室那边等，我找到他了。"

赛尔德虽然成功被救出，但目前还谈不上死里逃生，他的伤势异常严重，下身血肉模糊，完全看不出人形。

小巫只来得及扫一眼赛尔德的面容，只觉得惨白如雪，往日灵动活泼的大眼睛此刻紧紧闭着，额头上的外伤让他小巧的脸庞血污横流。

赛尔德被直接从急救室推向手术室。小巫呆呆地站在手术室外，他的手机铃声又响起。

"巫，你在哪里？还没到机场吗？登机时间快到了。"

"楚曼，我这次可能不回去了。已经找到赛尔德，他受了重伤，非常重……"

小巫的声音哽咽住，那边楚曼的声音很是焦急："哦，上帝保佑可怜的孩子。但是，巫，我们在这里也做不了什么，你还是……"

"反正已经来不及去机场了，我决定留下来。楚曼，一路顺利。"

小巫打断楚曼的话，匆匆说了一句，就关上手机。

洪浩此刻匆匆跑来，看着小巫商量："赛尔德的家人已经全部遇难，现在他要动一个大手术，需要有人签知情书。"

"我来吧。"小巫毫不犹豫地回答。

洪浩点头："相比较而言，你的身份可能比我们更合适。跟我来。"

知情书是英文版的，小巫接过护士递过来的笔，正要签字，却突然被一行单词惊住了，他急切问道："截去双下肢？怎么是截肢？！"

护士被小巫震惊的情绪吓到了，语气有点磕绊："是、是截肢啊，不截肢，怎么保命？"

小巫愤愤地扔下笔，回头看到洪浩进来，小巫的怒火向洪浩喷射而出。

"你们竟然要截去赛尔德的双腿？为什么？凭什么？"

"为救他的命！"

洪浩也瞪眼怒吼，他此刻的痛苦一点儿不比小巫少。洪浩认识赛尔德还在小巫之前，灵巧活泼又热情大方的赛尔德和驻扎在帖金城任务区的中国军人们建立了良好的关系，尤其是洪浩，因为经常借请赛尔德干点儿零星小活儿给他经济资助，赛尔德亲切地称呼洪浩为少校大哥。

但是哀伤不会让一向冷静稳健的洪浩失去理智，他知道目前状况下何轻何重。洪浩说服小巫："你冷静一下。赛尔德的伤势超出你的想象，其实也超出了所有人的想象。如果不截去下肢，他活不过今天。"

小巫惊恐地瞪大眼睛。

"他的双腿几乎被炸成了麻花……"洪浩几乎说不下去了，他长吸口气，恢复平静，"我们现在最该做的事，就是让他活下来。"

洪浩拿起笔，递到小巫手里。

小巫狠狠地咬住下唇，颤抖着手，签下了自己的名字。

芭蕉树下，小巫仰望晴朗明净的天空。多么美好的世界，万物皆有徜徉其间的本领。鸟儿从头顶鸣叫着飞过，灵巧的双翅忽闪着，自由的感觉真好。

赛尔德，赛尔德……小巫念叨着这个名字，这个据说是阿拉伯语中寓意着"好运"的名字，他不由得苦笑了起来：一个十一岁的男孩，失去所有至亲，又失去了双腿，他的好运究竟在哪里？这动荡不安的世界，又该让卑微又残缺的他如何生存下去？这点思绪弄得小巫的心都颤抖起来。

洪浩的喊声响起："小巫，快来！赛尔德醒了。"

赛尔德安静地躺在洁净的白色被子中，原本就单弱瘦小，被截去下肢的他此刻更像一个幼小的婴孩。

小巫抚摸着赛尔德的脸颊。他的额头裹着纱布，此刻只有两个脸蛋可以被人爱抚。赛尔德的眼睛像是蒙了一层薄雾，透过水光凝视着小巫，亮晶晶的。

"疼吗？"

"不。没有啥感觉。我的伤，都好了吗？"

"没感觉是麻药还没过去。你的伤很重，要安心休养一段时间，但是放心，这里很安全，医生们会好好看护你。"

"我知道，我喜欢你们。喜欢中国人。"

赛尔德竟然咧嘴笑了，但是笑着笑着，他嘴角抽搐几下，又瘪嘴哭了。

"怎么，是伤口疼吗？"小巫有点紧张，想去找医生，却被赛尔德的话止住了脚步。

"小巫哥哥，我不疼。我想我妈妈和姐妹了。我知道她们全死了。"

小巫回到赛尔德身边，抚摸着他的脸蛋不知该如何安慰他。赛尔德却梦呓般地向小巫讲述了自己的遭遇：

"姐姐回来了，妈妈做的饭，我们家难得能吃到那么好吃的饭。我们围坐在一起开心地吃饭……晚饭后准备睡觉的时候，突然就听到一阵巨大的声音……我好像头上被砸了一下，糊里糊涂就睡着了。醒来时，我发现腿被压住了，怎么也动不了……我浑身都疼，特别疼，到处都是血……有人把我拉出来了，我的耳朵没有受伤……我听到了那些人在说话，他们说，我的母亲和姐妹都死了……"

赛尔德又瘪瘪嘴，做出哭的表情，但奇怪的是，他的眼睛里此刻竟然没有泪水流出来。小巫却泪流满面，一滴滴地都落在赛尔德的身上。

小巫陪护了赛尔德一个月，从中国维和二级医院转到帖金城红十字会医院，赛尔德的情况稳定好转。

让小巫感到欣慰的是，赛尔德似乎很容易就接受了自己失去双腿的悲剧，没有小巫想象中寻死觅活的场景出现。洪浩的解释让小巫明白了一个道理：贫困战乱地区的儿童，接受苦难的能力完全超出我们的想象。这是好事，还是坏事？小巫悲凉地反复在心底拷问，却始终无法得到答案。

关于赛尔德伤愈后的安置问题，小巫很是挠头，他不可能永远留在这里，但是不安排好赛尔德的生活，他也无法安心离去。小巫跑了很多慈善组织，但是都没有好的回复。后来还是洪浩出面，通过红十字会解决了这个难题，赛尔德得到了良好的安置。

小巫重新订了返回 M 国的机票。临行前，他想约洪浩再见一面，告个别，顺便感谢他对赛尔德的帮助。小巫手机联系不上洪浩，又进不去他的工作单位，只好来到帖金城军事观察员租住地的"中国 HOUSE"，想向蓝一诺打听一下洪浩的信息。

"中国 HOUSE"里住着两名中国男军官，却没有看到蓝一诺的身影。小巫打听蓝一诺的消息，被告知蓝一诺已经调离此地，至于到哪里去了，两名中国男军官讳莫如深，以军事机密为由拒绝告知。

小巫有点失望，却在走出"中国 HOUSE"后看到了希望，他竟然在院子里遇到了奥利佛。熟人相见小巫分外热情，不料奥利佛看到小巫却没有什么好颜色，他神情严肃地冲着小巫直摇头，把小巫都摇晕了。

"奥利佛上尉，你这是什么意思啊？"

"说实话，我真的不想再看到你，尤其在这里。"奥利佛指指"中国HOUSE"的方向。

"你到底怎么了？我没得罪你吧？"小巫更糊涂了。

奥利佛耸耸肩，露出遗憾的神色："你当然没有直接得罪我，但是因为你的过失，让我失去了最佳拍档，这真令人惋惜啊。"

"失去最佳拍档？什么意思呢？"小巫百思不得其解。奥利佛看着前面的"中国 HOUSE"，长叹口气："你还记得我的女神吗？来自你们中国的美丽女上尉？"

"你是说蓝一诺？我怎么会忘记呢？她是我的救命恩人。上次在蓝线，没有她，也许我就命丧雷区了。我这次就是过来找她的，但是听说她调离此地了？"

"你难道不知道？蓝上尉就是因为你的缘故，被我们总部给处分了。她被发配到更危险的去处了。"奥利佛痛心疾首地再次叹气。他这番话让小巫惊呆了。

"什么？蓝上尉是因为救我，被处分调离？她去了哪里？"

奥利佛欲言又止，他的手被小巫一把抓住，小巫的语气因急切而颤抖："奥利佛上尉，快告诉我，蓝一诺到底去哪儿了？"

奥利佛慢吞吞地说出一个国家名字，小巫听了愣怔住，他突然扭头就走，刚出院门，就和正走进来的洪浩撞个满怀。

帖金古城码头。夕阳西下时分，金色的光线铺洒在海面上，像是给海水笼罩上了一层金丝被。整个渔港码头静谧安详，游人怡然自得。傍晚正是这里最迷人的时刻。小巫和洪浩走在沙滩上，却无心观赏这难得的人间美景。

"奥利佛上尉的话有点夸张，也有点小错误。蓝一诺调离此地不是因你之故，你不必自责。"

小巫停下脚步，愣愣地看向洪浩："那我问你，蓝一诺因为救我，受到处分，这是真的吧？"

洪浩点头："UN 车辆不得随意搭载平民，这是联合国总部的纪律。但是面临战火纷飞的紧急情况，她带你上车到军营避难，虽然违规却情有可原，事后她如实写出报告上报总部，是得到充分谅解的。"

小巫默默地听着，洪浩慢慢讲述，语气平静。

"但无论如何，在没有工兵援助的情况下，蓝一诺擅闯雷区，这可是严重违反军纪的行为。"

"什么叫擅闯雷区？她可不是毫无缘故、任性妄为闯进去的，她是为了救我！"

"你是平民，救你应该。但是她是军人，有军规军纪约束。这个你可能不太懂……"

"什么狗屁军纪？这也太不近人情了吧！我抗议！强烈抗议！"小巫急得开始爆粗口了。

看着急吼吼的小巫，沉稳风范的洪浩继续耐心解释："我说过，你是平民，不理解军纪很正常。但我要告诉你的是，蓝一诺这次虽然受到处分，但是她的工作调动真不是因为这个，你不必有心理负担。"

"我凭什么没有心理负担？她明明因为我才受到了处分！洪少校，你不必为了安慰我而隐瞒真相，我知道我该怎么做。"小巫下定决心般咬咬嘴唇。

洪浩警惕心起，他拉住小巫，认真警告道："你想做什么？千万别胡来！"

"我只做自己认为正确的事，是否胡来，评判标准在我，而不在于任何人！"

"以我对蓝一诺的了解，她会在新的岗位做出新的成绩，开创属于她自己的新局面。你真的不必为此事担心焦虑。"

"做不做出新成绩那是她的事。我只知道，我欠她一个道歉。"

小巫对洪浩说着，也像自言自语般："是的，她救了我，我都没向她正式道一句感谢，但我不能再欠她一句道歉。"

小巫甩甩头，疾步跑开。洪浩自是不能放心，他冲着小巫的背影喊："哎！巫恪嘉，你要干什么？"

小巫回头，对洪浩扔下一句话："我说过，我欠她一个道歉！"

小巫径自跑走了。

第七章 "怎么会是你?!"

　　蓝一诺来到 S 国已经一个月了,她逐渐适应了新的工作环境、新的工作任务。虽然都是维和军人身份,但是她现在成了联合国停战监督组织驻马城联络处的联络军官。

　　S 国和 L 国不同,虽然都位于中东,两国相邻,但相对于 L 国曾经战乱、现在逐渐平息的国内状况,S 国目前还是处于内战频仍、烽火四起的阶段。

　　危险如影随形,从蓝一诺踏上 S 国国土那一刻起就开始了。她就职的地方位于 S 国首都马城,她租住在平民区一个叫卡里的街区公寓,每日到位于市中心的希姆酒店上班。

　　马城虽为 S 国首都,治安情况却并不比 S 国其他地方好。爆炸、枪击、劫持、围攻、挑衅,各种恐怖活动接二连三。蓝一诺的主要工作有两项:为进出 S 国、L 国及 Y 国的各国军事观察员办理相关证件和手续;观察当地的军情民情,每日形成报告上报 UNTSO 总部。

　　蓝一诺来到军事局面动荡不安的马城后,听很多维和同事说过在此地的遭遇。

　　"离我最近的爆炸,只有三四十米。"来自 F 国的军事观察员这样对蓝一诺讲述,"一辆油罐车被安装在车底的炸药引爆,巨大的火球像一轮太阳一样升起来!"

　　"带有联合国标志的车辆被当地民众包围,车辆被损坏,我们几个人在车里差点儿受伤。"A 国军事观察员提醒蓝一诺出行注意安全,"这里不比你过去待过的 L

国，这里的社会处于混乱危险状态。"

蓝一诺还听到一个更加恐怖的消息，就在这个任务区，一个月前，一辆载着军事观察员的汽车被火箭弹击中，车子被气浪掀到空中，又重重落下。武装分子冲上去把来自 P 国的军事观察员拉下车，用枪顶着劫持了一个晚上。

其实 S 国目前的局势蓝一诺不是不清楚，她主动申请来这里工作，并不是如奥利佛想象的那样，因为接受了处分而被贬职流放，她早在上次去蓝线巡逻上哨前就写了个人申请报告，想有机会到更危险的 S 国来执行维和任务。她笃信锋利的宝剑是经过千锤百炼的，优秀的军人也是经过严峻考验的。越是艰险越向前，真金不怕火淬炼。

但是蓝一诺并不是头脑简单的莽撞之人，她来之前做了充分的准备，研究了当地的形势，也预备了一些军事知识。来到马城后，蓝一诺随身携带的双肩包里，三角巾和止血绷带随时放在单手就可以取出来的位置。她不停地变换着上班线路，紧紧绷起弦，时刻关注周遭动态。

潜意识中，蓝一诺总觉得身后有双眼睛如影随形，但当她回头，却又毫无踪迹。

这日，蓝一诺和两个外军维和战友乘坐标有"UN"标志的吉普车通过马城市区，正遇上当地两个派别的民众在举行抗议示威游行。混乱的街道，UN 车很快就陷入拥挤喧闹的人群中。

"大家注意安全，关紧门窗。"军衔高的来自 D 国的少校处长戴维斯叮嘱蓝一诺和另一个来自 G 国的上尉西姆。随后戴维斯命令司机加大马力，迅速通过游行人群。

但从街市各个方向不断聚集的两派抗议者实在是太多了，UN 车像一只陷入漩涡的甲虫被四面八方汹涌而来的人潮裹挟住,无法动弹。

UN车的车窗用的是镀膜玻璃,外边看不到里面的情形。既然车子陷入人流之中无法动弹,蓝一诺等人干脆拿出相机开始工作,他们观察窗外情况,拍摄游行场面,为将要撰写的日志报告积累素材。

正当蓝一诺他们认真地在车内开展工作时,周围的两派抗议民众突然开始互殴,混乱中,他们双方都将UN车作为袭击目标,发泄自己的激烈情绪。人们开始疯狂砸车,一不留神,有力气大的青年男子竟然搠开了副驾驶的车门,坐在那里的戴维斯少校被失去理智的民众从车内搠出了半个身子。

说时迟,那时快,开车的司机刚发出惊呼声,西姆上尉都还没反应过来,蓝一诺已经推开车门,上前救护。

蓝一诺的突然出现让车下的人愣怔,就一秒钟的时间,蓝一诺已经奋力把戴维斯少校推进车内,司机和西姆同时伸手相助,把车门重新关上。

回过神来的民众把发泄点集中到蓝一诺身上,蓝一诺被围住无法回身上车。人们推搡着蓝一诺,突然蓝一诺摔倒在地,她手里没有来得及放下的相机摔在地上,顿时四分五裂。

就在这个危急万分的时刻,突然人群外响起一阵轰鸣的机车声。一辆摩托车嘶吼着闯入人群中。

人们被这疯狂驶来的摩托车的气势所慑,纷纷闪开躲避,摩托车靠近UN车,骑摩托车的是一名身材高大的男子,他黑衣黑裤黑色皮靴,头戴一顶黑色的头盔,让人看不清面目。

但见摩托车飞快地靠近蓝一诺,就在接近她的那一瞬间,黑衣男子伸手搠住蓝一诺的防弹背心,嘴里大喊一声:"起来!"

蓝一诺原本身手敏捷，有着极高的军事素养，她伸手攀住黑衣男子的臂膀，身子一挺，飞跃而起，落入黑衣男子的怀中。

众目睽睽之下，黑衣男子海底捞月一般救起蓝一诺。摩托车的轰鸣声突然变大，黑衣男子分明是加大了马力，摩托车像一匹脱缰的野马，飞驰而去。

蓝一诺陷身在一个未知的疾驰如风的狭小空间里。按照军人的本能，她应该感受到未可预知的危险，但是从直觉判断，她却没有恐惧的感觉。眼下难管其他，摔落在疯狂抗议民众圈里的她原本就吉凶难测，此刻冲出重围倒可能有一线生机。

但奇怪的是，为何会有一种特别笃定踏实的感觉呢？蓝一诺飞快地转动大脑，是那句"起来"的中文吼叫，还是一种无法言说只能意会的特殊第六感，让此刻的她没有再次被劫持的恐惧，有的只是脱离险境的快感。

黑衣男子始终无话，专心飞驰了一段距离，在无人处的一片草地，摩托车才逐渐减速，停了下来。

黑衣男子摘下头盔，蓝一诺看见小巫闪亮的星星眼。

"怎么会是你？！"

"怎么不会是我？"

蓝一诺疲倦地跌坐在草地上，高度紧张后猛然的松弛让她身心俱疲，如果不是面对着这个在自己心中完全不着调的愣头青年巫恪嘉，她真想马上躺平在这块草地上，舒展一下腰身，放松一下情绪。

但此刻不行。看着眼前似笑非笑的小巫，蓝一诺格外挺直地坐正了身子。

"哎，你赶紧检查一下，身上有伤没？"小巫提醒蓝一诺，关切地看着她。

腰很痛，胳膊处肯定也有擦伤，蓝一诺分明能感受到这一切，但她还是倔强地摇摇头："我没事。"

小巫松了口气，拍拍手："那你休息一会儿，我再送你回去。你去哪里？卡里街，还是希姆酒店？"

蓝一诺柳眉一扬："你跟踪我？"

小巫嘿嘿一笑，蓝一诺的脸立刻黑了下来："说吧，你到底是什么人？"

小巫一脸无辜："我能是什么人？和你一样，中国人。你不清楚吗？"

蓝一诺脸色紧绷，没有一丝和缓的迹象。过目不忘的她很快记起了他的名讳，指名道姓地问道："巫恪嘉，请认真回答我的问题。你为啥会出现在这里？S国，马城！"

完蛋了。蓝一诺此刻居高临下的言行举止又一次让小巫想起记忆中的魔鬼女神叶之萌来，他原本酝酿好的一见到蓝一诺就找机会向她道歉的谦卑情绪完全被破坏，逆反心理瞬间占据上风。

"我怎么就不能来这里了？S国马城难道贴了标签不允许我这样的人进入吗？大使馆签证官都没有你这般强势！"

小巫气哼哼地回答，这种傲慢不羁的态度自然更让蓝一诺不满意。刚才因小巫出手相救而萌生的那份感恩心，此刻也飞到爪哇国去了。

"好吧，你可以随意来。但是，请问，你为啥暗中跟踪我？"

这个小巫却难以回答了。他原本可以老老实实地说清楚自己的初心：我是觉得欠你两份情意，一份是救命之情，一份是道歉之意，我趁着办下了S国签证的机会，专程来这里想向你说声"对不起"。后来到了马城，我按照奥利佛提供的你的履职信息，好容易找到你的工作地点，继而通过暗中观察，也弄清楚你的居住地。我在找机会和你偶遇，完成心愿，然后离开。没想到马城局势混乱，我看你单身女子独来独往非常不安全，就想暗中保护你。但没想到……

　　小巫在心里暗暗梳理思绪，发泄着委屈不满之情，但对面的蓝一诺却毫不知情，她看小巫垂首不语，无名火更起，抬高声调再次质问。

　　"说呀，老实交代吧，你为什么跟踪我？你的目的何在？"

　　小巫倔强地梗脖，谎言脱口而出："谁跟踪你了？咱俩再次偶遇，不过是他乡遇故知的巧合罢了。我来 S 国就一个目的，赛尔德是我的朋友，我想来他的故乡看看，没毛病吧？"

　　"这……"蓝一诺语塞。毕竟她知道小巫一直在采访 S 国难童赛尔德的事情，此刻他这番说辞却也不无道理。但联想到 S 国的混乱局势，蓝一诺又为小巫的莽撞和任性摇头了。

　　"我看你是江山易改本性难移。上次在蓝线，你就涉危履险，差点丢掉小命。现在更胆大起来，跑到 S 国来做采访、搞直播。你没看到这是什么地方？难道你当真是只要直播不要命？"

　　"没错。没有理想，要命何用？"小巫冷言相对，他转过身去，不再看蓝一诺冷峻的俏脸。小巫就纳闷儿了，一个眉清目秀的年轻女孩儿，为什么非要凶巴巴的像个讨厌的男人婆？哼，还是最不能让人忍受的"叶之萌牌"男人婆！

　　基本弄清楚小巫的动机，蓝一诺倒暗暗松口气。她的语气缓和下来，揉揉疼痛的腰部，才发现自己一定是软组织受伤了。

　　小巫不看蓝一诺，却从双肩背包里取出摄像机，自顾自地摆弄起来。

　　看到小巫手里的器材，蓝一诺才记起自己摔成零件而且无处找寻的相机，忍不住长叹一声。

　　小巫好像很懂蓝一诺的心思，突然问道："你在心疼你的相机是吧？"

"心疼也没用。那架相机跟随了我三年,没想到牺牲在这里了,还尸骨无存。"

"我无法帮你找回相机,但可以帮你点小忙。给我个邮箱吧。"小巫平静地说道。

蓝一诺惊讶,继而警惕:"邮箱? 干什么?"

"你今天拍的资料肯定也随着相机牺牲了,对吧?"小巫拍拍自己的摄像机,"我这里拍了很多,可以发给你。"

小巫掏出一个袖珍笔记本,又递过一支笔给蓝一诺。

哦,原来是误会他了。蓝一诺心里暗暗嘀咕。她迟疑了一下,接过小巫递过来的笔,在笔记本上写下了自己的邮箱。

"蓝——小——花?"小巫读着拼音字母组成的邮箱名,好奇地问蓝一诺,"是你的小名吗? 还挺好听的。"

蓝一诺表情淡淡,不置可否,她看着小巫:"不管怎样,你今天救了我,谢谢哈。"

蓝一诺的态度很真诚,小巫有点不好意思了,急忙摆手:"上次你不是也救过我吗? 这不算什么。"

"那咱俩一来一去算扯平了。"蓝一诺潇洒地挥挥手,"还要麻烦你助人为乐到底,送我回卡里街好吗?"

"当然。应该。"小巫连说两个词表明自己的态度。他正寻思该如何开口对蓝一诺说出自己的道歉之意,却看到蓝一诺已经起身走向摩托车,小巫急忙跟上。

这次蓝一诺自然而然地坐在小巫身后的座位上。小巫一边发动着摩托,一边想着怎么说出道歉的话,却不料两人之间难得的和谐气氛再一次被神经大条的蓝一诺给破坏了。

蓝一诺看着身下的摩托，继续唠叨："这辆车挺酷的，是你在这里租的吧？但我还是想警告你，S国不比L国，不具备任意驰骋、到处潇洒的条件！你太年轻、太单纯，胆子还特别大，完全没有安全意识，对自己的生命极端不负责任！我建议，你还是赶紧离开这里，回到你的校园去……"

这口气听得小巫心中烦闷起来，也再次浇灭了小巫说出肺腑之言的热情。他冷冷地回了一句："我不是小孩子，胆大是真，单纯为假。该做什么我自己清楚，不用谁来唠唠叨叨。蓝上尉，抱紧我的腰，准备出发！"

小巫最后发出的命令也像军令一般不容质疑，蓝一诺此刻倒化身为乖巧的小女孩儿，她紧紧搂住小巫的腰。小巫一脚油门，摩托车飞驰起来。

夜晚蓝一诺打开电脑邮箱，看到一封邮件静静地躺在收件箱里。蓝一诺移动鼠标点开这封邮件，丰富多彩的图片和短视频就一帧帧一段段地显现在她的面前。

这个巫恪嘉，虽然年轻，还挺有心的，行动力也很强。蓝一诺忍不住在心底赞叹。小巫的摄影、摄像技术都很不错，很好地记录了今天遭遇到的游行场面。

蓝一诺仔细观察着这些素材，在心里构思着今天的日志内容。但奇怪的是，她的眼前，总是晃动着那个黑衣黑裤黑靴男孩的形象。

都怪今天的经历太刺激了些，被围攻，摔下车，被劫走得到拯救……蓝一诺自认定力一向是不错的，那是多年军旅生涯特意锻炼的结果。但是今天如此这般惊心动魄的遇险记仍旧让她万般感慨，难以忘怀。

她又想起小巫问自己的那句话："蓝小花，是你的小名吗？还挺好听的。"蓝一诺悄然一笑：这家伙就是鬼灵精，怎么一下子就让他猜中了？

原来蓝小花真的是蓝一诺的小名。父母取一诺千金的美好寓意为自己命名了学名,但小花这个小名却是母亲的一点小念想。

蓝一诺的妈妈是一位中学语文老师,极具文艺气质。她在少女时代曾经看过一部当时风靡中国的电影,其中女主角的名字就叫"小花"。于是在有了自己心爱的女儿后,就毫不犹豫地为她起了这个浪漫温馨的小名。从军后,很少有人知道蓝一诺的这个小名,她的邮箱一直用的拼音,也很少有人注意到这些。没想到却被小巫一下子发现并识破了。

不管怎么说,今天要不是小巫出手搭救,自己就麻烦了,更别说还能得到如此翔实丰富的影像资料。

蓝一诺看着写好的工作日志有点感慨,她再次点开邮箱,给小巫回了一封邮件,邮件上只有短短的四个字:收到。感谢。

第八章 "蓝一诺，千万别过来！"

小巫有点自怨自艾，他怎么就找不到一个合适的机会，对蓝一诺说出那句对不起呢？说了这句话，就两不相欠了，他也心安了。

但小巫却明白，自己来 S 国，向蓝一诺道歉不是唯一的目的，他是真的想到赛尔德的家乡看看，更何况，曾经深深打动他的那张照片，那张小女孩面对镜头举起双手的照片，就拍摄于此。

可是 S 国的局势动荡之剧烈出乎小巫的意料。按照蓝一诺的建议和叮嘱，小巫应该尽早离开这里，返回哥大校园准备自己的毕业事宜。但小巫自有崇尚的人生格言——如果惧怕前面跌宕的山岩，生命就永远只能是死水一潭。他决定留在这里继续自己的采访和记录，在他的心里，这世界没有一个国家的儿童能比 S 国的儿童更悲惨。战乱、贫穷和随时可能发生的无所不在的灾难，让这里的孩子们宛若生活在地狱。

小巫租住的公寓也在卡里街，离蓝一诺的公寓不远。最近他没有等到蓝一诺上班的身影，小巫感觉那个倔强的女兵设法摆脱了自己的跟踪，这对一个职业军人来说不是难事。小巫只好把注意力放在自己正在做的事情上。他走访当地最贫困混乱的难民区，采访记录那里的儿童艰难无助的生存状态。小巫甚至还联系上一个当地的红十字会，在他的协调和动员下，留学生群里的朋友们纷纷募捐了救援物资，帮助这里陷入战乱中的妇女儿童。

这次小巫算错了一点，蓝一诺并不是在刻意回避他。那日冲出重围回到公寓，蓝一诺的腰伤加重，她不得不请了一周假，在家卧床不起。

伤势好转后，蓝一诺重新回到自己的工作岗位。她接受了一项新任务，陪同总部的一位处长到 GL 高地去视察巡岗，在那里待了几天才回到马城。之后蓝一诺又花费了两天时间认真整理视察巡岗报告，上报总部。蓝一诺就这样在小巫眼前消失了一段时间。

在这期间，位于马城中心地带的 A 区还发生了一件恐怖袭击事件，有不明武装分子用自制的煤气罐炸弹炸毁了一座建筑物，爆炸波及附近的难民区，死伤数人。

当时蓝一诺还在 GL 高地巡岗，她从同事那里听说了这次事件，并看到了同事发来的照片，现场一片狼藉，触目惊心。

小巫却在第一时间赶到了袭击后的现场，他拍到了一段令他此生难忘的视频。这段视频和小巫曾经看到的那张小女孩的照片一样，成了小巫永恒的记忆，也更加坚定了小巫坚持自己理想事业的决心。

那天小巫来到爆炸发生后的废墟前，正看到救援人员在忙碌挖掘。一个刚被人从坍塌的瓦砾堆里扒出来的孤零零地坐在一把椅子上的小男孩，引起了小巫的注意。小男孩大约三四岁的样子，有着一头金色头发，他浑身上下都沾满灰白色的土灰，已经看不出衣服的颜色；小男孩的脸也沾满了灰尘，只能看出胖嘟嘟的轮廓，唯有一双眼睛亮晶晶的不染尘埃，迷茫无助地看着这个世界。

可能是满脸的灰尘让小男孩不舒服了，他用小手不停地擦着自己的小脸，但是脏手擦脏脸，只能把自己的脸弄得更加脏乱不堪的。

小男孩一边擦脸，一边不停地看着身旁的废墟，像是在期盼着什么。小巫猜想那里一定是小男孩曾经的家，他在等待父母被救出，再次搂他入怀。后来小巫听救援人员说，小男孩的父母其实早已被炸身亡，他已然成了孤儿。

小巫用镜头记录下这令人窒息的人间惨景。他蹲身在小男孩身前，用纸巾轻柔地为他擦脸，小男孩很乖，一声不吭，任由小巫为自己擦拭着，还不停地扭头看着自己家的方向。

小巫把这段视频发到同学群里，楚曼第一个捐款，接着同学们纷纷解囊，委托小巫把筹集到的善款转交给安置小男孩的人，给孩子一个微小的经济保障。小巫也在自己的直播间发了这段视频，呼吁整个世界关注困于战乱中的不幸儿童，真实的影像，残酷的现实，打动了许多的人。

小巫和蓝一诺再次相遇是在一周后的游行人群中。

鉴于S国不断恶化的国内局势，各个国家大使馆敦促本国人员陆续离开S国，中国驻S国大使馆也发出相应的通知。已经有一段时间没看到小巫的身影了，蓝一诺确信自己那日的谆谆教诲对放荡不羁的浪子起了作用。没想到很快她就失望了。

马城再次爆发两派游行事件，整个中心街道都被游行的人群挤满。休息日，蓝一诺换了便装在街市行走，作为联合国的眼睛和耳朵的维和联络军官，她需要每日根据自己的观察形成观察报告上报总部，但是同时她还须遵守相关纪律，为了安全起见，不能公然用相机拍摄场景。

蓝一诺只好尽可能地发挥自己眼睛、耳朵的最大功效，去看，去听，然后记忆在自己的脑海里，回去再回忆整理出报告进行上报。

就在拥挤的人群中，小巫的身影再次飘进蓝一诺的视线。可能换了便装的蓝一诺没能引起小巫的注意，当他用藏在袖子里的相机悄悄拍摄人群时，一只手搭在了他的肩上。

背街处，蓝一诺神情严肃地审视着小巫。

"巫恪嘉，你怎么回事？屡教不改，无可救药了？你没注意到大使馆的警示提醒吗？"

不知为什么，每次面对蓝一诺的审讯，小巫不开心的同时，总有点畏惧的情绪。他不开心的是蓝一诺的"叶之萌式"的精明强干、咄咄逼人，畏惧的是，蓝一诺说的，总是合乎主流价值的正义之言。

但小巫自有他的机变和倔强。他看着蓝一诺点头，貌似驯服的模样："大使馆的警告提醒我当然注意到了。我已经订了明天回 M 国的机票，马上就消失哈。"

"真的？"蓝一诺细长的眼眸一闪光亮，像是一台小型 X 光机一样扫射着小巫，她向小巫伸手，"给我看看。"

"看什么？"

"你的订票信息啊。"

小巫有点被揭穿谎言的恼羞成怒："干吗呀，你是我妈我姐吗？这样管着我？"

"我不是你妈，也不是你姐，但我是中国军人，你是中国公民，我需要提醒并保护你的安全。"

"切！别逗了！"小巫嬉笑起来。蓝一诺这番义正词严吓不倒也骗不了古怪精灵的巫恪嘉。

"你是中国军人不假，但是目前你服役于联合国，是联合国军人，而我呢，是中国公民没错，但是目前在 M 国留学。所以，铁路警察——各管一段，你管不着我！"

"你！"蓝一诺秀目圆睁，但却被噎得说不出话。小巫宜将剩勇追穷寇，再度揶揄蓝一诺："拜托你，蓝上尉，千万别把我当三岁小孩子来哄，有关你们维和军人的常识，我可学了不少。"

小巫是洋洋自得，蓝一诺却也不是吃素的，她看着小巫冷笑："你学了不少？那好吧，你说说看，随意跟踪、拍摄并纠缠维和人员，这些行为合法吗？信不信我可以找理由让大使馆遣返你？哼，哪来回哪去吧！"

小巫愣愣地看着蓝一诺，蓝一诺锐利的目光回射逼视，小巫先萎靡了，他投降缴械："好吧，算我输。我保证尽快离开S国，这样总行了吧？"

"男子汉大丈夫，吐口唾沫算颗钉。"蓝一诺不依不饶，继续威逼。

"OK，OK，算你狠。"小巫扔下一句话，灰溜溜地走了。

小巫当面认怂，但绝不会轻易动摇自己坚持理想的决心。为了躲开蓝一诺，他干脆搬离了卡里街，重新找了一个住处。

小巫还是个心细如发的男孩，为了避免在人群中拍摄资料引发危险，他特意将自己的摄像机做了一番精心的伪装，整台机器被他放置在一个毛绒玩具中。

但是马城不算大，闹事的城区更是比较集中，所以当小巫再次游荡在示威抗议的人群中，不幸再次遇上了那个凶巴巴的维和女军官。

反对派的游行冲突升级，在政府门前焚烧国旗，抗议示威。这次的大规模行动让马城城区陷入混乱局面。

蓝一诺那天怀揣着观察捕捉信息资料的想法穿行在马城市中心的聚集人群间，她不动声色地观察着事态发展，默默地在心底记录着自己看到、听到的情况。她穿过一条巷口，准备走到人群中另一侧时，突然看到一个熟悉的身影从不远处跑了过来。

是小巫！

虽然小巫做了伪装，穿着一件蓝一诺从未见到过的棕色皮夹克，一条黑色皮裤，但是蓝一诺还是一眼就认出了他。首先因为他 1.85 米"瘦金体"一般的身材，在周围的人流中有点鹤立鸡群的感觉，其次在于一个特殊细节：小巫穿着上次骑摩托救蓝一诺时穿过的那双潮流马靴，而这马靴侧面有着醒目的金属链条。

这双马靴是小巫的心爱之物，这种链条的设计更是他的心头爱。但是他没想到却因此暴露了行踪。

小巫显然没看到在距离自己几米远的侧面正打量着自己的蓝一诺，他正捧着一个狗熊玩偶追逐着前方的人群。

这家伙，又说话不作数。蓝一诺悄悄背过身，看着匆匆走过的小巫咬牙，她正想上前抓他个现行，却突然停住了步子，她看到混迹人群里的小巫，将手里的毛绒狗熊举在了头顶。

原来这家伙把摄像机做了伪装啊。蓝一诺恍然大悟，她决定不去打扰小巫的行动。这一刻，她竟然有点羡慕起小巫来。

这个任性妄为、无拘无束的大男孩儿，多像活在自己心底的那一个"蓝小花"啊。是的，蓝一诺一直觉得也许是双子座的缘故，总有种一分为二，两个人都活在体内的感觉。一个是蓝一诺，是矢志成为职业军人、遵纪守法的女汉子，另一个是蓝小花，是自由自在、任意翱翔的飞鸟般的小女生。"蓝一诺"存在于身穿军装的外形，"蓝小花"偷偷藏在内心深处。

小巫既聪明又机警，活得洒脱随意，又不乏坚定的理想，而且他的行动力很强，又古怪精灵，总能游刃有余地完成自己的既定任务。

而且小巫多自由啊，他可以做任何自己想做的事情。在奔向自己理想的征程上，小巫可以充分运用自己的智慧和才干，排除一切障碍，克服千难万险，百折不挠，勇往直前，谁也无法阻止他前行的脚步。尤为难得的是，小巫还具有百折不挠、百战不殆的坚强毅力，这也是蓝一诺格外欣赏的品质。

蓝一诺在这里深思畅想，却不料一晃神的工夫，小巫就从眼前消失了。蓝一诺四下打量，再也没找到他的踪迹。

小巫也发现了蓝一诺在紧盯着自己。这个不依不饶非要赶自己离开的女上尉简直就是魔女星一枚，小巫惹不起可躲得起，他像条泥鳅一样溜进人群中，摆脱了蓝一诺的追踪。

蓝一诺坚持把自己日常观察到的马城社会动态整理成日志报告，按时上报总部。她忧虑地关注着这个城市局面的变化和发展，感觉到更大的风暴即将来临。

蓝一诺的预感很快得到证实，马城的局势持续恶化，各种各样的恐怖袭击时有发生，维和军人被袭击的事件也出现了。蓝一诺提高警惕，上下班不停地变换路线，对自己的住处也采取了一些防范措施。

这日，蓝一诺在返回卡里街时观察到一些异常迹象，蓝一诺决定不按正常路径回住处，她凭借自己对周边地形的熟悉，绕过几道街口，反复观察，慢慢接近自己公寓所在的那条小路。

黄昏下的街巷一片寂静，似乎一切如常。蓝一诺走过自己公寓门前并不停留，前行 50 多米后又返回到自己公寓前，掏出钥匙打开门进屋。

蓝一诺进屋后没有急着换鞋，而是四处查看起来，她发现阳台上放置的一张红色毡毯上有几个淡淡的鞋印。蓝一诺每天离开时，会在地上撒上一些白面粉，此时的状况说明有人在蓝一诺不在的时候进过屋！

蓝一诺迅速拿起背包离开公寓。为了证实自己的判断，她没有锁房门，闪身到不远处的巷道口暗中观察着。

夜色渐暗，蓝一诺睁大眼睛盯着自己公寓的方向，突然间，她看到一个瘦高的身影从巷口那边快步走来，蓝一诺惊讶地瞪大眼睛。虽然看不清面庞，但她可以从身材和走路姿势认出那是小巫。

他怎么找到这儿来了？蓝一诺惊愕之余略一沉思，想起往日小巫暗中跟踪保护过自己，此刻出现一定是有事找自己。心里喊了一声"不好"，蓝一诺正想过去招呼小巫离开，却突然看见几个蒙面持枪的男子尾随着小巫走了过来。

蓝一诺止住脚步，再次回身隐蔽在巷口暗处，她焦急又无奈地看着公寓的方向，暗中祈祷小巫发现异常情况赶紧离去。

小巫却毫无警觉，丝毫没发现危险来临。看到公寓门打开着，他象征性地在门上敲了两下，问了一句："蓝上尉在吗？"就全无防范地走了进去。

完了！蓝一诺心头一沉。果然看到那几个持枪男子也紧接着冲进了公寓。

"蓝一诺，千万别过来！"

公寓那边传出小巫的一声大喊。蓝一诺像一只机敏矫健的羚羊，以百米冲刺的速度跑出巷口。

第九章 "对不起，我似乎总是你的麻烦"

当蓝一诺带着巡街的警察赶回到公寓时，只见房门大开，已经没有任何人的踪迹。小巫的背包摔在地上，蓝一诺上前拿起打开，笔记本等物品还在，小巫放在里面的摄像机却不翼而飞了。

小巫被绑架了！

根据马城目前混乱无序的局面，靠当地警察破案找到被绑架的人几乎是一件很渺茫的事。蓝一诺心急如焚，只好求助于中国驻 S 国大使馆。因为工作的关系，蓝一诺和大使馆的章武官交情颇深，听到蓝一诺介绍的情况，有中国公民被绑架，大使馆立刻行动起来。

蓝一诺在位于希姆酒店内的办公室里等待消息。她感到从未有过的焦虑。她不停地翻看手机，却毫无信息传来。

蓝一诺一直对小巫胆大妄为、爱闯祸的毛病不以为然，他有着 90 后青年的优点：阳光、热情、勇敢、奔放，富于冒险精神，是放眼世界、展望未来的新一代；但同时存在于他身上的另一些东西——太强的个性，太独立的行为，不守规则，不受纪律约束的习性也让人挠头。

其实蓝一诺本身也是 90 后，但她把自己归为另一类，因为她穿上了军装，矢志成为标准的职业军人，所以她必须融入军营这个大熔炉，去淬炼、锻造自己。时刻以军规要求自己，以军纪整肃自己的言行，化小我为大家庭中的一分子，将自己的个性融入集体荣誉感中。百炼成钢，凤凰涅槃，必定要经历难以想象的升华过程，必然要承担远远多于同龄人的艰苦磨炼。

蓝一诺觉得自己和小巫虽然是同一时代的人，却像是生活在两个世界。就像一个来自火星，一个来自金星，原本无缘碰撞到一起，但命运偏安排了一种奇怪的交集。

虽然在自己维和的军旅生涯中，这个横空出世、从天而降的大男孩带来了许多麻烦，但毕竟同为中国人，他乡遇故知，尤其是在这样战乱频仍的地方，自有一份同胞相惜、相互扶助的情分。

况且那天被绑架时，小巫身陷危机还不忘喊出一句"蓝一诺，千万别过来！"，更让蓝一诺看到了小巫善良勇敢的内心。她必须出手救他。无论从哪个方面讲，他都是她的骨肉同胞、兄弟姐妹。

手机信息铃声终于响起，蓝一诺抓起手机看了一眼，急忙冲出了办公室。

中国大使馆内，章武官向蓝一诺介绍了情况。绑架小巫的那帮人来自当地一个反对派组织，他们计划绑架维和人员，以此作为和政府谈判的砝码。为此他们设计跟踪了几名维和军官，蓝一诺是其中的目标人物之一。

由于蓝一诺的机警，昨天这帮反对派组织成员几乎计划落空，不料小巫却毫无警戒心地进了蓝一诺的公寓。这些人看到小巫的亚洲面孔，把他也当成了身穿便装的维和军官顺手带走。经过大使馆出面和当地协调斡旋，小巫被成功解救。

大使馆核实了小巫的身份后，出于安全考虑，建议他立刻离开 S 国。

蓝一诺跟随章武官来到临时安置小巫的房间，两人四目相对，一时无语。章武官退出，小巫默默低头坐着，一声不吭。

一夜不见，蓝一诺发现小巫明显憔悴不少，平日里精心收拾的发型凌乱不堪，脸色也有点苍白。

蓝一诺倒了一杯水，递到小巫面前，小巫还是不吭声。

原本准备好了一大套谆谆教导的话，此刻蓝一诺却突然不想说了，她只是长叹一口气。

小巫抬眼看了一下蓝一诺，再次埋下头去。

蓝一诺第一次看到小巫怯生生的、沮丧无助的模样，一时半刻竟然不知如何安慰他。一贯才思敏捷、伶牙俐齿的蓝一诺竟然犯了难。抬腕看表，距小巫离境还有不到两个小时的时间，蓝一诺准备速战速决。

"别纠结，一切都过去了。回到你的校园，回到你原来的生活中去，太阳每天还是新的。"

别说小巫，就连蓝一诺都觉得自己的这番话絮絮叨叨，老气横秋，像是正确的废话，没什么意义。她转身想离开，背后的小巫终于发声。

"对不起，我似乎总是你的麻烦。"

蓝一诺回头，看着小巫，小巫抬眼与她对视，眼中满是真诚的光芒。

蓝一诺莞尔一笑，似乎心照不宣地接受了这份诚意。

小巫突然感觉心头一松。

两人一下子就恢复了往常轻松的氛围。蓝一诺问小巫："你的摄像机没丢吧？"

小巫咧嘴笑，龇出一口大白牙："丢倒没丢，但摔坏了。别担心，我能搞定。"

章武官此时进来，小巫该去机场了。

大使馆前，小巫正要上车，突然间想起什么，他回身跑到蓝一诺面前，从口袋里掏出一个东西，塞到蓝一诺手里。

"希望能帮到你。"

小巫扔下一句话，不等蓝一诺反应过来，他已经转身跑上了汽车。

蓝一诺低头看自己的手，掌心里躺着一枚蓝色的 U 盘。

晚上回到公寓，蓝一诺在电脑上打开了 U 盘，里面是几个存放着照片和视频的文件夹。

蓝一诺翻看着这些视频、照片，感慨着小巫这几周的辛苦劳作。

透过这些资料照片，蓝一诺仿佛看到长胳膊长腿的小巫穿行在马城混乱的街巷中，用伪装成毛绒玩具的摄像机艰难地拍摄着。他用不停晃动的镜头，记录了一个战乱国家的民生百态、风情风貌，以及奔跑在爆炸和空袭中、挣扎在瓦砾和废墟中的民众的哀与愁。

想到这里，蓝一诺突然明白了一件事：原来小巫前天来这里，是为了送这个 U 盘。

希望能帮到你。这朴实无华的六个字，让蓝一诺回忆起来，泪光点点。

时间过得飞快，转眼就是深秋。

小巫结束了自己的研究生学业，他业余完成的社会调查项目也开花结果。他和楚曼做的有关中东地区儿童生存现状的论文得到圈内外的一致关注和好评，并由此推动了相关慈善项目的筹集和投放。

研究生生涯结束，小巫预感到自己即将失去自由，他几乎是被特地赶去哥大参加毕业典礼的母亲押解回国。遵照长辈的意愿，小巫进入位于江城的家族企业任职。

这个秋天，蓝一诺也顺利完成维和任务，胸佩维和勋章回到祖国。一年多的异国军旅生涯，地中海的风吹日晒，蓝一诺的皮肤晒黑了，身材却更精瘦强劲了。蓝一诺获得了一个月的假期，她先回到家乡探望父母，接着收到洪浩的结婚请柬，便匆忙赶到宁城。

洪浩先蓝一诺三个月回国，他和未婚妻方圆的婚礼将在宁城举行，邀请了一众战友同事。蓝一诺是重点邀请对象，她有三重重要身份：首先她是准新娘方圆的闺蜜，从小玩到大的伙伴；其次，她还是洪浩和方圆的婚姻介绍人；所以，第三重身份——伴娘的角色又责无旁贷地落在了她的肩上。

婚礼的前夜，蓝一诺和方圆挤在一起，姐妹联床夜话。蓝一诺对方圆绘声绘色地讲述了自己丰富多彩的维和经历，方圆的注意力却在蓝一诺的终身大事上。

"小花，你看你，维和也算维过了，也出国体验过非比寻常的军旅生活了，研究生也早毕业了，是不是该转换一下思路了？"

"什么？"蓝一诺还沉浸在维和任务区的经历中，一时没明白方圆的意思。

方圆搂住蓝一诺的肩膀，干脆直话直说："我是说，过了今年，你可就二十七了，差不多得了，别死心眼子一条道走到黑。"

"哎，圆圆，这话怎么也不该由你说出呀？"

"我知道，我理解，我明白，你立下过的铮铮誓言——三十五岁前，不考虑婚姻大事，一心奔着职业军人的道路跑。但是……"

"打住哈，我怎么闻到不祥的味道了呢？"蓝一诺急忙打断方圆的话，"我说过的话，不会轻易反悔。这个你最清楚。"

方圆被噎得说不下去，蓝一诺反身搂住方圆："我理解你，你现在陷入爱情的甜蜜中，就特想让自己最好的闺蜜也体会到这种幸福，是吧？"

方圆直点头："对呀。自从我和洪浩相识，我就感觉这世界充满阳光，好像我的人生道路被一下子点亮了。小花呀，你是没尝到爱情的滋味，所以才会有那样冷若冰霜的誓言，如果你能碰上一个令自己怦然心动的男子，你就不会那么执着地一根筋了。"

方圆想了想，凑近蓝一诺悄声说了句什么，蓝一诺扑哧笑了："不害臊，什么叫男人味？"

"就是那种让女人不能自拔、回味无穷的味道呀。"方圆说得笑眯了眼，"我就喜欢闻洪浩身上的味道，他头发的味道、脸颊的味道、脖子的味道……"

"哎呀，别说了，越说越黄了……"

"哪里黄了？你不记得有首流行歌这样唱：想念你的笑，想念你的外套……和你身上的味道，我想念你的吻，和手指淡淡烟草味道……"方圆忍不住轻声哼起了歌。

"小花，你可能从来没有闻到过男人的味道吧？连近距离接触也没有？你这个冰雪公主……"

方圆的话突然让蓝一诺想起了一个情节。那天在马城，自己被拉扯着摔倒在抗议的人群中，紧急关头，小巫仿佛从天而降的神奇骑士，驾驶着一辆轰轰作响的摩托车飞驰而来，一个干脆利落的海底捞月把陷入困境的她抱上了车，飞驰而去。

当时的蓝一诺就正好陷身在小巫的怀抱里。摩托车在向前飞驰，蓝一诺当时还不知道救自己的是曾经在蓝线遇到过的小巫，但是她分明闻到了一丝从未闻到过的奇妙味道。

一种淡淡的薄荷香气，似有似无，却清香明媚，吸入鼻中，令人陶醉。蓝一诺这才明白，为何当时自己的紧张情绪能安抚下来——这种奇妙的味道起了很大的作用。

难道这就是方圆说的男人味？

　　想到此处，蓝一诺热血上涌，脸突然红了。暗夜中，方圆自然看不到，但蓝一诺却能感到自己的双颊都火辣辣的。

　　哎，蓝一诺，你可真不害臊，这都能联想到一处。这算什么呀？

　　蓝一诺在心底暗暗责骂自己，再次默诵自己的誓言：每个人有每个人的爱情，但我蓝一诺现阶段的爱情，就是我的理想——成为一名职业军人，这份爱会伴随我一生，直到永恒。

　　那个爱闯祸的大男生，不过是我生命中的一个匆匆过客而已，何足道哉？

　　蓝一诺感觉自己已经把思绪梳理清楚了，理性回归，她暗暗松了口气。

　　此刻的蓝一诺怎么也不会想到，有关"味道"的话题，其实并不是她一个人纠结于此，还有一个人也在回忆并陷入迷惑中。

　　机缘巧合，小巫也曾回忆起那日搂住蓝一诺在摩托车上飞驰的情景。

　　回到国内进入家族企业任职的小巫生活得平静安宁，仿佛换了一种生活方式，人生道路从山间跳跃的飞瀑变成在平原上静静流淌的河流。

　　小巫默默忍受着这种在他看来无趣得能从此看到世界尽头的生活，没有显露出一丝一毫挣扎反抗的意味。这样的小巫让父母甚感欣慰，用妈妈的话说："咱们的嘉嘉终于长大了。"

　　但小巫的真实状况却逃不出姐姐巫恪柔的慧眼。在这个家里，和小巫最亲密的人就是姐姐。从小父母忙于纵横商圈，无暇顾及子女的情感，姐姐是小巫能倾诉心声的唯一对象。相较于比小巫大三岁、更像同龄人的二哥巫恪获，年长小巫九岁的大姐巫恪柔与小弟嘉嘉更有相同的情趣和共同语言。也许在小巫心中，大姐像母亲更像朋友，能带给他理解和安慰。

　　巫恪柔看出小弟驯服的表面下蕴含的不甘心，她从内心深处理解并支持他的志向选择，她知道，有种人，就类似鸟儿，每一片羽毛都闪烁着自由的光辉，世俗的笼子无论多么精美绝伦，也是关不住它的。

自己的小弟嘉嘉就是这类人。

但是巫恪柔却不能不担心小弟的安全问题。小弟在海外留学期间的种种探险行径，尤其是在中东的行走踪迹，巫恪柔是完全知晓的。小巫的直播间和各种网络虚拟空间，上瞒父母，下瞒兄弟，唯独对最信任的姐姐是完全开放的。

巫恪柔其实也非常同情小弟此刻的郁闷和压抑，一个充分放飞过自我、行过万里路看遍大千世界美景的人，是无论如何都不会甘心再回到方寸之地，自此按部就班地过在外人看来锦衣玉食的生活。但巫恪柔又不同于巫恪嘉，她理解他的野性，却不能支持他的率性。巫恪柔深爱小弟，希望他能在疯狂冒险的同时，珍惜爱护自己的生命。

如何能解决眼下的矛盾？让小弟既不纠结于当下类似被强迫、被禁锢的生活状态，又能在心底拥有一片温馨浪漫、自由自在的空间？

唯有爱情可以做到。一场恣意享受、放飞心情的自由恋爱。

巫恪柔笃信这点，她开始行动了。

第十章 "完美的，就是合适的吗？"

小巫在下班时分接到姐姐的电话，约定集合时间提前半小时，因为一个多年不见的朋友也要参加今天的郊游。

小巫其实是为了外甥女柚柚才答应参加这次郊游的。柚柚是巫恪柔的独生女，刚满五岁，是外公外婆疼爱的外孙女，更是两个还没有自己孩子的舅舅的心上宝。但柚柚最喜欢的还是小舅舅巫恪嘉。在柚柚眼里，自己的小舅舅是个神奇的存在：他去看过神秘的蓝冰，会开飞机满天跑，还总能给自己带来别人没有的礼物，比如青藏高原捡到的羚羊角、不知名河底捞到的五彩石。柚柚拿给幼儿园小朋友看，自觉秒杀那些人手皆有的芭比娃娃和乐高玩具。

最令柚柚兴奋的是，她还看到过小舅舅拍摄的很多有趣的视频：冒险攀岩，跳伞蹦极，在冰川里独自穿行，喂大熊猫吃苹果……柚柚觉得自己有一个别人家都没有的超能舅舅。

小巫也很爱柚柚。因为自己的姐姐品位不凡，柚柚在妈妈的教育和行为影响下，从小就表现不俗。她不像其他孩子一样喜欢看动画片，沉湎于游戏中，她喜欢一切来源于大自然的东西。每当看到小巫行走的视频，或者收到小巫带回来的拙朴自然的东西，她都喜笑颜开、爱不释手。柚柚曾让妈妈把舅舅从昆仑山带来的小石头打了孔串起来戴在脖子上，这独特的饰品让柚柚在同伴里显得卓尔不群。所以从某些层面讲，柚柚算是小巫的一个另类小知己。

这次江城郊外新开了一个野生公园，里面有号称全亚洲第二的高空缆车。受小舅舅的影响，柚柚也具有冒险精神。但是限于自己只有五岁，柚柚目前能被批准参与的最大的冒险项目，不过是乘坐一次长达一小时的长途高空缆车，她希望能和小舅舅一起去。对于外甥女的这个要求，小巫自然无法拒绝。

小巫按照约定的时间开车去接姐姐母女，见到一个陌生女孩和她们在一起，就知道这一定是姐姐提到的特殊朋友了。

巫恪柔就这样不露痕迹地把单蓓带到了小巫的面前。

其实这不是他们两人的第一次见面。单蓓比小巫小一岁，她家和巫家算是世交，祖父那一辈就是一起纵横商业圈的朋友，小巫和单蓓在童年时代曾见过几次面，也算是发小。后来单蓓家移居澳门，两家的交往逐渐减少。单蓓在新加坡念完大学后回到国内就业。此次来到江城，是所在的公司在这边成立了分公司，她作为业务主管来开疆扩土。

已经出落得亭亭玉立、容貌出众的单蓓得到小巫妈妈的欣赏喜爱，因为小时交往的缘分，单蓓和巫恪柔这个大姐姐也较为亲近。巫恪柔经过暗中观察，发现单蓓是个善良大方，又品位不俗的优秀女孩。联想起小弟的终身大事，巫恪柔自然而然地把目光放到这个因为自身条件太好，据说至今难有男生高攀的女神级的姑娘身上。

前段时间单蓓回上海总部述职，所以和回国的小巫还没见过面。此次野生公园郊游，巫恪柔就极自然地创造了男生女生成年后再次重逢的场景。

单蓓落落大方地打量着小巫，在她的记忆里，小巫是个小瘦猴般精灵古怪的男孩，他总是在闯各式各样的祸，让大人头疼又无奈。没想到一晃快二十年过去，小巫长成了一个身材高大、玉树临风的青年，虽然还是标志性的瘦，但隐隐的强劲肌肉昭示着一个运动男的精悍利落。

小巫没有太多关注单蓓，他的注意力都放在柚柚身上，小姑娘见到小舅舅总是有问不完的问题和撒不完的娇，而小巫对外甥女是柔情似水、百依百顺。看到这样的情形，巫恪柔都有点恼怒自己的爱女在喧宾夺主了。小弟面对绝世美女竟然全无感觉，那清淡疏离的表情，敬而远之的举止，让巫恪柔自己都有点尴尬难受，就更别想人家单蓓该有多失望了。巫恪柔甚至突然冒出这样一个可疑又可笑的念头：小弟嘉嘉不会是那种性别取向特殊的人吧？

好容易登上高空缆车，狭小的空间里只有他们三个大人一个孩子，巫恪柔极力想制造机会让小巫多和单蓓说话，她先把自己的手机拿给女儿玩，引开小姑娘的注意力，接着对小弟眉眼暗示，让他找单蓓聊天。

其实聪明如小巫，在见到单蓓的那一刻起，就洞悉了姐姐的用意。他心里很反感这样的方式。别说自己现在还对婚姻爱情毫无兴趣，就是真的到了"男子钟情"的时段，也不该用这样老套的模式来认识接触女孩儿吧？这都什么年代了，还上演这种家族联姻，家人牵线搭桥的古老戏码。

逆反的小巫从来不吝惜"大义灭亲"，于是他全程无视单蓓。此刻在封闭的缆车上，面对姐姐为难甚至近乎哀求的神色，小巫有点心软了，终于没话找话地和单蓓聊上了。

"你这名字挺有意思，小时候没发觉，现在读起来，挺逗的。"小巫纯粹没话找话。巫恪柔有点不满意弟弟的问话点，但是好在这个犟小子开口了，总比刚才不吭声、不搭理人强。巫恪柔暗中叹口气，却又松了口气。

不知为什么，单蓓脸色有点苍白，嘴唇好像也没什么颜色，她勉强笑着回应小巫："是啊，不知道爹妈怎么就给我起了这么个名字？上学时总被同学嘲笑。"

"啊，为什么呀？"巫恪柔有点不明白。一旁的柚柚边用手机拍着外景，一边插嘴接上妈妈的话："老妈，你这都不明白呀？一定是有同班小朋友故意念谐音，把单蓓阿姨的名字叫成'扇贝'了呗！"

车厢内的人都笑了。小巫忍不住摸摸外甥女的头，嘉许她的聪明反应。

单蓓咧咧嘴，皱了一下眉，但很快笑着继续说："柚柚说得没错。我这名儿，音读对了，成了'扇贝'，读错了，更变成'单陪'了！"

车厢内另外两大一小都笑起来，但巫恪嘉看了一眼单蓓，发现她好像有点不对劲，就问道："你怎么了？不舒服吗？"

大家的目光此刻都集中在单蓓身上，果然看到她的脸更加白了，近乎惨白无色，连嘴唇都有点发乌。

巫恪柔搂住单蓓："蓓蓓，你哪里不舒服？"

单蓓喘着粗气，不好意思地说："我……没什么，就是有点恐高……"

"你是不是有恐高症啊？"小巫问道。

单蓓点头："严重的恐高症，天生的。我平日里都尽量不上十楼以上。办公室都特意选在低层……"

"那你还来坐什么高空缆车？不是自己吓自己？"小巫有点责怪地看着单蓓，又看看姐姐。

巫恪柔也有点慌了，她手揽着单蓓的肩膀怨念："你怎么不早说呢？莫名其妙来受这罪！"

单蓓愧疚地说："我怕辜负你们的热情……"

"你也太客气、太柔顺了。"巫恪柔感叹，她有点不满意地看看小弟，"嘉嘉，你主意多，快想点法子帮帮蓓蓓。"

"我能有啥法子？这半空中，我总不能施展魔法让缆车停下来吧？就是能停下来，悬挂在这半空中，不是更让她害怕？"

"啊！"小巫的话好像刺激到单蓓，她低低惊呼一下，浑身有点战栗。

"没办法就闭嘴！"巫恪柔瞪小弟一眼，把身边的女儿推给他，"你搂着柚柚，我来照顾蓓蓓。"

巫恪柔环抱住单蓓，轻声安慰道："没事的，没事的，你闭上眼，靠在我身上，别看周围。就快到山顶了。"

柚柚不满意妈妈的话了："我又不恐高，才不要舅舅搂我。我倒可以搂着蓓蓓阿姨。"

柚柚从另一边环抱住单蓓："阿姨，有我在，你别怕。"

单蓓感动地靠在柚柚身上，她的长发流泻在柚柚的肩膀上。小巫这才发现单蓓有一头乌黑油亮、浓密如瀑布一般的直长发，难怪路上聊天时，姐姐一直在赞扬单蓓的头发，说她浪费资源，应该去拍洗发水广告。只是自己刚才无心留意罢了。

回程时小巫先送单蓓回了寓所，然后载姐姐母女回家。巫恪柔一直在称赞单蓓温柔娴静的性情，小巫故意反驳姐姐："温驯如此，我都看不出她有什么自己的个性了。"

"你以为人人都像你，特立独行，任性妄为？找女朋友嘛，还是要考虑宜室宜家的才好。"

"谁说我想找女朋友了？没事瞎操心。"

"我就看出来，你对人家单蓓不上心。你就没看上是吧？"

"老实话，不是看上没看上的问题，是我压根就没看。"

"什么？小舅舅说谎，你怎么没看蓓蓓阿姨？"柚柚在一旁插嘴叫道。

小巫急忙解释："小舅舅的意思是，我没注意单蓓阿姨，我只关注你。"

柚柚开心地笑了，巫恪柔的脸拉得有八尺长。

小巫从后视镜看着姐姐，笑着说道："姐，你就别替我谋划了，我不想做的事，谁说也不中用，你是最知道我的呀。"

"哼，我当然知道你。但是看着眼前有这样完美的女孩子，却和你无缘，我还真不甘心。"

"爱情讲缘分，婚姻讲合适。什么完美不完美的，全是瞎扯。再说了，完美的，就是合适的吗？况且她在我心里就不完美，我是个极限运动爱好者，她天生恐高，这能整到一块儿去吗？"

巫恪柔想想，好像是那么回事，她无奈地叹气。

接着又是一声长叹，竟然是柚柚发出的。小巫和姐姐都扑哧笑了。巫恪柔问女儿："你个小家伙，跟着叹什么气？"

柚柚老气横秋："小舅舅不喜欢蓓蓓阿姨，好可惜啊。他不可能闻到蓓蓓阿姨头发上的味道了。"

"什么？头发味道？"小巫没听懂。

柚柚解释："刚才在缆车上，蓓蓓阿姨的头发落在我脸上，味道好好闻哦。像是一种花的味道。"

柚柚看着妈妈："就是你那个最漂亮的绿色香水瓶里的那种味。"

巫恪柔："栀子花。"

"嗯嗯，"柚柚吸着气回味，"太好闻了。"

正在开车的小巫听着后排母女俩的对话，突然心里怦的一声，一段记忆像一股山间清泉，蓦然流淌入心田。

那日，他驾驶着摩托车，一把把蓝一诺从地上捞起拥在怀中。车子在飞驰，一向强势的蓝一诺却像一头温驯的小鹿一动不动伏在自己身前。小巫的脸离蓝一诺的头很近，一股淡淡的花香从蓝一诺的发间散发出来，直冲他的鼻尖儿。那味道是那么的馨香迷人，清丽脱俗，让人闻过，仿佛一辈子都忘不掉了。

这不，小巫此刻就记起了那味道，心里泛起一阵小小的涟漪。很快小巫就止住了自己的缥缈思绪。那个维和女兵，就是自己天生的克星，不，应该说，自己在她那里，就是一个天生的麻烦制造者，完全是两个世界的人。怎么会突然间就想起她来？

小巫甩甩头，仿佛想甩掉自己的胡思乱想。他的动作被姐姐看见，忍住笑说他："你不许总摇头。没看上就是没看上，天涯何处无芳草，只要你真的是喜欢女孩子，不是别的什么，就总能遇到适合自己的女生。"

"我——真的喜欢女孩子，不是喜欢别的……哎，姐，你话里有话，什么意思啊？"小巫感到姐姐话说得怪怪的，他敏感地问道，"你不会胡乱猜我，猜测到糜子地里去了吧？"

"不说了，只要你不是就好。"巫恪柔看看身边的女儿，赶紧止住口。你可不能小看眼下的小女孩儿，她们懂的可不少呢。

姐弟俩心照不宣，终止了这段有些敏感的对话。

在家族企业任职的日子冗长而沉闷，小巫把主要精力放在了八小时工作时间外的个人休闲时间。他继续自己直播间的经营，同时认真剪辑整理自己在中东各国游历时拍下的资料，将一帧帧真实的画面发布到自己的公众号里。

小巫的直播间主题是关注战乱贫困地区儿童的生存状况。他讲述了自己亲历的中东国家的状况，从Y国、L国到S国，战乱情形下的民生百态尤其是那些儿童的动荡命运让人观之动容，真实的记载和生动的讲述吸引了大批粉丝。

在直播间和自己互动的粉丝很多，一个网名叫"那些蓝色的花儿"的网友引起了小巫的注意。其个人资料标明性别为男，二十八岁，至于为何起了这样一个女性化的网名，他解释灵感来源于曾经喜欢过的一种蓝色野花。小巫因此称呼他为"蓝色"。

"蓝色"仿佛也有过和小巫相似的旅行经历，他对小巫的讲述很是熟悉，还略有补充。最为难得的是，他的很多观点和小巫非常接近，能理解小巫一些不为世俗理解包容的另类观点，比如婚姻爱情问题。"蓝色"认为对于人生来说，爱情是调味品而非必需品。爱情不是粮食，缺失了人就无法生存。爱情是人生旅途上增色的东西，但不能影响人们对人生更高目标的追求。

小巫非常赞同"蓝色"的这一观点，两人讨论许久，相谈甚欢。小巫希望能有机会和"蓝色"见面，"蓝色"说自己目前在国外旅行，等回国后再相约见面。

他们有次聊到"蓝色"的网名，说起花卉的话题，"蓝色"给小巫提到一种传说中的神奇的花——依米花。这个传说源自非洲，是"蓝色"的一个朋友讲给他听的。

据说依米花生长在非洲荒漠上，它的外形像一棵草，不会被人们注意到，但是在某一个清晨，它会突然绽放出美丽的花朵。它有着神秘的色彩，有人说它是红色的，有人说它是黄色的，还有人见过非常奇特的五彩花瓣。它的花朵异常娇嫩却坚挺如莲叶，与非洲大地上空的烈日争艳。

依米花的花期非常短，只有48小时，但是一株依米花从长叶到开花要经过六年的漫长岁月。

经历六年的风霜雪雨，只为两天的尽情绽放，这需要怎样的顽强和耐力？

茫茫天地，风沙肆虐，动物踩踏，虫子蛀食，小小的依米花坦然面对，无所畏惧，它细小的茎脉里肯定有火一般的信念在支撑着：绽放，绽放，无拘无束、无怨无悔地绽放！小小的野花也有属于自己的春天，也饱含一份热烈和张扬的生命之光！

小巫被"蓝色"的讲述打动了。确切地说，他是被那种奇特的依米花打动了。他在心底暗暗做出了一个决定：

也许有一天，他能有机会，亲眼看到这种浪漫神奇的花儿。

第十一章 "有你在，我总能化险为夷"

这年深秋，蓝一诺迎来自己职业军人养成路上的一次新机遇，也是新挑战。

中国维和步兵营组建完成，即将远赴非洲赛旺国任务区执行为期一年的维和任务，蓝一诺和洪浩有幸成为被"钦点"的人物，加入这个令人羡慕的行列中。

原本洪浩正值新婚，又刚从中东维和任务区回来，是不需要马上再承担这样的维和任务的。但这次步兵营的组建，是以洪浩原来所在的老单位某野战师官兵为重点选拔范围，担任此批维和步兵营营长的是洪浩的老上级——该师防化旅旅长雷江虎，他对洪浩欣赏有加，特意钦点洪浩参与步兵营选拔。

既然说"钦点"就该免试，何须再参加选拔？只因为这次步兵营的组建是在全师六千余名官兵中选拔出六百人，势在选优，竞争激烈，用战士们的话说，是用选拔特战队员的标准来选拔步兵营成员。

雷江虎是个性格突出的军人，为人刚毅，治军严格，铁面无私，有"黑面雷公"的绰号。他虽然欣赏洪浩，却不愿为他走后门，徇私情，他也相信凭借洪浩的能力，可以通过严格的比试考核。

说到蓝一诺的"被钦点"，那就是更高一个级别的领导了。

蓝一诺完成担任军事观察员的任务归国后，回到原部队，刚好赶上该部队组建参赛人员赴 E 国参加军事技能比赛，蓝一诺被派去担任翻译。蓝一诺出色的外语水平和灵活多变的外交风范引起了带队参赛的某集团军军长陈鸣的注意。尤其令陈军长没想到的是，蓝一诺还具有超强的射击才能，在关键时刻顶替一名患病的选手出场参加手枪射击比赛，还拿到一个不错的名次。

这次步兵营在野战师队伍中选拔人员，尤其是要组建一支女兵班，此事引起各方瞩目，这也是中国维和步兵营首次派出女子团队执行任务，其目的主要是便于对任务区的妇女和儿童展开保护工作。女兵对于当地女性的保护——执行警戒和救援——比起男兵来可能更方便一些。

女兵班人员设定为十二人，因为是第一次，人员选拔非比寻常，上级领导要求从专业素质、军事素质、身体素质、思想素质、执行任务等各方面进行遴选，所有入选女兵和男兵一样，要围绕"共同课目人人合格、专业训练个个精专、任务能力全部达标"的标准进行艰苦临战训练，确保出国作战能力如期形成。

正是在这样的背景下，陈鸣军长向老部下雷江虎推荐了蓝一诺。

对于这个由上级领导钦点的女兵，雷江虎也没有网开一面，他批准蓝一诺参加选拔赛，但绝不给她开绿灯。

蓝一诺却毫不含糊，她来到选拔地的第一个动作就让雷江虎对她刮目相看。

雷江虎下令全师参选人员从"头"开始，男兵都剃成只露发茬的板寸，女兵头发长度不得超过耳廓上沿。男兵们无所谓，女兵对这个苛刻条件有些不理解，有人退出选拔，有人暗中嘀咕。蓝一诺却带头第一个坐在理发师面前，把一头柔美的短发再向上缩减了五厘米。

选拔考试异常严格，蓝一诺体能素质过人，亮出漂亮的成绩。她和洪浩一样，都顺利通过了选拔考核，正式成为赴赛旺国第三批中国维和步兵营的成员。

"万里赴戎机，关山度若飞。"在蓝一诺又一次念起这句著名军旅诗的同时，中国维和步兵营飞越千山万水，走进非洲，来到位于赛旺国首都丹曼市的维和任务区中国营，顺利完成和前一批中国维和步兵营的移交换防，开始接受各项任务。

洪浩担任步兵营副营长，蓝一诺是外联组组长兼女兵班班长，有过海外维和经历的两人成为雷江虎得力的助手。

丹曼市面积不大，整个城市主城区直径只有半个多小时的车程，规划成几个区。种族以约耶族和宁高族两大种族为主，两大种族刚刚从战火中回到和平进程不足五年。

驱车行驶在大街上，感受到的不是和平，而是随时可能发生战争和冲突，墙上的弹孔清晰可见，废弃的军事设施到处残留。

联合国在丹曼市建立的 UN House，里面驻扎着联合国机构和维和部队。中国营位于 UN House 中心地带，对面是一号和二号难民营。中国维和步兵营主要承担的任务有：武装巡逻、武装护卫、车队护送、长途巡逻及建立临时行动基地、难民营警戒搜查、武器禁区武装巡逻、联合国机构特别代表住所安全护卫、UN House 安全警戒及其他临时性任务。

在执行任务过程中，蓝一诺所在的女兵班每次至少有两人随队行动。按照联合国规定，难民营警戒搜查、武器禁区武装巡逻等任务都需女兵配合，以应对女性被检查者。

熟悉环境，熟悉任务，日子飞快划过，转眼两个月过去，蓝一诺带领女兵班已经完成多次各类任务，她也以自己出色的专业能力和亲和力成为女兵们的主心骨。

这日蓝一诺和女兵沙娜娜随队去一号难民营执行巡逻任务，坐在猛士车里的蓝一诺透过车窗看着外边的情况，突然，三个男人的身影从前方一个路口闪出，匆匆飘过蓝一诺的视线。

蓝一诺直觉就是一愣：怎么会是他？

蓝一诺急忙趴在窗户上向外张望，却只能看到三个青年男子的背影。其中走在中间的男子是亚洲人的形象，身材瘦高，头发剃得很短。上身穿着一件深棕色机车飞行夹克，下面是藏蓝色牛仔裤。

蓝一诺赶紧看向那男子的脚部，一双深色的旅游鞋。

哦，不是的。不是标志性的长靴，头发形态也对不上。

蓝一诺吁了口气，但同时心里又很疑惑：看那身材背影和走路的姿势，又分明像极了那个陌生的熟人。

蓝一诺再次望向外边，三个人都已不见踪迹。

坐在旁边的沙娜娜发现了蓝一诺奇怪的神色，好奇地问："组长，你怎么了？发现什么了？"

蓝一诺："我好像看到一个熟人。"

"熟人？在这里？怎么可能呢？"

是啊，在这里怎么会看到那个巫恪嘉嘛？完全没道理呀。蓝一诺摇摇头，否定了自己的想法。

反正没有看清楚那人的正面，无法证实，下车就忙碌起来的蓝一诺很快就忘掉了这段插曲。

不得不说蓝一诺这次的理性分析完全败给了她的直觉，那人就是小巫。

但是即使蓝一诺看清楚了小巫的正面，也未必能马上认出他来，因为小巫目前的形象已经有很大的变化。

在非洲待了小半年，小巫原本白皙秀气的脸已变得黝黑粗糙；曾经爱用发胶固定成型的个性乱发，眼下也剃成了精干的板寸。这样容颜的小巫穿上帅气的机车飞行服，已经完全是一名成熟稳健的飞行员形象。

也许丹曼城不够大，蓝一诺和小巫再次擦肩而过，未曾谋面。

那天蓝一诺随队参加外出长巡任务，在丹曼城区的一个加油站给汽车加油时，紧贴着 UN 车停放的一辆白色丰田吉普车引起了蓝一诺和战友们的注意，只因吉普车的车身上，喷着一个非常可爱的熊猫图案。

在异国他乡，看到国宝憨态可掬的形象，蓝一诺和战友都感到亲切和温馨。大家围着吉普车打量，祖籍四川成都的女兵李楠还忍不住用手抚摸了一下熊猫图案，用乡音问候了一句："小老乡，你好噻？啷个和我一样，跑到这么天远地远的角角来了嘛？"

李楠哆声哆气的成都话让蓝一诺和几个男兵都笑了起来。

加好油，步兵营官兵乘坐的 UN 车启动离开加油站，蓝一诺还不由自主地对那车上的熊猫图案行了个告别礼。

UN 车刚开走，也就差大约一分钟的时间，小巫就从加油站旁边的便利店出来，抱着一堆食品。他取出钥匙打开那辆丰田吉普的车门，驾驶离去。

这样无意巧遇又总不碰面，仿佛是上天恶作剧般的安排，但有句俗语叫"事不过三"，该来的遇见终会来临，只是蓝一诺和小巫都想不到，他们的再次重逢，会是在那样一个惊心动魄的时空维度里。

那天风大雨大，是个极端天气。步兵营接受命令，执行一个为中资企业赴机场接运货物担任护卫的任务。因为蓝一诺所在的小组正在机场附近巡逻，就奉命接手了这项工作。

蓝一诺和女兵班战士沙娜娜以及一连三班的男兵们顶着暴风疾雨赶往丹曼

机场，路况泥泞难行，一路颠簸不止。沙娜娜看看天空，问蓝一诺："组长，这样的恶劣天气，飞机能顺利着陆吗？"

"我们接到的命令，是赶到机场担任护卫任务，只要做好自己的本分工作就OK。"

蓝一诺回答着战友的问题，但是她也充满忧虑地望向天空，这番突如其来的暴雨，使下午时分的天空暗黑如夜。

机场上，暴雨如注，草坪积水，流淌成河。蓝一诺和战友们穿着军用雨衣，脚蹬防雨靴，静候在空旷无人的停机坪上。

机场工作人员已经都跑去避雨了，蓝一诺等人依然伫立在雨中。

带队的三班班长张威向蓝一诺建议："蓝组长，你和沙娜娜去那边候机厅避避雨吧，我们几个男兵守在这儿就行。"

蓝一诺摇摇头："没必要，我俩可以。"

沙娜娜也赶紧应和，冲着张威噘嘴："就是，别瞧不起我们女兵哈！"

张威笑了："我哪敢呀？谁都知道，女兵班可是咱们全营最靓丽的名片，是重点保护对象。"

"男兵女兵都一样，最应该保护的，是作为军人的尊严。"暴雨声中，蓝一诺的话因为提高的声音显得格外掷地有声。

几个人的目光都在望向空中，张威喃喃自语："我的老天，这飞机这会儿能飞过来吗？"

他话没说完，就被蓝一诺制止："别说话，注意听。"

战士们都侧耳静听，风声雨声肆虐中，远处传来隐隐的轰鸣声。

天空中乌云翻滚，于暗沉沉中撕开一道口子，倾盆的暴雨灌流下来，雨幕仿佛给整个空间挂起一道烟雾缥缈的纱帘，让眼前的世界陷入一片混沌状态。

一架直升机从远方飞来，像是一只倔强顽强的鸟儿，不屈服于命运的安排，偏要冲破重重围堵，奔向自己既定的方向。

它在空中嘶吼着，搏斗着，抗争着，螺旋桨急速转动，机身颤抖着，竭力保持着平衡。暴雨似乎不愿轻易放过和自己闹别扭的物体，雨此刻下得更大了，还伴随着一阵紧似一阵的狂风。直升机像一支孤零零的风筝，挣扎飘浮在半空中，未知即将面对怎样的命运。

这与大自然顽强缠斗的一幕展现在眼前，牢牢吸引了站在停机坪上的所有中国军人的目光。紧张揪心又强烈期待，同时又让观者暗暗生发一种神奇的勇气。

尤其是蓝一诺，她心底饱含的英雄情结此刻完全被唤起。此情此景，让她想起《老人与海》中老人和鲨鱼搏斗的惊险情景，还有文中描述军舰鸟的名句：

"他看见一只军舰鸟，伸展着长长的黑翅膀，在前方的天空盘旋。它急速俯冲，翅膀倾斜着向后掠去，之后又继续盘旋起来。"

想到了军舰鸟，怎么能忘却美国诗人惠特曼曾经写下的那份壮怀激烈。

是的，《给军舰鸟》。蓝一诺忍不住在心底吟诵出自己喜欢的诗句：

"你整夜睡眠在风暴之上，醒来时神采奕奕，扇着光辉的翅膀……你像一个蓝点，远远在天上飘浮，我像面对微露的曙光，从这甲板上仰望……"

"你生来要和暴风对抗，和天，和地，和海，和狂飙较量……"

直升机和暴雨狂风的搏斗还在继续。张威等男兵没有蓝一诺的文学积累，他们几个人都是理科本科生毕业参军的，从自己知道的一些有关直升机的专业知识中分析着眼前发生的一切。

"班长，按理说，这种暴雨天气直升机应该是禁飞的吧？直升机完全靠旋翼飞行，翼尖处的速度很大，翼尖速度可达音速，在这个速度下，有雨点打到桨上，后果会很严重的！"

"嗯，学过物理的人都知道，这个后果有点恐怖。直升机可不是战斗机。战斗机一般是喷气推进，可以冒雨飞行，影响较少。"

"幸亏今天没有雷暴。雷雨天气的危险主要是低空风切变，颠簸、积冰、雷击和低能见度。目测这个飞行员技术非常棒，你看他操控飞机的能力极强，平衡玩得很好。"

"敢在这种天气下飞上天的可都不是凡夫俗子。根据我的判断，这一定是名经验成熟的老飞行员，年龄起码在四十五岁往上走，身材魁梧，说不定还蓄着一把漂亮的大胡子。"

"王小奕，你是美国大片看多了吧，还大胡子飞行员呢。"

"不管怎么样，等会儿飞机平安落地，我得上前去会会这个空中英雄。"

"必须超级崇拜。我要冲上前去，给这个厉害的飞行员一个大大的熊抱！"

几名男兵议论纷纷，啧啧称赞，大家都很兴奋，却又同时为直升机暗暗捏了一把汗。

蓝一诺紧紧盯着空中，不知为什么，她的心像被拴在了机翼上，随着飞机在摇摆。蓝一诺也说不清为何会有这种感觉，仿佛那架翱翔在空中的飞行器连接着自己此刻的喜怒哀乐。飞机在空中剧烈抖动时，蓝一诺的心猛然间紧紧揪起，但不同于战友的低声惊呼，蓝一诺咬紧牙关，神色坚毅地默默注视着空中，心中为它暗暗加油。当飞机战胜了暴雨的袭击，缓缓地向下而行时，蓝一诺终于松了口气，嘴角挂起欣慰的笑意。

"你这空中的船，永不卷起风帆，累日累月不倦地向前，飞过不同的空间和地点……"

"那些在电火雷云中嬉戏的时辰，在它们里面，在你的经历中，有着我的灵魂……"

"多大的喜悦啊！你多么欢欣！"

伴随着蓝一诺呐喊于心底骄傲又快乐的朗诵声，直升机穿过云层雨幕，稳稳地降落在积雨成河、宛若水面的停机坪上。

战士们热烈鼓掌，每个人都喜笑颜开。

机身停稳，舱门打开，飞行员跳下飞机。在众人热切的注视下，身穿飞行夹克，戴着头盔的他向这边走来。

他很年轻，从外形和体态都可以看出这是个充满活力的精悍小伙儿。他的身材威猛高大，步履矫健轻盈，黑色的长靴踩着水面，溅起欢快的水花，仿佛诉说着主人战胜绝境、重获新生的喜悦。靴子上挂着的金属链在叮咚作响，演奏着明快的曲调。

蓝一诺有点愣怔。

疾步走过来的飞行员摘下头盔，露出利落的寸发和一张青春勃发的脸庞，仿佛一道光，闪烁在人们眼前。雨水冲刷着他黝黑俊朗的面颊，一双眼睛如星辰熠熠发亮。

巫恪嘉？

蓝一诺？

四目相对，两人同时愣住了。

彼此相看，都不敢相信自己的眼睛。

"有你在，我总能化险为夷！"

小巫吼出这一声，一把扔掉手里的头盔，冲上前来，将蓝一诺抱起，兴奋地转起圈儿来。

此刻的小巫，难以言状地激动和开心，他的泪水夺眶而出，泪眼模糊中，他看不清蓝一诺的脸，但他的双手实实在在地搂住她纤细的腰身，她的气息弥漫在他的怀中。

小巫抱着蓝一诺一圈一圈地转着，仿佛时间在此刻凝固停止。刚才在空中，谁能知道小巫究竟经历了什么，跨越生死的边界，战胜死亡的威胁，重生的喜悦和重逢的狂欢此刻纠缠在一处，让天性奔放不羁、激情万丈的小巫难以自制，停不下来。

蓝一诺却从最初的惊愕、惊喜过渡到清醒后的被惊吓，她蓦然记起面前的处境和四周围观的战友，她的心在狂跳，脸颊燃起红晕，她努力挣扎想从小巫的怀抱里挣脱，奈何那人孔武有力，两条臂膀像铁箍一样紧紧搂住她的腰无法摆脱。蓝一诺又羞又气又无奈，她真的急了。

"别胡闹，巫恪嘉！快放我下来！"

第十二章 "智者无畏，勇者无敌，咱们就是一类人"

不独女兵沙娜娜，包括张威在内的一众男兵，此刻都目瞪口呆地看着眼前不可思议的一幕。在大家心目中如女神般存在的，有着独特维和经历的，年轻靓丽，研究生学历，英语、法语都说得一级溜的外联组组长蓝一诺，此刻竟然被一个身材高大、英俊潇洒的飞行员抱在怀里转圈。

而偏偏这位飞行员是一个了不起的存在——刚才在众目睽睽之下，演绎了一场超越生死的空中惊魂大戏。战士们饶有兴致地看着眼前浪漫的一幕，再次忍不住热烈地鼓起掌来。

沙娜娜回头数落一众男兵："你们呀，一个都没说对。什么年龄起码超过四十五岁啦，蓄着大胡子啦，可笑至极！"

张威笑着直摇头："他这么年轻，真的不可思议。"

"班长，你不是说要上前会会这个了不起的飞行员吗？快，往前冲啊。"

"王小奕你少抓我的小辫子，是谁刚才说要给人家一个大大的熊抱啊？"

"哈，王小奕，轮不到你，人家帅哥先熊抱起咱们的兰花花了！"

"兰花花"是蓝一诺在步兵营里的一个亲昵绰号。因为蓝一诺的小名叫小花，所以她的英文名字为 Blue Bloom，还把自己的微信签名设定为"蓝色的花儿"，再加上她是青海人，会唱当地著名的一种民歌调子，就叫"花儿"。而在中国陕北，有首著名的民歌《兰花花》，讲述的是一位叫"兰花花"的美貌的陕北女孩的爱情故事。诸多原因叠加在一起，美丽迷人又多才多艺的女兵班班长蓝一诺，就得了这样的一个昵称。

几个男女兵嘻嘻哈哈，又说又笑，开心极了，全没注意眼前两个当事人完全不同的情绪。小巫激动得有点忘形，蓝一诺清醒过来却无力挣脱。但是在她的战友们眼里，就是激情四溢的拥抱、转圈，完全是一幕影视剧里才可能出现的情景。

事后沙娜娜和女兵班的战友们绘声绘色地讲述了N遍当时的情景，一次比一次枝丰叶茂，一次比一次浪漫唯美。尤其是小巫吼出的那句"有你在，我总能化险为夷！"更是令人浮想联翩。

不提后面战友们的纵情回忆、演绎，当蓝一诺挣脱了小巫的怀抱后，神色尴尬，羞愧交加，简直不知该如何向围观的战友们解释。

反倒是小巫情绪平息下来，落落大方地和战士们打起招呼来："大家好。我是红十字会飞行救援队队员巫恪嘉，巫山的'巫'，恪尽职守的'恪'，嘉年华的'嘉'。"

张威班长上前和小巫握手致意："巫先生，刚才你的空中表演太精彩了，我没想到飞行员竟是咱们中国人！"

"叫我小巫好了。异国他乡遇到同胞，我也很开心。"小巫露出真诚的笑颜。战士们又噼噼啪啪鼓起掌来。

不知什么时候，雨停了，天空开始放晴。

中资企业人员在清点货物装车，小巫和蓝一诺在停机坪旁的草地上说着话，沙娜娜悄悄拉了张威一把，指指前方。

"三班长，你说，那个帅气的飞行员巫……巫什么来着？"

"巫恪嘉。"

"对，巫恪嘉，他会不会是咱们兰花花的 lover 啊？"

"这我咋知道，该我问你才对。蓝组长是你们女兵班班长，你没这方面的情报？"

沙娜娜直摇头："蓝组长在我们女兵心中，是高山仰止的存在啊！谁能猜得到她的秘密？"

"嗯嗯，你能猜到我们连一班长马木呷的秘密，也就够了。"

张威开起沙娜娜的玩笑。他知道这个女兵和他们连一班班长——彝族小伙马木呷是一对恋人。因为维和纪律，不得在任务区谈情说爱，目前他们处于爱情潜伏状态。

"讨厌，和你说正经事呢，又嘀咕起这些没用的。"沙娜娜不满意地回了张威一句，她把注意力集中在蓝一诺和小巫那个方向，渴望能听到一星半点儿的情报信息。

蓝一诺知道战友们会注意自己这方的动静。挺过刚才特殊情形下的娇羞之气，她本是个性情爽朗、大气又大方的女孩，襟怀坦荡，心底无私，自然就不会在意别人猜疑的目光。

她看着小巫问道："你怎么突然跑到这里，还开起直升机了？"

"嗨，人生路漫漫，什么都在变。对我来说，永远不变的就是永远改变。我喜欢变幻无常的生活状态，这不很正常吗？"小巫笑嘻嘻地说道，对上蓝一诺猜测的目光，不知为什么，小巫突然失去了往日的自信，有点心脏怦怦跳的感觉。

面对这样随性不羁、嘻嘻哈哈的小巫，蓝一诺总会冒出批评教育、指点迷津的责任感来。

"你当真是'永远不变'的冲动冒险，拿自己的生命不当回事！"蓝一诺数落道，"我真为你的家人感到担忧。如果他们看到你这样不顾不管、任性妄为的样子，不知该如何忧心忡忡呢。"

要是换作别人对自己说这样的话，小巫早就一句话撑上去了：所以啊，咱们都要感到庆幸，彼此不是家人。

可是眼下面对着蓝一诺，小巫却莫名其妙地涌起一阵感动：她这是在关心我呀。

想到此处，小巫感激地看着蓝一诺，眼光无形中就有点含情脉脉，把蓝一诺弄得莫名其妙，皱着眉继续她的海人不倦："生命只有一次，价值几何，聪明如你当然毋庸赘言。我就纳闷儿了，今天这样的天气，你怎么还敢飞？看来你到这里的时间不长，不知道这里的天气变化之大，绝对在整个非洲都首屈一指。"

小巫解释道："我从五百公里以外的左丹城起飞时，准确的天气预报还没到我这里呢。"

"中途不能有所机变？临时降落一下，规避风险应该是你们飞行员的必修课吧？"

"上尉，这里是非洲啊。临时机场，不是想有就有的。再说了，没有十足的把握，我也不敢冒险继续飞。就像那一次在 L 国蓝线，你只身进入雷区引导我走出险境，不也正是凭借着一份超强的专业自信心？"

听到小巫突然提起往事，蓝一诺微微愣住，小巫得意地笑了。

"其实上回你救我出雷区的机窍一直困扰着我，让我几度求解而不得，后来我专门找机会请教了洪浩，才弄清楚这个谜底。"

"洪浩？他告诉了你什么？"

"他告诉我，你们原来在工兵部队受过特训，你的成绩还特别优异。"

小巫注视着蓝一诺，蓝一诺低头用脚拨弄着湿湿的青草，没有吭声。小巫继续他的"案情"分析：

"咱们相遇的前一天晚上，蓝线附近正巧下过一场大雨，泥土松软，所以我误入雷区时，就留下了较为清晰的脚印。危急之中，你细心观察，采用了'哪来哪去、原路返回'的雷区自救原则，成功地把我引领出险境，我说的没错吧？"

蓝一诺点头不语，小巫兴奋起来，向蓝一诺伸出手去。

蓝一诺警惕："干什么？"

"握一握手啊，因为咱们是一类人。"

蓝一诺没接小巫的招，但是她显然对小巫的话产生了疑问。

"什么一类人？"

"利用自己的专业知识，勇于突破生活困境，智者无畏，勇者无敌，咱们就是一类人。"

"呵呵，什么智者、勇者，我可不敢高攀。"蓝一诺直摆手，她此刻面对小巫，还有好奇的问题。

"你这么年轻，飞行技术却很是了得，你什么时候拿到飞行驾照的？"

"读大一时，和机动车驾驶证前后脚考取的。算来也有七八年了。"

"拿照时间虽然不算短，但像你这样兴趣爱好广泛，总是'永远改变'人生理想的人，肯定没机会成天上天操练吧？"

"很多事，勤奋和天分的占比并不科学。不幸的是，我就是天分和勤奋都非常突出的那一类。"

这家伙，还是掩藏不住自己的狂妄自大、放荡不羁。蓝一诺心中暗暗嘀咕，嘴上却没说什么。毕竟她刚才亲眼见证过人家高超的飞行技术。

"你知道刚才在天上的时候，我想起什么了？"小巫眼睛亮晶晶地盯着蓝一诺，蓝一诺被他盯得心跳加快，她掩饰着反问："是什么？"

"我变成了一只军舰鸟，"小巫支棱起胳膊，做出展翅飞翔的动作，"你听说过军舰鸟吗？无数次被作家诗人描述过的那种顽强的鸟儿，是征服死亡威胁后，有着博大欢乐的精灵！"

小巫保持着飞翔的姿势，接着一握拳猛然挥舞一下，露出一种决绝的神情。

他竟然也想到了军舰鸟？这样神奇的思维重合让蓝一诺惊诧不已，就像今天这场意外重逢，让蓝一诺感到不可思议的神秘。

此刻蓝一诺还有问题想问：

"你怎么突然加入了红十字会飞行队？"

"这事啊，说来话长。等会儿在回去的路上我慢慢讲给你听。"

"回去的路上？不好意思，你不能上我们的军车，这可是纪律。"

"谁说我要上军车？你上我的车呀。"

小巫掏出一串车钥匙，对着蓝一诺晃晃："我的车就停在机场附近。"

"这也不可能。"蓝一诺摇头，"在工作期间，我不能随便上平民的车。"

"OK，OK。"小巫举起手表示理解。他掏出手机："咱们加个微信总可以吧。既然再次在异国他乡相遇，不能再失去联系啊。"

蓝一诺略一犹豫，也拿出手机。

加好微信，小巫蓦然惊呼："原来你是、你是……"

蓝一诺奇怪地看着他："是什么？"

"'蓝色'呀！"

蓝一诺翻了个白眼："我的英文名叫 Blue Bloom，所以微信昵称是'蓝色的花儿'，有错吗？"

"你不是那个'蓝色'？抖音号，'那些蓝色的花儿'？"

"我没有抖音号。"

"哦，那是我弄错了。真的是巧了。我有个网友，抖音昵称是'那些蓝色的花儿'，不过他好像是个男生。"

"世界之大，微信号、抖音号重复的也多，有啥可大惊小怪的？"

"那倒是。"小巫不好意思地挠头。

蓝一诺看看远处停机坪那边，提醒道："该出发了，走吧。"

雨过天晴。一辆贴有红十字会标志的货车缓缓开动，后面跟着小巫的丰田吉普。蓝一诺等人乘坐的猛士车一前一后护卫着。

蓝一诺眼尖，发现了小巫车上的熊猫图案，才明白那天在加油站，他们曾经擦肩而过。

机场外面就是泥泞的土路，到处是水坑和沟壑，几辆车在缓慢行进中。

猛士车内，蓝一诺感觉大家的目光都有意无意地瞄在自己身上，她自然明白是怎么回事，但却装作若无其事的样子。倒是沙娜娜忍不住了，伏在蓝一诺耳边，压低声音感叹："姐，那个人好帅啊。"

蓝一诺明知故问："谁呀？"

"那个姓巫的飞行员啊。"

"你说的是巫恪嘉？"蓝一诺大大咧咧地接话，故意声音很高，一点没有掩人耳目的意思，"他嘛，还行吧。"

"还行？这个评价可不客观哦。"沙娜娜不满意地摇头，继续刨根问底，"看起来你们很熟络。”

“熟络？倒也谈不上。”

“别装了。刚才那位飞行员喊的那句话，我们大家可听到了啊。”

“他喊什么了？”

“他说——‘有你在，我总能化险为夷！’”

沙娜娜神秘微笑，启发着蓝一诺：“这个‘总’字，怎能不令人浮想联翩？刚才又看到你俩躲在一旁又说又笑的，那个飞行员还手舞足蹈，一副乐不可支的模样。”

沙娜娜看着蓝一诺笑，单刀直入地逼问：“这里没别人，都是咱自己铁杆战友，组长大人，请老实交代吧，他究竟是什么人？”

蓝一诺毫无怯意，她抓住时机以攻为守：“他是一名优秀的红十字会救援队飞行员啊，人家自我介绍过的。唉，娜娜呀，可惜你早有意中人了，不然，看你这么关注他，我真可以给你们牵个线搭个桥什么的。”

蓝一诺说得自己都忍不住笑了，沙娜娜很感意外：“不会吧？组长，这么优秀的男子你竟然没有收入自己囊中？这简直不科学嘛。完全是浪费资源、暴殄天物啊。”

“说什么呢，小丫头！”蓝一诺回身拧了一把沙娜娜的粉脸，笑着说道，“你以为我像你呢，爱情至高无上，其他都靠边站，就等着熬过这一年维和期，和彝族小伙回国相亲相爱呢。”

沙娜娜噘嘴：“可是我们都觉得那个巫恪嘉和你配一脸呢。是吧，三班长？”

张威憨厚地笑着，车内几个战士也笑嘻嘻地看着蓝一诺。

蓝一诺才不是羞怯的小姑娘，她可是见过大世面的，是胸有成竹、理想在怀、意志坚定的女汉子。此刻她正色警告："老实告诉你们吧，这个巫恪嘉是我在中东维和区认识的一个普通朋友，仅此而已，就像今天他和你们相识，也是他乡遇同胞，大家都感觉开心对吧？"

蓝一诺逐个点着身边战友："你们这些人啊，人都不大，思想挺乱，完全是没事找事、胡思乱想、瞎猜测！"

"相识于中东维和任务区？哇，好浪漫的经历呀。"沙娜娜第一个拍起手来，"就没发生点什么？俊男美女，很般配的感觉。"

"娜娜，怎么越来越胡说八道了。"蓝一诺无可奈何地摇头，"维和纪律都忘了？小心我举报你。哼，就你和马木呷那点事，要是让咱们雷营长知道了，不狠狠训你俩才怪呢。说不定一纸命令，送一个先回国，把你俩打到银河两边做牛郎织女去。"

"哇，组长，你好残忍。"沙娜娜撅起嘴。张威连忙给她打气："小沙，别听你们班长吓你，她才不会举报你。谁都知道，女兵班长护犊子那是不遗余力的，是几个班长中的 No.1，男兵们早就眼气着呢。"

"是哈是哈。"几个男兵纷纷附和。

"瞧你那点鼠胆儿，还敢拿别人打趣！"蓝一诺也嘲笑起沙娜娜来，"你以为咱们营长不知道你和小马是一对儿啊？你们又不是到了维和区才好上的，男大当婚女大当嫁，属于正常恋爱，不违反纪律，只要不在维和任务区卿卿我我就 OK 啦。"

"那我们肯定不敢呀。我和马木呷都是积极进取的好青年、革命军人。尤其小马还是军中优秀标兵，立过二等功，准备回去就上军校呢！"沙娜娜说起男友，一脸的得意满足。

"瞧把你得意的。又不是你立二等功上军校，你和人家马木呷比，差得远呢。"蓝一诺撇嘴揶揄着自己的手下，沙娜娜却幸福地笑了。

小巫默默开着车，看似一副平静的状态，其实内心此刻正潮起潮落，体会着惊涛骇浪般的激动。

就在刚才，他经历了两场不同凡响的人生体验，目测会成为他此生难以忘却的记忆。

当时在空中，他面临着比预想凶险得多的狂风骤雨，心里不是没有惧怕，但是良好的心理素质和扎实可靠的飞行技术，让他沉着稳健地面对生死考验，拼尽全力地搏了一把。他是幸运的，可以说，就在今天，他成功地战胜了大自然。他短短的二十六年人生经历中有多次的冒险经历，但是这次的考验也弥足珍贵，让他对自己的毅力、耐力和专业技术掌控能力，有了更高层面的检验。

当他历尽艰险顺利着陆时，竟然惊喜地看到了一个熟悉的面孔——蓝一诺，这位相识于中东，共同在险境中死里逃生的神奇女兵，让小巫想起一首歌里所唱的那样："虽然不需要想起，永远也不会忘记。"

是的，蓝一诺就是让小巫无法忘却，却又不知该如何定义自己这段情愫的那个女孩。

如果说以前的相识相遇相逢中，小巫没有察觉到自己对蓝一诺的情感，此次刚经过生死考验的小巫却清楚明确地接收到自己内心深处最本真的呼唤，那是爱情萌发时的波涛汹涌、激情四射。

他抱着蓝一诺疯狂地旋转，似乎回到了在 S 国他拥着蓝一诺在摩托车上飞驰的那一刻。女孩头发上好闻的味道直冲鼻腔。熟悉的气味让小巫心发颤、泪蒙眼。天地混沌，此刻一切都从小巫眼中消失了，只有他和她拥抱在一起，旋转于天地间。

爱情的萌发本就是毫无道理又顺理成章的一件事。小巫暗中感叹命运的绝妙安排。自己行走在理想的路途上，似乎总能遇到这位霸气又神奇的女兵，他曾经几次闯祸给她带来困扰，他也曾绞尽脑汁计划着如何向她道歉。他似乎是她的麻烦，她却是他的福星。如今在这遥远的非洲，两人再度重逢，他怦然心动，初尝爱上一个人的曼妙滋味。

事后小巫回忆，自己爱情的觉醒，就始于机场上那纵情恣意的一抱。

但是想起蓝一诺的军人身份，小巫将沸腾于心的爱情火焰暂时压抑住，理性感觉回归。如果蓝一诺是个普通的女孩，小巫自信能用烈焰灼心的温度，即刻冲上前去，抱住自己心上的女子，向她大胆说出爱情的宣言。

可面对蓝一诺，小巫不敢、不愿，也不能如此莽撞，他不能又给她造成困扰，带来麻烦，他不愿再次成为她心目中的闯祸者，他更不敢轻易测试这份爱成功的概率。

任何瞬间的心动都不容易，不要怠慢了它，爱情的萌芽都要细细养护，不可亵渎了它。小巫决定静水流深，慢慢展露自己的爱情，哪怕最后得不到想要的结果，哪怕这份爱的结局只是一份孤独的单向情感，小巫都无怨无悔，甘之如饴。他记起这样一句话：爱一个人其实什么都得不到，唯得到一个在爱中的自己。

他已经做好全部准备。

第十三章 "上天给了我又一次生命，那也是为了能遇见你"

相对于小巫的心潮翻滚、情思绵绵，蓝一诺此刻的心情已然恢复平静。虽然机场上那一幕令人永生难忘——从天空到地面，直面一场生与死的较量，然后又收获故人相逢的喜悦。尤其是小巫那毫无顾忌、恣意纵情的一场拥抱，众目睽睽之下，令人难堪，倒也能充分理解。在她的眼里，巫恪嘉就是这样一个情感外露、胸无芥蒂的男孩，他的生命一直是热烈又张扬的状态，喜怒哀乐从不刻意隐藏。何况他刚刚遭遇了凶险莫测的生死较量，大胆放纵一下，发泄一下自己的情感，也实属正常。

蓝一诺不是一般的女孩儿。从立下从军志愿那时起，她就刻意向着自己理想的目标迈进，起点就是逐渐模糊自己的性别概念。她自知此生将融入以异性为主的军队集体生活中，就不能像一般女孩那样敏感多思、情感脆弱。她认真改造自己的性格，和异性交往时，她豁达无私、豪爽开朗的性格，能让她很快进入对方之好友、战友、搭档的良好状态，比如洪浩、奥利佛，还有目前的小巫。

也许这才是职业军人应该具有的理念和追求。军中无性别，穿上军装都是军人。在 L 国蓝线 X 哨所上哨时，有时候，蓝一诺是几个国籍各异的军事观察员中唯一的女性，值班室里和衣而眠，大家不分性别，有的只是工作上的搭档关系。东方女性一般内敛含蓄，蓝一诺却能很快适应这种无性别差、没有独立更衣间，甚至没有单独宿舍的工作条件和生活环境。

所以对于地方青年巫恪嘉，蓝一诺也同样是神经大条地与之坦然相处。从蓝线雷区毅然出手相救，到 S 国再度相逢两人不自觉地相互援助，蓝一诺从未将个人私情萦绕心头半分。即使在那场摩托车救援中两人肌肤相亲的一瞬间，蓝一诺有点小波澜泛起在心底，但是自认理想就是爱情的性格坚毅的蓝一诺不会花太多心思在这样的小我方面。

不过刚才机场上的那场热烈大拥抱，还是让蓝一诺神情恍惚，在那么一瞬间差点儿迷失了自己。她又一次感受到年轻异性的体温和体味，还有那喷薄而出的激情和爱。她从小巫的眼里读出了特殊的含义，她不是不懂，但是读懂后，直觉动作就是逃避。她不可能应和他的情感，更不可能接受他递过来的情枝爱叶，她有着自己的一份坚持和固守。

她的爱情，就是她的理想，而她的理想，就是成为一名优秀的职业军人。为此，三十五岁前，绝对不会令自己沦陷于个人的小情小爱中，这是蓝一诺为自己定下的清晰的人生目标和行为规范。

该如何抵御小巫已经明确发起的爱情攻击战，上尉蓝一诺冷静下来，理清思绪，很快就形成了自己的战略战术。就像上次把小巫成功带出雷区那样，蓝一诺准备展开行动，把那只迷途的羔羊引领到正途上。

到达目的地——一个名叫荣达贸易公司的中资企业，蓝一诺才发现这竟然也是小巫的驻地之一。贸易公司董事长韩冬是小巫的姐夫，所以公司宿舍区也有小巫的一个住处。

红十字会受捐物资暂时存放在贸易公司的货仓中，随后会逐步分发给这里难民营中的民众。小巫向蓝一诺介绍姐夫韩冬，韩冬对中国军人很热情，他来到丹曼市做生意已经十多年，和几批中国维和步兵营的官兵们关系都十分好，因为丹曼城中的中国人不多，几家企业外加中国营的官兵经常一起联欢，过中国节日。

任务完成，蓝一诺带兵准备离开，小巫送蓝一诺到公司大门口。

蓝一诺像是想起什么来，对小巫说："你知道吗，洪浩也在这里。"

"真的啊？他在哪儿？"小巫自然很惊喜。

蓝一诺掏出手机，把洪浩的微信推给小巫："他现在是我的直接上司，副营长，你有空可以联系他。"

"太好了。没想到在丹曼能遇到这么多好朋友，缘分啊。"小巫感叹，"缘分这个东西，真的是太奇妙了，世界这么大，为啥咱们总能遇见？"

"也没啥可奇怪的。你来这里的原因，不用说，我已经猜得八九不离十。"

"你猜到了？"

"嗯。"蓝一诺为小巫分析，"你一直关注战乱贫穷地区的儿童生存状态，这是你的事业追求目标，所以你选择再次来到这里就很正常。而我，作为一名维和军人，再次走入任务区也是常态选择。我们能相逢，概率不算低。"

"你的分析看似有道理，但不是绝对答案。"小巫不以为然地摇头，"我说过，我的人生总是充满变数。非洲很大，我参加的红十字会救援队有好几个分队，分布在赛旺国很多市区，可为何我偏偏来到这里？现在我明白了，这就是我的一种运气，上帝给的独特运气。因为这里——有你。"

这番表白几乎是赤裸裸的了，蓝一诺被打得有点措手不及，她还没来得及使出自己的战略战术呢，这小子就开始不顾不管地展开冲锋了。

"咳咳——"蓝一诺掩饰着清清嗓子，脸板得不露一丝缝隙，"估计我不如你，我的运气会比较差。"

"此话怎讲？"小巫迷惑了。

蓝一诺认真地分析："我感觉吧，每次咱俩见面，不是在充满危险的境地中，就是在无尽的麻烦里。这是一种极不美妙的感觉。你仔细回想一下，是不是这么回事啊？"

"这个……"小巫挠挠头，凝神沉思。蓝一诺像一个沉稳狡黠的老师，面对总是不按规矩出牌的捣蛋学生，给他布置一个难题绊住他的思路，然后自己先撤退，以观后效。

蓝一诺拍拍小巫的肩膀，语重心长地说道："你慢慢想，不急。我的话自然不是无的放矢。唉，是福不是祸，是祸赶紧躲。我得走了。"

蓝一诺疾步上了猛士车，留小巫呆立原地，郁闷沉思。

原本想给小巫挖坑的蓝一诺，很快却发现自己掉进了坑里。

傍晚休息时间，蓝一诺准备读几页自己喜欢的文章，手机微信提示音就不断在耳旁响起。

小巫，小巫，还是小巫。

一连串带着红点的语音留言条让蓝一诺看了差点崩溃。

整整十九条啊。

"蓝上尉，你好，今天异国重逢，非常激动，有点睡不着觉了。后来好容易有点睡意了，又猛然记起你提到的那个问题，这点睡意又飞到爪哇国了。"

"你说每次咱俩相遇，总是在充满危险的环境中，总是在无限的麻烦里，这个我部分同意。第一次，我陷入雷区，要不是你勇敢出手搭救，可能后果不堪设想。我耳边至今难忘羊群踏雷发出的轰鸣声。"

"第二次，原本我是到 S 国找你，当面说出对你的歉意。你是因为救我而受到处分，被分配到更危险的岗位。我想我该做点什么，弥补我的过失。我跟踪你的车辆，机缘巧合正逢你遇险我搭了把手，也算是有惊无险，配得上你所说的——相逢于危险境地。"

"后来我到你的公寓找你，却遭遇绑架，如果不是极富经验的你通过大使馆出手搭救，我的小命难说保全。这也对上了你说的——相遇在无尽的麻烦里。"

"但是上尉，我们都相信，这个世界上没有无缘无故的爱，也没有无缘无故的恨，只有难以言说的缘。请你抛开现象看本质，你会发现，这些遭遇难道不是上天完美的安排？茫茫人海，芸芸众生，总能以戏剧冲突般的形式促成两个人的相遇相逢，这种缘分，简直是妙不可言！"

"就像今天，是的，我承认，我们又一次在异国相遇，还是在我跨越死亡边缘的惊险时刻。在看到你的那个瞬间，我竟然有种重生后的喜悦之情。如果说，上天给了我又一次生命，那也是为了能遇见你，就在这里，此时此地……"

这个家伙，一定是疯了。蓝一诺听语音留言听得面红耳赤、咬牙切齿，感觉又好气又好笑，他怎么就这么执迷不悟且自以为是呢？蓝一诺开动脑筋，再次思考对付这人的办法。

没等蓝一诺想出对付小巫的良策，她自己先陷入那日机场拥抱的绯闻中了。

先是女兵班的那几个看自己班长的眼神明显有内容，就是那种欲说还休的状态，弄得蓝一诺原本每周给女兵们上的英语小课都没法上了，沙娜娜、李楠等几个女兵交头接耳、偷偷议论，蓝一诺批评她们的时候，她们竟然笑场，让蓝一诺板脸也不是，笑脸也不是。

后来蓝一诺感觉全连乃至全营的官兵们看到自己时，都是一副意味深长的表情，蓝一诺自责自己过于敏感，直到洪浩找到自己。

那日在食堂吃饭，洪浩示意蓝一诺一起坐到一个人少的角落。洪浩开诚布公地说出自己的疑问："你和小巫真的在谈朋友？"

"你疯了，洪浩，怎么连你都这样认为？"

蓝一诺怒目圆睁，恨不得把手里的餐盘扣到洪浩脸上，堵住他那张胡说八道的嘴。

洪浩赔笑："我理解你啊，充分理解。但是三人成虎，不由得不信。"

"三人成虎？成你个大头鬼！信不信我可以马上找三十个人来，证明你洪浩是只病猫，偏听偏信不讲情义的病猫，可你是吗？"

蓝一诺有点气急败坏了，喘息声都变粗了，洪浩连忙为她顺毛。

"好了好了，我们智勇双全的外联组长，未来全军最优秀的职业女军人，算我弄错情况了还不行吗？你的心胸也大一点嘛。"

"我太生气了，如果连你洪浩也不相信我，我可真要冤死了。"

"说实话，我是怀疑过你。"洪浩实话实说，"在 L 国时，小巫为了你救他受到了处分而义愤填膺，也不听我劝阻，执意跑到 S 国去向你说一声对不起，我感觉这个小伙还挺仗义的。后来他在 S 国救过你的命，也给你添了麻烦，这些我也听你说过。"

洪浩盯着蓝一诺，欲言又止。蓝一诺追问："接着往下说呀。"

"后来，再没听说你俩有啥联系了。可是，怎么、怎么……你们就会在非洲这边再次偶遇了？"

蓝一诺瞪大眼，看着洪浩："你的意思是，这不是偶遇，是我和他有啥约定，来非洲见面？"

"不然咋会这么巧？"

"我咋知道为啥这么巧？"蓝一诺简直欲哭无泪，"老天安排事儿，事先还会找我商量？"

"你是说，你和小巫从 S 国分别后，再没任何联系？"

蓝一诺愣了一下，这番停顿的表情没有逃过洪浩睿智的眼睛。

蓝一诺坚定地摇头："我肯定没有和他有过任何约定。我不知道他什么时候来的非洲，他肯定也不知道我何时来到这里。"

洪浩点头："这就对上了，小巫也是这么说的。"

"你问他了？"

"不是你给他推的我的微信吗？那天晚上我俩就加上了，这个地方信号不行，我俩通了一次话，还断断续续的，没聊上几句。"

"他说什么了？"

"他说在此地再次遇到你，兴奋得不得了。他认为是上天美妙的安排。"

"哼，自作多情，自以为是，自我陶醉。"蓝一诺对着洪浩翻了个白眼，其实她此刻最想给那个狂狷不羁、张扬夸张的家伙送一个大白眼。那天他那番激情拥抱，给自己招来多大的麻烦！

"我相信你，一诺。"洪浩真诚地安慰蓝一诺，"其实战士们悄悄议论那些事，也没什么恶意。他们觉得咱们营最优秀的女兵被人爱上了，还是一个很帅很牛的飞行员，这是一件非常浪漫的事。"

"还浪漫？直接郁闷死我得了！"蓝一诺跺脚抗议，"这样的八卦还不令人崩溃？都哪儿跟哪儿啊？完全是捕风捉影，夸张加工没底线！"

蓝一诺放下饭盒，一把拉住洪浩："走，咱们找营长去！"

"干吗？"

"让营长马上召开全营大会，我得赶紧说明情况啊。没影儿的事不能瞎传。我是维和军人，还是干部，不能带头违反纪律。维和任务区不得谈情说爱，这条红线我可不想碰。铁的纪律要靠每一个人来遵守、来维护！"

"蓝一诺，你有病没病呀？"洪浩啼笑皆非，"你一个女孩子家，就这么大刺刺站到人前，说这些有关自己的绯闻八卦？"

"我心里没鬼我怕什么呀？"

"顾及副作用也不能这样做吧？"洪浩耐心劝说，"既然是没影儿的八卦，就不必在意，传着传着就烟消云散了，你特意拿到全营官兵面前去说，反而会造成负面影响。"

蓝一诺想想，也是。

"别激动也别胡思乱想了，"洪浩一锤定音，"听我的没错。"

蓝一诺不再坚持。

两人走出食堂，来到操场前，战士们在打球锻炼，运动场上生气勃勃。

上等兵，一连一班班长马木呷在练长跑，沙娜娜和几个女兵走过，看到马木呷跑过，女兵们向他招手致意，马木呷也对着女兵们招手回礼。唯有沙娜娜故意扭脸不看马木呷。

洪浩看着这样的情形，又看到蓝一诺在微笑，于是也就扑哧笑了。

"洪浩，你这笑容有点不太对劲儿，有什么特殊含义？"

洪浩被蓝一诺看穿，只好先甩出拖刀计。

"一诺，你和圆圆是好姐妹，咱俩也是好搭档铁哥儿们。有句话，我想说又不敢说。"

"是铁哥儿们就说，不是就憋着。"

"那好吧。"洪浩只好实话实说,"我觉得吧,你和小巫其实还蛮配的。"

"洪——浩!"

蓝一诺伸出拳头,真想爆锤洪浩一顿。怎么绕来绕去,他又绕到这个话题上来了。

洪浩躲闪:"你先别急啊,听我为你分析军情。"

洪浩胸有成竹,侃侃而谈:"我尊重你的个人理想,但我一直以为,理想和爱情其实并不矛盾,就拿咱们都佩服的雷营长说吧,谁都不会否认雷营长是真正的铁血军人,绝对的职业军人,可也没耽误人家妻贤子孝,享受天伦之乐呀。"

蓝一诺默默无语,洪浩继续说着自己的观点。

"你也别和我扯什么男女有别。既然想成为真正的职业军人,就不要去谈什么性别差别,穿上军装,都是军人,目标追求都是一致的。所以,你所谓的职业理想就是你的爱情,我的确不敢苟同。"

蓝一诺不以为然,但她没有反驳洪浩。

"说到这里,再说小巫。我发现,其实很多情形下,你俩很像,貌似是一类人。"

"什么?我和他很像?怎么可能?"

"怎么不像?论起执着、倔强,不达目的不罢休,大胆、勇敢,越是艰险越上前,这些品质,都是你俩身上特别突出的。"

蓝一诺品味着洪浩的话。

"所以,你和小巫,有太多的共同点,更遑论世俗眼中的郎才女貌、品貌相当这些俗见了。"洪浩回头看着蓝一诺,微笑,"大家感觉你俩配一脸,就是这个意思。我还听说小巫那天在机场上喊了一句爱的宣言?"

"胡说八道，哪有的事儿！"

"'有你在，我总能化险为夷！'这句话听上去，很有内容啊。"

"有什么内容？很正常的表达！他想说的无非是——他总是我的麻烦，我总是他的福星。这倒也是实情。"蓝一诺傲然抬头，还哼了一声。

洪浩微笑，没有反驳她，却指着操场上生龙活虎的男兵女兵说道："维和任务区是有军纪，不得谈情说爱。但是我们是活生生的人啊，有些战士，原先在老部队就是有恋人的。我常对他们说，隐忍一下，就当是一种特殊的爱情考验，只要熬过这一年维和期，回到祖国，该发展关系的发展关系，该定亲的定亲，各自走向自己甜蜜的新生活。"

洪浩回头看蓝一诺："你是干部，年龄更不是问题，只要跨越自己莫名其妙设定的所谓'铁的纪律'，你一样也可拥有一种全新的生活状态。"

蓝一诺摇头，俏丽的短发映衬着她英姿勃勃的脸庞："洪浩，你不必说了，每个人都有每个人的理想和追求，也会有自己的一份坚守和执着。希望你继续理解我，支持我。"

"好吧，我理解你，也会一如既往地支持你。"

"谢谢，我的铁哥儿们。"

第二天早晨，蓝一诺接受了一项特殊的外勤工作。她来到雷江虎营长办公室里领受任务时，雷江虎看着蓝一诺说了一句题外话：

"小蓝，你的业务能力一向突出，有过丰富优异的维和经验，你所管理的女兵班也最让我放心。希望你再接再厉，更加严格要求自己，在咱们全营树立起优秀干部的良好形象。"

蓝一诺当然明白营长的画外音。他一定是也听到了那些私下传播的流言蜚语。要是依照蓝一诺往日的性格，她会打开天窗说亮话，直抒胸臆，向领导自证清白。但是昨天和洪浩谈过的一席话，让蓝一诺不仅再次梳理并坚定了自己的职业理想，还在心中树立起了清者自清、毋庸多言的理念。

蓝一诺立正，向营长敬了一个标准的军礼：

"请领导放心，我会加倍努力，有则改之无则加勉。坚决完成上级交给我的每一项工作任务！"

第十四章 "我是你们中国女兵的崇拜者了"

蓝一诺此次带队执行的是一项特殊的外出警戒任务。

联合国新任驻赛旺国特别代表来到丹曼任职,为了和各界人士联络相识,将在自己官邸举办一场招待会。此次招待会警戒任务分为官邸内、官邸外两部分,担任警戒任务的人员也分别来自两个不同的系统。其中担任官邸内部警卫任务的是赛旺国国家安全局人员,中国维和步兵营奉命担任官邸的外围警戒任务。

这次组建的临时警卫分队由一连一班、二班战士及女兵班的四名女兵组成,蓝一诺担任队长。

之所以选择蓝一诺带队执行这项任务,是洪浩向雷江虎建议的。此次招待会类似一场重要的外事活动,蓝一诺出色的外语水平和外交能力让她能应付错综复杂的情况和环境。

白色欧式建筑风格的联合国官员官邸装饰得喜气洋洋,各国的外交官员和夫人盛装出席这场活动。

中国维和步兵营警卫队在官邸门口及院内四周都设立了岗哨,战士持枪而立。李楠和沙娜娜等女兵负责检查来宾的请柬。

蓝一诺检查了安保情况,和一班长马木呷、二班长何超交代了注意事项,之后也来到门前入口处,观察着来宾进入的情况。

一名身穿礼服的女士问李楠问题,她显然说的不是英语,李楠完全听不懂,女士比画着,一旁的沙娜娜也弄不懂她的意思。正逢无法交流的尴尬局面,蓝一诺走了过来。

"女士，您好。"蓝一诺用法语向那位女士打招呼。

"哦，上尉，你能说法语？这太好了。"

那位女士拉住蓝一诺低声说了几句，蓝一诺带领女士走向官邸后方。

蓝一诺回到入口处，李楠好奇地问道："组长，那位女士刚才说的是什么意思啊？"

蓝一诺："她在找盥洗间。"

李楠和沙娜娜都不明白了："不就是上厕所吗？进去就有啊，为啥要在外边找？"

"每个人都有不同的习惯，我们需要理解并尊重。"蓝一诺向几个女兵解释道，"这位女士的习惯是，补好妆再进入官邸。"

李楠问蓝一诺："组长，你刚才是用法语和她对话的吗？"

"对呀。"

"哎，组长，你有空再教我们点法语呗，我看在这里挺有用的。"

李楠的话沙娜娜并不认同："得了吧，小李，咱们的英语水平还得组长给吃小灶拔高一下呢，你又在这山望着那山高了。学法语？拉倒吧。"

"想学习总是好事，我支持李楠，咱们搞个双语班，英语法语齐头并进。"蓝一诺一锤定音，几个女兵都兴奋得直拍巴掌。

那位补好妆的女士走回门前，对着蓝一诺微笑致谢："谢谢你，美丽的中国上尉，你的法语讲得跟你的人一样漂亮。"

"不客气，女士。您请进。祝您度过一个美好的下午。"蓝一诺做出邀请的姿势，女士微笑着进入大厅。

蓝一诺和女士的对话显然被旁边一名军人听到了，他踱步到蓝一诺身边，用法语对蓝一诺打起招呼："上尉，你好。"

蓝一诺抬眼望去，向她打招呼的是一位身穿赛旺国军装的上校军官，黝黑的脸上挂着微笑。

按照国际惯例，不论身属哪支部队，下级军官见到上级军官都要行军礼。蓝一诺对着上校敬了军礼："您好，上校先生。"

上校还礼，又问蓝一诺："咱们见过面，你还记得吗？"

"我们见过面？"这话让蓝一诺迷惑不解，她来到任务区已经两个多月，不记得和这位当地高级军官有过一面之缘。蓝一诺聪慧的大脑飞快运转，却找不出任何蛛丝马迹。

蓝一诺没法回答，上校却自我介绍起来："我叫詹姆斯，是国家安全局上校联络官。我曾经到中国大使馆参加过晚宴，见到过许多美丽的中国女兵，我相信，上尉一定也在其中。"

蓝一诺瞬间明白了，这位上校在随意搭讪。其实也难怪，毕竟在他们当地人眼里，中国女兵都长得差不多。蓝一诺确定自己没有见过这位上校联络官，但出于外交礼貌，她不能直接说出不认识的话，况且对方直接报出官阶，正是此次活动自己一方要协作的友邻部队人员，更要注意如何回应。

蓝一诺冰雪聪明，又才思敏捷，这点小事自然难不倒她。她展颜一笑，立马展现出极具外交风范的礼仪，完美辞令也脱口而出：

"我当然有印象。非常荣幸，咱们又见面了。而且今天还恰巧共同担任官邸的警戒任务，更是有缘了。"

"有缘，不错，非常有缘！"詹姆斯上校开心大笑，"我记得你的名字是……"

"蓝一诺。英语名字是 Blue Bloom，蓝色的花儿。"

"蓝色的花儿，太美了！这次我真的记住了。"詹姆斯频频点头。

旁边几名女兵听不懂法语，只看到蓝一诺和上校相谈甚欢，像是老朋友一般。

詹姆斯突然转换成英语，对蓝一诺问道："我很喜欢中国文化，中国人讲话都很文雅，有些话也很有意思。我记得有一句说朋友缘分的话，什么缘分有时很远，有时很近，两人认识，又不认识……是怎么说的来着？"

詹姆斯凝眸沉思，似乎在想那句令自己难忘的中国话。

詹姆斯这段话用的是英语，几名女兵大致听懂了几个单词，但是完全不知道他所指的是什么。沙娜娜和李楠嘀咕："这老外说的什么呀？又认识，又不认识的？乱七八糟，不知所云。"

蓝一诺略一思索，就猜中了詹姆斯的意思。

"上校，您是指那句'有缘千里来相会，无缘对面不相逢'，对吗？"

"哈哈哈，完全正确。"詹姆斯连连点头，开心大笑，对着蓝一诺竖起了大拇指，"没想到你的英语和法语都很棒，而且你一下子猜出了我喜欢的那句中国话。上尉，你懂我！"

詹姆斯伸手和蓝一诺相握："你的表现，消除了我对维和女兵的一个固有印象——军队装饰品。现在我明白了，维和女兵不是摆设，是有本事的人。"

詹姆斯的话，让蓝一诺感到自豪的同时，又有点小小的不舒服，这个自负的上校，见过几位维和女兵啊？就这么乱下定义，胡戴帽子。

但是令蓝一诺没想到的是，詹姆斯的偏见还不仅限于维和女兵，他对中国维和部队都有着刻板偏狭的认识。

招待会进行中，詹姆斯检查完官邸内安保情况，又走出官邸找到蓝一诺聊天。他问到蓝一诺对赛旺国以及丹曼市的印象，两人说得很开心，但是无意间说起中国营的生活，詹姆斯突然冒出一句："中国军人很友好，很文静，但是这些还不够。"

蓝一诺敏感地意识到他话里的问题，就追问道："上校，我没明白您的意思。"

詹姆斯因为和蓝一诺聊嗨了，就毫无顾忌直抒胸臆起来："比如和你们近邻的 K 国维和部队相比，差距就看出来了。K 国军人普遍个头高，力气大，颇具战斗民族的彪悍气质。作为军人，我认为他们更能带给人安全感。中国军人彬彬有礼、态度和蔼、举止文雅，更有外交官风范。"

这样的类比让蓝一诺很不舒服，她决定说服这位固执己见的上校。

"上校先生，您说您喜欢中国文化，那是否听过'和文化'这个概念呢？"

詹姆斯摇头，蓝一诺乘机宣讲。

"我们中国文化博大精深，各有千秋，但是'和文化'一直是中国传统文化的核心与精髓。'和'，讲的是平和、和睦，是对和谐共融、天人合一的追求。所谓'和而不同，求同存异'。各国军队来到联合国任务区执行维和任务，追求的目标也正是和平共处，世界安宁。"

蓝一诺的英语流畅，用词准确，态度优雅迷人，听得詹姆斯不自主地频频点头。

"詹姆斯上校，这个世界很大，有人的地方就有纷争、有冲突，甚至有战争，了解并弘扬'和而不同，求同存异'的理念很重要。联合国维和行动始终坚持客观、中立原则，我们不是特种兵部队，难道需要时刻亮出肌肉，去比拼、去斗狠吗？"

"好吧，美丽的女上尉。我部分同意你的观点，但是要彻底说服我不容易，我需要看到事实，要看到中国维和部队是 Forward 而非 Backward。"

詹姆斯加强语气说出这两个单词，他看向蓝一诺，后者依旧是不卑不亢的姿态。

"上校先生，"蓝一诺微微扬起头，展示出良好的军人姿态，"我们中国维和军人秉承的精神是：热爱和平，不辱使命，崇尚正义，尊重生命，纪律严明，作风过硬，业务精湛，不畏牺牲。上校先生，正如你所说，语言代表不了事实，来日方长，日久见真，希望有机会你能领略到中国军队的真实风采。"

"我翘首以盼。起码今天上尉你，让我看到了中国女兵迷人的风采——聪明、自信、坦率、睿智，而且外语流畅，口才极好。从今天起，我是你们中国女兵的崇拜者了。"

詹姆斯向蓝一诺略显夸张地行了一个军礼，蓝一诺急忙还礼。詹姆斯从上衣口袋里掏出一张名片，递给蓝一诺："我们是朋友了，对吧？"

"当然，上校，我很荣幸。"

"如果在这个城市遇到不好解决的问题，就打这个电话，希望我能帮到你。"

"好的，上校，我代表我们中国维和步兵营的官兵们，感谢您的这份情谊。"

蓝一诺接过名片，巧笑盼兮，蓝色贝雷帽下一双桃花眼熠熠发光，令人难忘。

这次外出警戒任务圆满完成，蓝一诺等人刚回营，来自联合国特别代表官邸的表扬及感谢电话就紧跟着到了。雷江虎口头传达了，又专门对队员们提出表扬。

蓝一诺把詹姆斯上校的名片交给雷江虎，又讲述了自己和这位国家安全局上校联络官的接触过程。雷江虎看看名片，递还给蓝一诺："你收好，将来遇到特殊情况，说不定真能用得上呢。"

雷江虎回头对站在一旁的洪浩笑着说道："洪副营长，你这次的推荐非常好啊，咱们的外联组长蓝一诺上尉不但圆满完成了既定任务，还施展了卓越的外交才能。"

蓝一诺回到宿舍，梳洗整理一番，电话提示音响了，是小巫发来的一段微信：我今天飞丹泽市，给你们女兵班带了一点小小的礼物。三八节快到了，也是为了表示对人民军队女兵的敬意。我还给你带了一份特别的礼物，找机会我一起送过来吧？

蓝一诺拿过手机回复：给女兵班的照单全收，且表示感谢。给个人的就免了吧，因为不需要。

因信号不好，蓝一诺发出的这条信息延迟了一段时间才传递到小巫手机上，小巫看着回复笑了。无论如何，答应见面就好呀。本人略施小计，对方应声中招。

小巫不能不为自己的聪明才智感到得意。

三八节那天，女兵班放半天假，蓝一诺带领十一名女兵到 UN House 附近的一个小型超市去逛街购物，在这里见到了小巫。

"三八节快乐，致敬蓝盔将士，慰问可爱的中国维和女兵！"

小巫带给女兵们的礼物装满两大袋子。沙娜娜抢先接过一个袋子，里面是巧克力、曲奇饼干、果冻、糖果等各种各样的小食品，李楠打开另一个塑料袋，里面装着十几个精美纸盒。

女兵齐薇拿出一个盒子来，大家的注意力都集中到她手中。淡紫色的礼品盒子包装精美，上面系着深紫色的缎带。

沙娜娜问小巫："这里面装的啥？还怪神秘的。"

小巫笑着解释："昨天我飞丹泽，那边不是有个著名的玫瑰岛吗？玫瑰岛上的玫瑰花很出名，而所有玫瑰花制品里，又属这种玫瑰香皂是当地最负盛名的旅游纪念品。我就想着给诸位女士每人带一块，正好欢度三八女神节。"

蓝一诺招呼女兵们："大家一人一个，自己拿。"

"玫瑰花香皂，真不错耶。"

"味道棒极了。"

女兵们嗅着手里的香皂礼盒，嘻嘻哈哈议论着。

蓝一诺取出最后剩下的那个礼盒，正要装入口袋，却听到有人喊："等等。"

沙娜娜走到蓝一诺身边，拿起她手里的香皂礼盒看看，对比一下自己的，一模一样。沙娜娜回头看向小巫：

"哎，飞行员，你给我们兰花花带的，也是这种香皂？"

"是啊，人手一块，一模一样。"

"不对呀。"李楠插嘴，"我们的，怎么能和组长的完全一样，不科学嘛。"

"就是，就是。"齐薇接口喊道，"没有特殊礼物，必须差评！"

沙娜娜拉住小巫，悄声问道："你跑到著名的玫瑰岛，就没带束玫瑰花回来？"

"玫瑰花？没有啊。"小巫倒是高声应对，一副无辜懵懂又憨态可掬的样子。他怯怯地看了蓝一诺一眼："咱部队不是讲官兵平等吗？我可不敢巴结领导，给某人搞特殊待遇，让她脱离群众，那就不好了。"

"哦呦呦——"女兵们齐声哄笑起来。

蓝一诺忍住笑，转过身去。沙娜娜不满地瞪着小巫："看来你是对我们兰花花真没有意思了?"

"什么意思?"小巫继续装傻充愣,"我和你们蓝组长是好朋友,我是她的蓝颜知己,仅此而已。你们别胡猜,也别瞎想啊。"

蓝一诺挥手制止女兵们的嬉闹:"好了,好了,节日礼物也拿到了,人民群众慰问子弟兵的心意也收到了,该收兵回营了吧。"

夕阳西下,吃过晚饭的蓝一诺回到宿舍,看到桌上放着的淡紫色香皂盒,就随手拆开来看。里面是一层深紫色皱纹纸,包装精美,揭开皱纹纸,一个玫瑰色的心形图案显露出来。

蓝一诺拿起心形香皂,正要放到鼻子前闻,却突然感觉自己的手指好像摸到了什么,她把香皂翻过来,看到上面刻着字和图案:

一个凸出的心的形状和一个清晰的"诺"字。

组成的意思很明显:爱——诺

蓝一诺腾地一下站起身,把香皂放回盒子中,又一把拉开抽屉,扔了进去。

不好!这样的东西要是女兵们人手一块……

想到此处,蓝一诺坐不住了,她跑到相邻的女兵房间,正看到李楠在梳头,齐薇在弹吉他。

"你俩的玫瑰香皂呢?拿给我看看。"

"怎么了,组长?"

两位女兵莫名其妙。李楠拉开抽屉,把自己的香皂盒拿出来递给蓝一诺。

蓝一诺打开盒子,取出香皂仔细打量,就是一块玫瑰花瓣形状的香皂,翻看背后,没有任何字和图案。

打开齐薇的那个香皂礼盒,里面也是完全相同的玫瑰香皂。

蓝一诺暗暗松口气。

"组长，你在找什么？"

"哦，没什么，我想看看大家的香皂是不是都是玫瑰花形状的？"

蓝一诺掩饰着回答，齐薇却好奇地看着蓝一诺，一句反问紧接着跟上去：

"应该都一样啊，你的呢？有特别？"

"我的怎么会有特别？你们拿完了，最后剩的那一块是我的，怎么会有差别？"

蓝一诺说完这句话，匆忙走了。

齐薇用肩膀碰碰沙娜娜："组长怎么了？怪怪的。"

沙娜娜神秘地回道："可能组长心里不舒服吧。那个小巫送给她的礼物，和咱们的完全一样，搁你心里能舒坦吗？"

"不至于，"齐薇摇头，"据我慧眼观察，咱们的兰花花和飞行员可能真没戏。"

"你的根据是？"

"咱们组长脸板心硬啊。你想啊，平日里训练、工作都是排头兵，她的压力不小。"齐薇压低声音，"我听说，蓝组长的理想是成为一名职业军人，人家和咱们不同，是要穿一辈子军装的。这样的女人啊，心肠都比较硬。想谈感情？根本没戏。"

"那你的意思是说，咱们组长要一辈子不嫁人咯？"

齐薇赶紧制止沙娜娜的高声大气："你小声点。让她听到，非罚咱俩跑个五公里！"

第十五章 "上尉，我得承认，你说服了我"

真奇怪，这个巫恪嘉难道能掐会算？还是会变魔术？他是怎么把这块"特殊定制"的香皂貌似随机一般送到我手里的呢？

蓝一诺百思不得其解，她甩甩头，干脆不想了。防患于未然，她取出那块刻上字的香皂，用小刀磨去字迹图案，又把心形上下左右各切一刀，变成四方形。

哼，巫恪嘉，我要把你这可恶的小心思都磨平，斩断！

蓝一诺赌气一般做完这一切，仿佛出了一口恶气。手机提示音响起，屏幕上又是那人的名字。

"上尉，你的声音很甜美，普通话标准，有没有想过在这里当一回老师呢？"

蓝一诺原本不想理会他发的微信，看到这一条，却又好奇起来。

"你又想干什么？"蓝一诺问道。

等了片刻，小巫的回音飘然而至："等我的消息。这里的孩子需要你。"

神神秘秘，故弄玄虚！蓝一诺没有再理会小巫的话。她打开笔记本电脑准备写值班日记。来到维和任务区，她一直保持着当观察员时的习惯，把每日的工作记录下来，也把自己巡逻、外出执行任务的观察情况形成日记报告，定期提供给管理层，她的做法得到雷江虎营长的充分肯定。

到了第二天，蓝一诺接到任务，配合男兵在 UN House 营区外武器禁区内巡逻，其间遇到的一件特殊案例让蓝一诺认真写进了工作日志，后来竟然成为步兵营的工作范本，得到联合国驻赛旺国司令部长官史密斯上校的嘉许。

UN House 外方圆二百公里被划为联合国武器禁区，除了驻扎在 UN House 里面的维和部队外，任何人都不能携带武器入内。

为进一步应对武器禁区和周边地域频发的安全事件，更好地保护 UN House 营区内外安全，同时彰显联合国维护和平的坚定立场，雷江虎决定在原武器禁区巡逻范围的基础上，向外进行为期一周的扩展巡逻，完善 UN House 营区的纵深防卫系统。

在副营长洪浩的亲自领队下，蓝一诺和齐薇两位女兵与一连三个班的战士一起进行了扩展后的第一次巡逻。

进入旱季的丹曼天气炎热，干旱少雨，烈日下的行军巡逻异常艰苦。巡逻官兵除了要提高警惕，时刻提防不法分子外，还要克服酷暑下身体的不适，预防中暑。他们脚下踩着的土地也不安宁，各种蛇虫的袭扰随时随地都会发生。

蓝一诺从军后有过几次极端地区行军经验，尚能应对此类状况，齐薇却是第一次遇到这种情形，走得她汗流浃背，气喘吁吁。蓝一诺把她的背包背在自己身上，拉着她努力前行。

穿过一片小树林，战士们稍作休整，大家逐渐恢复体力。

就在此刻，一班长马木呷发现情况，一辆白色越野车远远向这边开来。洪浩命令马木呷带领几名战士前去查看状况。

皮肤白皙的两名女兵脸庞被晒得通红，摘下钢盔，头发湿淋淋的，如同沐浴过一般。

蓝一诺打开一瓶藿香正气水，递给齐薇，齐薇却皱着眉直摇头："这个我可喝不下去，从小我就喝不惯中药。"

"说什么小时候的话，你现在是军人，别这么娇气。咬牙闭眼一口气喝了，身体一下子就舒服了。"

蓝一诺亲自做示范，一仰脖把整瓶药水一饮而尽。她又开了一瓶，递给齐薇。齐薇苦着脸，勉强喝了药，龇牙咧嘴。

洪浩看着两名女兵，正要说什么，他身上的对讲机突然响起来。

"副营长，这边出现特殊情况，请求支援。"

洪浩带着战士向马木呷那边走去，蓝一诺也跟了上去。

白色越野车上坐着一位身穿赛旺国政府军军装，肩佩准将军衔的中年男子，一脸的不屑和傲慢。

马木呷走近洪浩，低声说明情况："副营长，这位是政府军罗伯特准将，他说他要回家去。他家位于武器禁区内，他身上有枪。"

洪浩点头，走上前去，对罗伯特打招呼："您好，罗伯特准将。"

罗伯特傲慢地看看洪浩，注意了一下他的军衔，点点头："少校，看来你是他们的头儿，请你命令他们，放我过去，我要回家，回我自己的私邸。"

"准将，您当然可以回家，但是您的家位于联合国武器禁区内，按照规定，您和您的卫兵们，都不可以把枪支带进去。"

"哦，这看似是一个合理的要求和规定。少校，我无意冒犯联合国的规章制度，但是特殊情况出现了，我的家就在这里。我的武器也不能离开我，否则我就失去了安全保障。所以抱歉，我不能交出武器。"

洪浩耐心劝说："您的安全由我们保障，您完全可以放心。但是任何人都不得将武器带进禁区，这也是一条铁的纪律。"

罗伯特固执地摇头，一副不理解和不合作的样子。

此刻蓝一诺上前，对罗伯特说道："您好，准将，我完全能理解您的想法。"

罗伯特看着眼前年轻的女兵，她的脸上是真诚的笑颜，她的声音很温柔，英语清晰流利。

"谢谢，可爱的女兵。还是你理解我。"罗伯特也露出笑容。

蓝一诺看到情势和缓，赶紧趁热打铁："我当然理解您。您家中，可能有温柔贤惠的夫人，有可爱的孩子们，他们在期待您回家团聚，您也想给他们最可靠和安全的保障，对吗？"

"是的，上尉。我是一个军人，如果不带枪，如何保护自己家人的安全？"

"可是准将先生，您是否每天都能按时回家呢？"

"那不可能的，我有繁忙的军务，每周能回一次就不错了。"

蓝一诺笑了，声音更加温柔和蔼："所以啊，您并不能每天持枪保护您的家人。这里是武器禁区，您也无法派遣您的卫兵们每天在您的家里持枪守卫。那么，不妨请您，把这个任务交给我们吧。"

蓝一诺用手指指自己身边的战友："我们的职责就是保卫这一方土地的安全。设立武器禁区，搜查武器，禁止任何人携带武器进入这里，其实就是在保护很多像您这样的家庭的安全。您想想，如果我们允许您进去，也允许其他人携带武器任意进入，您的家，还会安全吗？"

罗伯特低头思索了片刻，点头微笑："上尉，我得承认，你说服了我。"

罗伯特对卫兵们招手示意，并解下了自己的佩枪，交到蓝一诺手里。

蓝一诺这番有礼有节的成功斡旋被作为案例写入步兵营日志里，战友们交口称赞，但是令蓝一诺不满的是，有些事，口耳相传，传来传去，传到最后竟然完全变了样，夸张演绎，加上臆想臆测，最后变成了"蓝一诺智勇才三全，女上尉勇缴准将枪"这样类似说书的狗血桥段，完全失去了事情的本来面目。

当然这都是后话了。

相对于武器禁区的长途巡逻，在难民营中的日常巡逻工作强度就小多了，但是遇到的问题却是千奇百怪、五花八门。

一号难民营有一群八九岁的孩子，和中国维和士兵们很熟，经常追着 UN 车嬉闹玩耍，女兵班的姑娘们出于喜欢儿童的天性经常和孩子们互动，带给他们一些小零食、小礼物。

这日，蓝一诺和沙娜娜等人组成的巡逻小组进到一号难民营巡逻，在徒步巡逻时，遇到十几个孩子聚在一起玩耍，沙娜娜好奇心起，便凑过去看他们玩什么。不一会儿沙娜娜一脸紧张地跑过来，拉住蓝一诺："组长，有情况。"

"什么？"蓝一诺一愣，沙娜娜急忙拉着她挤进孩子群里。

这群半大不小的孩子，有男有女，皮肤都是一样黑黝黝的，衬得眼白和牙齿格外白。此刻他们围在一起，在比试着手里的东西。蓝一诺仔细一打量，倒抽一口凉气。

孩子们手里把玩的，竟然是一枚枚锈迹斑斑的子弹。他们相互比试着，敲击着，向对方投掷子弹玩。更令蓝一诺触目惊心的是墙角的一幕：一个约莫四五岁的小男孩，把一颗子弹放在自己嘴里，不停地吸吮着，仿佛那是一颗甜蜜的糖果。

看到娃娃群里有一个熟悉的面孔，蓝一诺对他伸手招呼："潘达，过来，给我看看你手里拿着什么？"

八岁的小男孩潘达听话地走到蓝一诺面前，把手心张开，里面握着几颗子弹。蓝一诺拿起一颗仔细打量，认出是一发步枪子弹。

"这些子弹你是从哪儿找来的呀？"蓝一诺摸摸潘达的头，亲切地问道。

"我捡的。"潘达低声回答。

"在哪里捡的？"

潘达回头看向身后的街区。蓝一诺随着潘达的目光望去，难民营统一的白色帐篷密密麻麻分布在那里。蓝一诺心里奇怪起来：难民生活区，竟然能捡到子弹？

蓝一诺这边沉思着，沙娜娜已经开始招呼孩子们："这些东西很危险，不能当玩具玩。来，都交给我。"

沙娜娜伸手向孩子们要子弹，几个年纪小比较老实的孩子把子弹交到沙娜娜手里，一些大一点的孩子可不听她这一套，收起子弹转身跑走。

"哎，别跑，快把子弹交给我，玩这个很危险！"沙娜娜跺脚大声喊着，几个男兵跑了过来。马木呷问沙娜娜："出什么事了？"

沙娜娜把手里的子弹递给他看，几个男兵看着子弹，议论纷纷。

参与巡逻的维和警察 H 国人罗曼也走了过来，蓝一诺知道他是一个老警察，有着丰富的经验，就赶紧上前请教。

罗曼拿起子弹看看，对蓝一诺说道："这个不奇怪啊。你知道前不久这里还发生过小型战争，这个难民营中的一些人其实就是脱下军装的武装人员。虽然联合国有明确规定，禁止把武器弹药带进难民营，但是林子大了，什么鸟都有，私藏弹药武器的人也不在少数。所以咱们才会定期进行武器搜查行动。"

罗曼把子弹递还给蓝一诺，拍拍手："这里的孩子到处跑，捡到甚至是偷到一些子弹当玩具玩，很正常啊。"

回去的路上，沙娜娜对着马木呷嘀咕："罗曼警官看来是待在这里久了，见怪不怪了，但我怎么看着孩子们把子弹当玩具玩，就特别扭？"

"因为你心地善良，母性光环放光芒啊。"马木呷悄悄赞美自己的"潜伏小女友"。

蓝一诺无意听到这对军中小情侣的对话，她的心里也是极度不舒服，儿童和子弹联系到一起，怎么都会让人感到心惊肉跳，心下恻然。她尤其忘不掉的，是那个啃食着子弹，把子弹当成一枚糖果的小男孩。

回到宿舍，遇到李楠拿了小巫前几天慰问的零食给大家吃，蓝一诺也拿了一块，她盯着手里的零食看了几秒钟，突然喊了一句："我有办法了！"

这天傍晚，蓝一诺在前，李楠紧跟，两人在整个军营宿舍里巡逻了一圈。两人手里都拿着一个塑料袋，蓝一诺每到一个宿舍，就开始半募捐半打劫，什么小食品、小挂件、小礼物，通通收入囊中。

男兵们看着她们议论纷纷。

"蓝组长她们女兵班这是要干什么？"

"打土豪分田地？这是先打咱们的'土豪'，可'田地'分给谁呢？"

"莫非周末要开 party？准备大抽奖的节奏？"

蓝一诺也不理会这些闲言碎语，她最后来到洪浩的单人宿舍，象征性地敲敲门，就直接跨了进去，正和衣躺在床上剪指甲的洪浩吓了一大跳，急忙坐起。

"这么晚了，你怎么来了？"

蓝一诺没回答，在宿舍里东瞅瞅西看看，随手把桌子上的几个小玩意收入袋中，最后她的目光盯在洪浩手里的那串钥匙链上。

钥匙链上有一个熊猫图案的挂件，亮晶晶的很好看，蓝一诺伸手向洪浩索要："这个小熊猫挂件真不错，摘下来给我吧。"

"这可不行，"洪浩急忙反抗，"这可是圆圆送给我的。"

"那更好了，先借给我，等回国，我让圆圆再给你买个一模一样的。"

"不行，不行，这个是纪念品，有意义的，怎么能再买一个？"

"我说洪少校，洪副营长，你也忒没劲了，男子汉大丈夫，一个钥匙链，也抠抠搜搜的，快摘下来给我，别让我动手啊。"

洪浩不情不愿地摘下小熊猫，递给蓝一诺，看着她手里装满五颜六色小物品的袋子，问道："你这究竟是干什么呢？真的像战士们猜的那样，准备周末大联欢抽奖？"

"你就别问了，我做的事，可比什么大抽奖之类的有意义多了。"

蓝一诺提着袋子，心满意足地走了。

再次到一号难民营巡逻时，这两个装满小礼品的袋子就出现在孩子们面前。

蓝一诺和沙娜娜、李楠等女兵分别吆喝："快来这边看看啊，有好东西来咯。"

男孩女孩们围了过来，都眼巴巴地看着女兵手里的袋子。

蓝一诺拿出一块巧克力晃晃，示意娃娃们："谁有子弹？五颗子弹换这个巧克力啦。"

一个高个子男孩挤了过来，从自己兜里掏出一把子弹，数了五颗，递给蓝一诺。蓝一诺接过子弹，把巧克力递给男孩："OK，成交。"

男孩正欲离开，却被蓝一诺叫住："别走，你兜里的子弹都可以换啊，我们还有很多好东西呢。"

男孩看看蓝一诺掏出的几个小礼物，把兜里的子弹都递了过去。

孩子们都兴奋起来，纷纷用自己的子弹和女兵们换东西。大家争先恐后，都掏出子弹举在手中，嘴里纷纷喊着："我这里有！""我也有！"

沙娜娜急忙维持秩序："大家别挤，一个个来。"

几名女兵一边收集孩子们手里的子弹，一边把各色小礼品、小食物递到他们手上。

男孩女孩们换了礼品，三三两两聚在一起，有的把玩着手里的小玩具，有的嚼着各色小食品，小小的脸蛋上溢满了笑意。

沙娜娜对李楠感叹："多和谐啊，这才是孩子们该拿在手里、吃在嘴里的东西！"

蓝一诺招呼潘达走到一边，从自己口袋里掏出那枚从洪浩那里搜刮来的小熊猫挂件，递给潘达。

"哇，这是 Panda！"潘达兴奋地大声喊起来。

"对呀，这次你是真正的'潘达'了，因为你有了 Panda 挂件。"

潘达开心极了，他掏出兜里的几颗子弹，都放在蓝一诺手上，小脸满是真诚："这些全都给你。"

蓝一诺收起子弹，又掏出一把糖果装到潘达的口袋里，她叮嘱小男孩："潘达，记住，以后你要是看到有人再捡到子弹，就告诉我们，我们给他把子弹换成小礼物，好吗？"

"没问题，中国姐姐，保证完成任务。"潘达用不太流利的中文爽快地答应了蓝一诺，还学着往日看到的中国军人的模样，郑重地敬了一个军礼。

蓝一诺突然发现潘达的胳膊肘下有几道乌青伤痕，就抓住男孩的手，仔细查看："这是怎么弄的呀？"

"我不小心摔的。"潘达声音低微。蓝一诺怜惜地摸摸男孩的头："以后别太顽皮，玩的时候小心一点。"

"记住了。"潘达听话地点头，甜甜地微笑。

蓝一诺剥开一颗糖果，塞到潘达嘴里。

突然间，一个足球从远处滚到潘达的面前，潘达快乐地大叫一声，向前奔跑，接住足球，用脚勾住，开始踢了起来。

蓝一诺望向前方，看到小巫笑吟吟地走了过来。

第十六章 "真爱，往往是爱上了另一个版本的自己"

一个足球所带来的无尽欢乐和超燃气氛，蓝一诺算是见识到了。孩子们奔跑、追逐、呐喊、欢腾，这里的热烈气氛丝毫不亚于世界上任何一场足球大赛。

蓝一诺默默看着眼前广场上的一切，内心感慨万千，站在身边的小巫像是看出了她的心事，聊起这个话题：

"半年前，当我走下飞机，踏上这片土地，眼前看到的一切完全出乎我的意料。这里和我想象中的非洲大地不太一样，不是一望无际的沙漠，不是满地行走的野生动物，而是令人惊讶的凋零。是的，我心中当时蓦然升起的一个词，就是——凋零。"

"驱车开出机场行驶在大街上，感受到的绝对不是和平，而是随时可能发生的战争和冲突，到处都是七零八落的碉堡土丘和持枪的军人。这一切似乎都提醒着观者，五年前的战争还没有结束，连续战乱导致的贫困、落后的局面看不到改善的希望，这里的人们继续生活在一片凋零的环境中。"

"看着这样的生存状态，我有时会想，上帝难道真的是公平的吗？生而为人，有人生活在富足、美满、温馨、充满爱的地方，有的人，却要承受战乱、贫穷带来的双重磨难。"

小巫说到这里，回头看着蓝一诺："还记得咱们在中东看到的情景吗？那里有枪炮硝烟，有动荡不安，有流离失所，但起码，那里的城市、村庄，比起这边来，更接近现代化工业文明。那里的大多数人，还不愁温饱。可是这里……"

两人竟然不约而同地叹口气。小巫的讲述让蓝一诺感同身受。她来到这里已经三个月了，小巫讲述的一切和自己感受到的几乎一模一样。她再次惊讶于她和他的心有灵犀。

虽然这"心有灵犀"一词刚灵光一闪，就被蓝一诺的理性狠狠地压灭了：

怎么会？不过是机缘巧合罢了。

小巫无法体会蓝一诺这种表面沉默、心底澎湃的状况，他完全沉浸在自己的感想中：

"真正走进丹曼市内当地人的生活中，我发现自己又想错了。这片土地需要的也许不是同情，而是共情。这里的男人们似乎一天天很悠闲，永远只热衷于两件事情：三五成群地在大树底下乘凉侃大山，或者——"

小巫突然停顿下来，蓝一诺看向他，他指指前面玩球的孩子们：

"踢足球。对，你没有看错，就是踢球，他们对足球的热爱绝对超乎你的想象。"

小巫用手比画着："那些小孩子们，用绳子随便拴个可乐瓶什么的，悬挂在树枝上，就能踢上整整半天；稍微大点的孩子，对着一个不知道从哪里弄来的缺气的皮球，能光着脚丫子不知疲倦地踢个全场。你更加想不到的是，他们还有本事组织起一场比赛，居然能找来杂七杂八的球服。"

小巫微笑着叹气："在这片贫瘠的红土地上，瘦弱的儿童们组队进行一场足球大赛。你能想象出那种谜一样的仪式感吗？"

蓝一诺不由自主地微微眯起眼，看着奔跑在眼前的孩子们，想象着小巫描述的情景，心底涌起一丝暖意，一丝感动。

小巫刚才那句话打动了她——这里需要的，也许不是同情，而是共情。

"所以你搞来了足球？"蓝一诺轻声赞道，"一个不错的主意。"

"这些足球，就在那个暴雨天送到的红十字会援助的物资里。"小巫笑着解释，"也是在你们的护卫下，来到了这里。"

"没想到会给孩子们带来这份开心，挺好。"蓝一诺也很欣慰。

"我的计划可不仅限于此。"小巫兴奋地说，"我还想组织一个球队，让孩子们踢出一定水平来。你想不想参与进来？"

"我？不行，不行。我又不会踢足球。"蓝一诺直摆手。

小巫认真地说道："不只是踢足球啊，也许我们可以成立一个足球课堂，用孩子们最感兴趣的运动——足球，把他们组织起来，开展一些有益于儿童身心的活动。比如说，学中文。这里很多孩子都对中文很感兴趣，他们想和中国人交谈，比如说和你们这些中国军人交谈。你看刚才那个叫潘达的男孩，这个可不是他的本名，而是一个中国人给他起的外号，因为他喜欢中国人，所以就用中国特有的熊猫来叫他了。潘达对我说过，他非常喜欢这个中国味道的名字，他最大的梦想就是将来有机会去中国看看。"

蓝一诺抿着嘴笑。小巫奇怪："你笑什么？我说得不对？"

"你说得非常对。"蓝一诺急忙点头，"你接着说。"

小巫继续说着："潘达让我想起曾经认识的另一个孩子——赛尔德。"

提到那个被截去双腿的小男孩儿，蓝一诺和小巫都心情沉重起来。

小巫的语气变得凝重："潘达和赛尔德很像，都是有语言天赋的孩子。他们的境遇让我思考了很多。我甚至联想到了人类作为一种生物体是不是一直在退步？一个八九岁的小孩，在没人辅导的情形下，竟然能学会说最难学的汉语，如果有更好一点的客观条件，是否会有一个更加可期的未来？世界上没有两个人是完全相同的，那决定一个人的究竟是什么，以前经常思考的问题，我想我在这里找到了答案，那就是——环境。"

蓝一诺点头："你想让我来教孩子们中文？"

"你愿意吗？"

"我无法拒绝。因为我也爱他们，潘达，还有这些大大小小的娃娃们。"

"我知道你会同意的。因为我懂你。"

蓝一诺突然对上小巫含情脉脉的目光，她有些不适，直觉要逃避，就灵机一动，转换了话题："你是不是也喜欢熊猫啊？"

"你怎么知道？"

"我想一个萌萌的熊猫，不会无缘无故就跑到你那车上了吧？"

记起自己车上贴的那个熊猫图案，小巫开心地笑了："看，我们又一样。"

"让我到你的足球课堂当老师没问题，但是我有个条件。"

你说，没问题。你的条件，我都答应。

蓝一诺看着小巫，认真问道："此话当真？"

"绝无虚言。"

"OK。"蓝一诺语气和缓但态度坚定，"我不希望玫瑰香皂事件再次发生。"

小巫愕然，有点慌乱，但马上恢复镇定，习惯性地承认错误："对不起。"

蓝一诺有点恼火："又是这三个字，有用吗？做事不计后果，放荡不羁，事后道个歉，算什么？"

小巫也较起真来："我说的对不起，是指我的行为莽撞给你造成了困扰，我道歉。但是我的目标是不会改变的，那就是对爱情的追求！这点我可用不着道歉。"

"你？"蓝一诺气得不轻，送给小巫一个大白眼，却不知说什么才好。这个人，怎么这样赤裸裸不顾不管地，随时随地就发起冲锋啊？往日里伶牙俐齿的外交才女在涉及自己的情感问题时，竟然变得笨嘴笨舌起来。她不知道该如何说服眼前这个激情豪放的浪子。

"爱情于我来讲是个非常个人的问题，我会按照自己的计划进行。但我能保证的是，我绝不会再给你造成麻烦，影响你的形象，我知道你们有军纪。"

"你还知道我们有军纪啊？"蓝一诺狠狠瞪了小巫一眼，突然感觉自己的话容易造成歧义，让对方以为自己是因为军纪才不敢接受这爱情的表白，就急忙解释，"这不是什么违不违军纪的事，根本就是你一厢情愿、自以为是。"

"爱情刚开始，因为感受不同，觉醒程度不同，会常常表现为一个单向的执着情形……"

小巫还想侃侃而谈自己的爱情经，却被蓝一诺制止："此事免议。希望彼此尊重个人的选择，你只需记住，单向的情感，那不叫爱。"

"那叫什么？"

"叫……"蓝一诺略一沉思，气呼呼回答，"叫自作多情、自我陶醉、自作主张、自说自话、自由放任！"

蓝一诺一气之下灵感爆棚，一口气蹦出一连串成语，小巫随口接上龙："自告奋勇、自觉自愿、自投罗网、自始至终，直到——自我毁灭。"

小巫摊开双手，做出一副很沮丧的表情，蓝一诺被气笑了，为了掩饰，干脆转过头不再看他。等她回过头来，小巫已经不见了。

不远处，孩子们还疯狂地沉浸在足球运动的欢乐之中。一个瘦高的亚洲面孔此刻融入他们中间。

小巫摆动着自己的大长腿追逐着滚动的足球，和一群娃娃拼抢着，长传突破，外围传中，插上进攻，撞墙式，弧线球……

场上一片欢声笑语，蓝一诺不由自主地加入啦啦队行列。

分别时，蓝一诺淡淡地扔下一句话："我等你的足球课堂开课通知。"

看着蓝一诺的背影，小巫的心底涌起一股甘之如饴的甜蜜。"我愿意做爱情的囚徒，哪怕她虐我千次百回。"他突然记起这句诗来。

小巫都被自己这种执着的爱感动了，他绝对想不到此刻大步离开的蓝一诺，心里想的却是：一个不成熟的家伙，把爱情成日挂在嘴边，何必当真？

回到营区宿舍的蓝一诺又收到小巫发来的一连串微信。

"爱情，说到底，从来都是一个人的事情。我只能决定自己爱谁，却不能决定别人是否爱我。"

"很多事情，想明白了，就会更加坚韧不拔地向前走，做下去。每次和你相遇，我都会再次审视自己的这场爱情。好吧，得到你的回应前，我姑且称之为——单向的爱。"

蓝一诺直觉想关掉手机，不再看下去，却不知为什么手脑不一，还是继续读了下去。

"今天和你分别后，我突然想到一句话，记不得是哪位作家在哪部作品中写下的名言了——年少轻狂的爱情，都是自己幻想出来的。真爱，往往是爱上了另一个版本的自己。我因此在问自己，也想问问你，你相信灵魂伴侣吗？"

灵魂伴侣？

蓝一诺在心里细细咀嚼着这四个字，一夜无眠。

小巫的足球课堂正式开课是在两周后，地点设在一号难民营的红十字会诊所旁边的一个空帐篷里，旁边就是小广场，那里是一个天然的足球场。

洪浩和蓝一诺带着几名党员、团员战士参加了授课活动。在蓝一诺的建议下，步兵营把给难民儿童上文化课作为党团日活动的一个项目，可以增强和当地民众的感情和联系，此举得到雷江虎营长的大力支持。

蓝一诺他们做了精心的准备工作，除了学习用品外，还采买了各色文体用品，带到课堂上来。

帐篷中，小巫正在给孩子们上足球文化课，洪浩拉着蓝一诺走进来，找了个角落听小巫讲课。

说是讲台，其实就是在帐篷里建了一个小土台，背后是一块用上了漆的木板做成的黑板。教具虽然简陋，但是教员却讲得声情并茂。台下大大小小几十个孩子席地而坐。

蓝一诺看着站在讲台上的小巫，第一次发现他除了爱开玩笑、狡黠诡辩外，授课才能也不错。

小土台上放着一个簇新的足球，小巫摸着足球正向学生提问："我们为什么要踢足球？"

潘达举手，站起来回答："因为足球好玩。"其他孩子听了都开心地大笑起来。

小巫也笑了："潘达说的没错。我们踢球就是因为好玩。它让我们开心，但是我还能听到其他更聪明的说法吗？"

一个十三四岁的少年挺身答道："足球能让我们身体强壮。"

"太棒了！"小巫大声称赞，"作为一项体育运动，锻炼身体是其基本功能，尤其足球能够调动我们全身来运动，比如，比赛过程中肌肉被调动，大脑在思考，眼睛在观察，耳朵在听，球感要控好，所以说，足球是一项非常能锻炼人身体的运动。"

小巫拍拍眼前的足球，接着问问题：

"谁能告诉我，要想踢赢一场球，靠的是什么？"

"前锋！"

"后卫！"

"中场！"

"守门员！"

孩子们七嘴八舌，一个小姑娘眨巴着大眼睛看着小巫，小巫鼓励地微笑，指指女孩："米妮，你来说。"

小姑娘米妮站起身，口齿清楚地说："想赢球，靠的是赛场上的每一个队员，大家都很棒才行。"

"你说得太对了，我看米妮是你们中间最聪明的姑娘。"小巫略显夸张地表扬道，"足球非常考验团队的合作能力，如果一个人只顾单打独斗，不与其他人配合，是不可能赢得比赛的，说不定还会导致比赛失败。"

小巫拿起足球向空中抛去，又接回手中，继续说道："其实生活中大多事情都是如此，与别人合作常常会使我们事半功倍，足球场上有十一个人，队员之间互相帮助，互相信任，互相配合，通力合作才能拿下比赛，我认为这种竞技比赛除了名次，更重要的是精神，一种无论何时何地永不言弃、永不服输的精神。"

小巫看着米妮，问道："你也想踢足球吗？"

米妮点点头。小巫又指指散落在男孩间的其他几个女孩问道："你们几个呢？"

"想！"细细弱弱的几声回答。

小巫一挥拳头："那就加入。不分男女，都可以踢足球！"

洪浩带头鼓掌，孩子们积极响应。

小巫对着洪浩和蓝一诺微微一笑，又看向面前的孩子们：

"还有重要的一点，足球还可以作为一个人终生的职业，足球是世界第一大运动，它的影响力是非常大的，如果我们从小就深爱足球，那么也许有一天，你们当中，会出现一个马拉多纳或贝克汉姆，谁知道呢。"

孩子们哈哈大笑起来，现场一片欢腾。

"现在，就去踢一场球吧，看看谁最可能变成未来的足球明星！"

"哇哈哈——！"在小巫的煽动下，孩子们欢呼着向外跑。小巫过来拉洪浩："走，一起去。"

洪浩摩拳擦掌，小巫笑看蓝一诺："你也来吗？"

蓝一诺摆手："我说过，我不会踢球。我来准备下一堂课吧。"

蓝一诺的文化课也惊艳了小巫，她专门做了一些卡片，把中国字按照部首笔画结构拆分了，然后通过部首笔画的拼凑组成一个个汉字，这样看起来不仅生动形象，而且清晰明了。

"一个'禾'，禾苗的禾，加上一个'口'，组成了'和'。"去掉这个'口'，我们换上一个'中'，中国的中，就变成了'种'，种田的种。"

蓝一诺手握各色卡片，像一个魔术师一样，移动变换着卡片，把一个个看似难懂的中国方块字，绘声绘色地带到孩子们的面前。

于是原先枯燥无味的汉字教学就变成了活泼有趣的拼图组字游戏，让孩子们兴趣盎然、兴致勃勃，他们争先恐后地跑到黑板前操作拼字，朗读汉语。

小巫一直微笑地看着蓝一诺的动作，洪浩走过来，拍拍他的肩膀：

"怎么样，我们蓝上尉的教学方法有意思吧？"

"太棒了。我没想到她能用这样的方式来教中文。"

小巫更没想到的是，为了准备这堂课，蓝一诺绞尽脑汁，还专门打电话求教在家乡当语文老师的母亲，最后拟定了这样的教学方案。

潘达用卡片拼成了熊猫两个字，得意地笑了，并反复念着熊猫二字。小巫告诉潘达："如果你记住这两个字，并学会写，就送你一个熊猫毛绒玩具。"潘达兴奋地大叫起来。

潘达拉拉蓝一诺，悄悄在她耳边说了句话，蓝一诺将组成熊猫二字的几张卡片抽出来，给了潘达。

小巫走过来，潘达指着蓝一诺告诉小巫："小巫哥哥，我的名字，就是这个中国姐姐起的。"

"原来潘达总提到的中国姐姐是你啊？"

"原来是你车上的熊猫图案让潘达知道了，中国有一种可爱的动物，叫大熊猫。"

小巫和蓝一诺相视而笑。

潘达不能完全听懂他们说的中国话，他看到他们都在笑，也开心地笑了。他圆圆的脑袋，又圆又大的眼睛，眼角微微下垂，真的很像可爱的中国国宝。

第十七章 "你今天做了我们想做却不能做的事"

小巫的足球课堂上到丹曼城雨季的末期就停课了，原因是期间出了一件特殊事件。

在维持难民营秩序的联合国民事警察的记录中，一号难民营发生了一场斗殴事件。而在中国维和步兵营官兵的议论中，这场事件的男主角小巫成了一种另类英雄人物。更加感慨的是蓝一诺，在那次 S 国小巫"飞车救美"为自己解围之后，她再次领略到这个男孩剽悍强劲的一面。

除了每日在难民营常规化巡逻，中国维和步兵营还有一项任务，就是参加每个月在难民营中的武器清剿行动。

由于赛旺国曾经战乱数年，大量的武器弹药散落在民间。而难民营中人员构成复杂，经常会有人偷偷携带或藏匿武器弹药，所以维和步兵营会不定期地配合民事警察在难民营中清剿武器和弹药。

在搜查难民住所时，女兵成为不可或缺的协助力量。她们不但在检查女性难民时更加方便，而且女性特有的温柔平和的特性，会让原本看起来略显紧张的气氛得到一定程度的缓解。

这日因为要搜查一号、二号两个难民营的民居，工作量大，执行任务时间较长，步兵营派出由副营长洪浩亲自带队的一连全连官兵参加行动，女兵班也在其中。

他们先配合民事警察搜查了二号难民营，收缴到一些武器弹药。当来到一号难民营时，遭遇到一起看似民事纠纷，实则是家暴的恶劣事件。

当时洪浩和蓝一诺正进入一个街区，男兵女兵都持枪全副武装，带着蓝色钢盔和防风镜。突然一连长金峰带着一个黑人小姑娘走到蓝一诺面前。

"蓝组长，有个小女孩说要找你。"

"找我？"蓝一诺看着小女孩的脸，认出她是曾经参加小巫足球课堂的米妮。

蓝一诺取下护目镜，小女孩认出了她，一时激动，磕磕绊绊地说不清楚话。

蓝一诺蹲下身子，柔声安慰她："米妮，别急，慢慢说，找我有什么事？"

"姐姐，快去救救潘达，他要被打死了！"

这话吓了蓝一诺一大跳，拉住米妮问道："他在哪里？谁在打他？"

米妮指指东南方向："他在那边，莫普提先生用棍子打破了他的头。"

蓝一诺把情况向洪浩做了汇报，洪浩决定由蓝一诺带领马木呷的一班战士去查看情况，为了稳妥处理民事纠纷，民事警察队长派警官科菲也随同蓝一诺一起去。

米妮带着蓝一诺等人向潘达家方向赶去。蓝一诺边走边问米妮："莫普提是什么人？他为什么打潘达？"

"莫普提是潘达的父亲。"

"原来是父亲教训儿子啊。这还值得我们去救人吗？"听了米妮的话，马木呷有点气馁。

蓝一诺摇头："不去看看绝对不能放心。潘达才多大，他能做什么？不该受到过于严厉的惩罚。"

当他们走到距离潘达家所在的帐篷还有十几米远的地方，马木呷就感觉蓝一诺的判断也许是对的，因为有孩子的惨叫声传来。

蓝一诺等人加快脚步向前赶去。

潘达此刻被按在地上，一个身材魁梧的中年男子正用一根碗口粗的木棒殴打他。潘达黑黑的背脊上已经鼓起几道血印子，头上也鲜血直流。旁边站着一群围观者，冷漠地看着眼前的情形，一个中年妇女和两个黑人小女孩儿在一旁哭泣，她们是潘达的母亲和姐妹。

及时赶到的蓝一诺制止了这场暴行，莫普提鼓着眼睛看着突然出现在面前的中国维和军人，喘着粗气吐出一串土语。警官科菲为蓝一诺等人翻译："他说这是他的家事，没有人能干涉。"

"你告诉他，潘达还是个孩子，用木棒这样殴打他，是残忍的家暴行为。你是民事警官，总可以管吧？"蓝一诺忍气让科菲翻译，回答这位脾气暴躁的父亲。

莫普提听了科菲翻译的蓝一诺的话，又叽哩咕噜地说了一段土语。

科菲继续对蓝一诺翻译："他说他儿子不叫潘达，叫马索，他打自己的儿子是天经地义，除了上帝，谁都管不了他。"

科菲对蓝一诺解释道："他其实是潘达的继父。他说潘达又懒又馋，除了踢足球，什么也不干，还偷吃了他的食品，他今天要打断他的腿，让他永远出不了家门。"

难怪往昔总看到潘达身上带着伤痕。蓝一诺气得咬紧了嘴唇，她对科菲说："你告诉这个残忍的继父，殴打未成年人，是违法的行为。今天这事，我们管定了！"

科菲小声劝蓝一诺："上尉，这件事还真不好管。这里的风俗，继父等同于父亲，他打孩子是合法的。"

蓝一诺惊讶地看着科菲："难道把孩子打伤打死，也是合法的？"

科菲有点为难，但是还是实话实说："上尉，这种事，属于家庭内部矛盾，连民事纠纷都算不上，别说你们维和军队了，连我们民事警察都只能睁只眼闭只眼。"

"那如果是家庭暴力呢？该谁管？"

"上尉，非常遗憾，这里好像没人听过什么叫家庭暴力。孩子生来就是父母的财产，也是父母的累赘。总之难民营就是个大杂烩，咱们有自己的职责，他们也有他们各自的命运。一切交给上帝好了。"

科菲双手合十对着上天拜拜，一向机敏伶俐的蓝一诺此刻倒被这番"奇谈怪论"噎得说不出话来。更可悲的是，她知道科菲警官说的都是实情。

莫普提冷笑地看着蓝一诺一行人，神色嚣张。

马木呷和战士们早就义愤填膺、摩拳擦掌了，马木呷对蓝一诺建议："我们就在他家仔细检查一下，要是搜查出来超出规定范围的物品，我们也可以算他藏匿武器，教训一下这个残忍的家伙。"

"注意按照规定行事，不可意气用事。"蓝一诺叮嘱道。

"明白。"马木呷带领战士开始搜查莫普提家。

蓝一诺把潘达扶起来，取出随身带的急救包，为他包扎了额头上的伤口。仔细检查孩子全身，发现他除了背部，脸上、脖子上也都是伤。蓝一诺痛心不已，和沙娜娜一起为孩子消毒包扎。

此时小巫恰好送货到难民营红十字会诊所，遇到一名足球课堂的学生，告知他潘达挨打的消息，小巫赶到时正看到蓝一诺在给潘达治伤。

小巫查看了潘达的伤情，心情沉重，他压抑住自己愤怒的情绪，走到莫普提面前，警告他："莫普提先生，你知道你打你的儿子，也是违法的吗？"

科菲做了翻译，莫普提直摇头。科菲苦笑着对小巫说："他说在这里，父亲打儿子天经地义。"

"麻烦你告诉他，潘达不只是他的儿子，还是我雇的员工，算我的人，他无权殴打我的员工。"

小巫从口袋里掏出一沓钱，不屑于亲自递给那个残暴的父亲，就交到科菲手里，科菲把钱递给了莫普提。

莫普提拿了钱，眼睛放亮，他数数钱，放到自己的腰包里，看看小巫，又说了一串土语，科菲尴尬地笑，没有翻译这句话。

"他说什么？"小巫直觉莫普提神情不善，就追问科菲。科菲犹豫着翻译："莫普提先生说……他说……"

"科菲警官，请告诉我，这位莫普提先生究竟说了什么？"小巫高声喝问。科菲只好照实翻译："他说，如果钱用完了，他照样可以打他的儿子，打死算他的，谁也管不着……"

这也太可恶了。蓝一诺和沙娜娜被这句话气得涨红了脸。

小巫死死盯着莫普提的脸，一句话都没说。

马木呷拿了一把刀具走出来，递给蓝一诺："只搜到这个，看尺寸，好像有点悬……"

莫普提满不在乎地笑，对科菲说："告诉这位上尉，这是我砍芭蕉的刀，经过他们当兵的好几次检查了，完全合法。请他们马上离开这里。"

蓝一诺听了科菲的翻译，看着手里的刀，没说话，递还给莫普提。

小巫走到蓝一诺身边说道："你们送潘达到红十字会诊所检查伤势。这里交给我。"

"你怎么处理?"蓝一诺看着小巫,小巫不在乎地笑笑:"我在这里人比你熟,我有办法摆平这件事。"

小巫转身拍莫普提肩膀:"咱们找个地方好好谈谈吧,也许我一次能付给你一年的薪酬呢,只要你同意让我雇佣你儿子。"

科菲翻译了这句话,莫普提眼睛一下子亮了,连连点头。

蓝一诺看看小巫,不知为什么,她从小巫的神情里读出一丝异样的感觉。蓝一诺有点不安,正要说话,小巫制止了她:"赶紧送潘达去诊所,仔细检查一下他身上的伤。"

小巫和莫普提向外走去。蓝一诺赶紧提醒科菲:"科菲警官,你去跟上他们,他们语言不通。"

红十字会诊所里,医生在给潘达处理伤情,孩子的背部伤痕累累。

沙娜娜气愤地对蓝一诺说道:"这个继父真是禽兽不如,对这么小的孩子下这样的狠手。组长,你说,咱们还真没办法了吗?怎么能救救这个可怜的孩子?"

蓝一诺没说话,默默看着一动不动趴在床上的潘达。

走进来的马木呷听到沙娜娜的话,愤愤然地一挥拳:"唉,要不是穿了这身军装,我非狠狠地揍那家伙一顿!打得他满地找牙!"

蓝一诺和马木呷等人自然不会想到,此刻,有人正在做一件他们想做而不能做的事情。

刚出潘达家巷口,小巫就对一直跟在他们后面的科菲说:"科菲警官,请给我一个单独和莫普提先生谈话的机会,我需要和他敲定雇佣他儿子的价钱。"

科菲不理解了:"你们言语不通,如何谈价钱?"

小巫笑嘻嘻地伸开手，比画着数字，又从口袋里掏出一些钞票，挥了挥，说："这世上，唯有谈钱，是用不着翻译的。"

小巫抽出一张纸币，递给科菲："我觉得我们都需要冷静下来。这样吧，请警官先生帮忙去买几包烟，咱们边抽烟边慢慢谈。我们在那边芭蕉树下等你。"

小巫搂住莫普提的肩膀离开，科菲转身向巷口小卖部走去。

难民营东北角芭蕉树下，小巫突然一拳挥去，将莫普提打倒在地。

莫普提惨叫着从地上爬起来，他完全懵圈，直勾勾瞪着小巫，小巫的眼中有火在燃烧。

莫普提刚才是没有防备才被小巫偷袭成功，此刻明白过来，这个瘦高的中国青年是在找他的麻烦，莫普提的愤怒被勾起来，立马野性大发。他大吼一声，扑向小巫。

莫普提虽然身高略逊于小巫，但是他胜在身材魁梧健壮，从体重上讲，他完全碾压小巫。

但是这两人的交手既不是有章法的拳脚相搏，又不是摔跤相扑般的重量级运动，两个人都是乱抓乱打一气，不一会儿均吃了拳头，脸上都挂了伤。

按理说莫普提性格野蛮粗粝，气壮如牛，应该在体力上更胜小巫一筹，奈何小巫年纪轻，常年极限运动的高强度训练赋予了他超强的爆发力，加上小巫身上那种一旦被点燃怒火仿佛能烧毁全世界的劲头，两项因素叠加，小巫很快占据了上风。

他骑在莫普提壮硕的身躯上，一拳一拳砸向莫普提的头和脸，嘴里发出不可抑制的怒吼："去死吧，你这暴戾的恶魔！没人性的东西！"

莫普提发出杀猪般的惨叫声，科菲匆忙跑来，用尽全身力气才把小巫从莫普提身上拉开。

小巫脸上脖子上满是伤痕，淌着血，配上血红的眼睛，满脸的怒色，这样和往日判若两人的形象也吓坏了科菲。

"巫先生，你……你在做什么？"

小巫抹了一把脸，掏出一沓钱扔到莫普提身上，声音低沉：

"用这钱，给这位畜生父亲治伤，剩下的，是潘达一年的工资。你告诉莫普提，潘达是我的人，他再敢对潘达动手，我就见他一次打他一次！对不起，给你添麻烦了，科菲警官。"

红十字会诊所，护士在给小巫的脸上擦酒精消毒，蓝一诺和沙娜娜、马木呷在一旁看着。马木呷和沙娜娜都是一副抑制不住的兴奋表情，蓝一诺却面若冰霜。

沙娜娜一脸崇拜地看着小巫，低声问道："我刚才看到潘达爸爸那副熊模样了，真是你打的呀？"

小巫咧咧嘴，牵动了脸上伤口，龇牙吸气。

马木呷拦住沙娜娜："你别让他说话，人家在治疗伤口。"

马木呷自己却忍不住赞美起小巫来："飞行员，我马木呷平生没佩服过谁，我们营长算一个，你算一个！你今天做了我们想做却不能做的事，真给力！"

沙娜娜瞪着自己的"地下男友"："怎么还扯上咱们营长了？"

马木呷认真解释："咱们雷营长一直是我的偶像啊。眼前这位巫先生，也让我佩服得不行，上次暴雨天飞行，还有这次为民除害！"

"为民除害？你这词用得不准确，有点夸张！"沙娜娜纠正男友的话。

马木呷挠挠头，斟酌着用词："那是见义勇为？惩治邪恶？除暴安良？"

"这个不敢当。"小巫心里有点开心，他斜瞄了一眼蓝一诺，看她绷着脸，自己也不敢咧嘴笑了，只是提醒马木呷，"你们以后别总巫先生、飞行员什么的，叫我小巫好了。"

蓝一诺突然冷冰冰地开口，她没有理会小巫，而对着两个年轻男女兵责备道："你俩说话口没遮拦的，还有点军人样子吗？什么叫'你今天替我们做了我们最想做却不能做的事'？打架斗殴值得表扬吗？"

马木呷和沙娜娜都不吭气了。蓝一诺放缓语气："你俩去把潘达送回家吧。他妈妈该担心了。"

两人出去了。小巫一脸委屈，还有点沮丧，他对着蓝一诺嘟囔："原来在你心里，这算'打架斗殴'？"

蓝一诺盯着小巫看，似笑非笑："怎么？打了架，还想听掌声？"

小巫不吭声了。护士处理完伤口，端着医用托盘离开。

蓝一诺查看了小巫的伤，叹口气："鲁莽。"

小巫仰起脖子，一脸的无所谓："不管你怎么认为，我对今天做的事情，一点也不后悔。"

蓝一诺不置可否，事实上，她也不知道该说什么是好。她从内心里为小巫的做法点赞、开心，甚至是欢呼，但是她了解小巫，为他总是大胆冒险、不计后果的行为暗暗担心。

而且作为军人，她也不能完全赞同这样以暴制暴的行为。可是面对今天这样的事，她也有太多的无奈和困惑。怎么做才是守法又合理的？蓝一诺想不清楚也说不明白。难道真像马木呷说的那样，小巫是做了很多人，包括像他们这样穿军装的人，想做而不敢做、不能做的事？

某些时候，蓝一诺真的感觉自己羡慕小巫，就像以前在 S 国时那样，小巫自由自在的身份，这世上很多人都有，但是要想像小巫那样机智灵活、勇毅果敢、大胆为之，就不是每个人都能做到的。

小巫此刻自然猜不出蓝一诺心里的波涛汹涌，他能感受到的，是蓝一诺的关心和担心，还有那么一点点的怨念。

我这爱闯祸、爱招惹麻烦的性情，总是不讨她喜欢的吧？但是天性如此，良心使然，我做事一向只求心无愧就好。有人说，喜欢一个人的时候，很容易就把自己弄丢了，因为我们总是想方设法把自己变成对方喜欢的样子。于我小巫而言，我追求爱情，可以为爱改变很多，但是不能改变的，唯有自己的初心。

想到这些，小巫以无所谓的口气对蓝一诺说道："为了潘达，应该算达到效果了，这点就让我开心。"

"以暴制暴，未必会达到你所预期的效果。"蓝一诺淡淡地回应。

小巫不服气："这个世界上，有些事，还真得以暴制暴。何况，还有个王八蛋加持，更加一份胜算。"

"王八蛋？什么意思？"蓝一诺愣住了。

"钱啊。钱就是王八蛋！"小巫咧咧嘴，又露出那标志性的放荡不羁的微笑，"钱是万恶之源，多少罪恶为此而生！但可悲又无奈的是，这世上很多事，还要靠钱来摆平。"

小巫话音未落，科菲走了进来。

"上帝保佑，莫普提没有骨折，伤不算重。"科菲轻松地对蓝一诺和小巫说道。

他又转向小巫说明情况："你那沓厚厚的钞票起了作用，莫普提收钱认赔，只要你同意，双方不再追究责任。他也答应以后不对儿子动粗，但是交换条件是，你能再给他一笔钱作为保证金，保证你雇佣潘达三年。"

小巫笑了起来，看着蓝一诺，这笑变成苦笑："被我说着了吧？钱起了作用！"

第十八章 "你相信灵魂伴侣吗？"

这次事件过后，小巫在众人眼中成为潘达的监护人。他以雇佣潘达为名，把潘达带到了姐夫韩冬的荣达公司。

韩冬看到潘达直摇头："这个孩子看上去还不到十岁吧，你开什么玩笑，让我雇佣童工吗？"

小巫把姐夫拉到一边，低声合计："我不是真的让他给你打工，只不过找个由头而已。你给潘达找间铺位，能让他住下，平日里他可以帮你跑跑腿、倒个茶什么的。"

韩冬笑笑："你以为我这里的秘书、业务员都是吃白饭的吗？"

"我又不让你给他开工资，就让他在你这里混着罢了。他的一切费用算我的。只要你能给他安置个住处。"

韩冬没有点头，也没摇头，他看着小巫，面无表情。小巫赶紧恭维道："韩总，怎么样？赶紧给句话呀。我可告诉你，这个小家伙是个吉祥物，能给你和你的公司带来好运！"

"怎么讲？"

"你看看小男孩的长相吧，虽然是个黑人，但是看脸部轮廓，尤其是那微微下垂的眼角，"小巫用手在自己眼角比画着，神情生动，"像不像咱们的国宝吉祥物——大熊猫？"

韩冬看着小巫的动作，回头再看看站在角落里的潘达，忍不住被逗笑了。

"像吧？"小巫得意了，"就这长相倒罢了。你再看他这名字，因为这孩子讨人喜欢，维和步兵营的女兵给他起了个中文名字——潘达，熊猫的译名。这就赶巧了，他叫潘达，你的公司名字叫荣达。这不都弄到一起去了吗？荣达、潘达，一起发达，多吉利！"

韩冬呵呵笑了，用手指点着小巫："你这可就是牵强附会了啊！"

"哎呀，别管什么牵强附会，开不开会。这孩子我喜欢，我得罩着他。他的事就是我的事。而你是我姐夫，我的事也就是你的事。谁让我姐最疼我，你又最爱我姐呢。韩总，你就给个爽利话，到底答不答应吧！"小巫瞪着姐夫，有点儿急了。

"呵呵，没见过求人办事还这么强势的。跟我这儿玩横耍赖呢！"韩冬无奈地瞪了一眼小巫，小巫气呼呼扭头不搭理他。

韩冬摇头："嘉嘉，按理说你今年快满二十六岁了，也不小了，怎么还是这么任性呢？要干什么就干什么，不达目的绝不罢休。"

"我这辈子就这样了，没救了。"

"好吧。我服了你，行了吧。"

韩冬叹气服软。但是作为姐夫，又一向视小巫为亲弟弟，该说的话还是要说，该教诲的还是要教诲。他听说了小巫那日在潘达家的"壮举"，心里自然很为他担心。

"你这样不行，怎么就不改改打小儿的脾性呢？爱管闲事，容易冲动，路见不平一声吼。"

"该出手时就出手！"小巫嘻嘻哈哈对上一句歌词，"没办法呀，不是有句流行语——不忘初心，方得始终。我一直觉得这话很正能量，比那句什么'江山易改，本性难移'强太多！"

"但这里不比国内，情况复杂，万事莫测。你要时刻注意自己的安全。你在难民营里闹出那么大动静，如果遇到大麻烦，就真麻烦了！你想想，你若出点事儿，咱妈咋活？你姐咋活？唉，你还是太年轻，别忘一点——冲动是魔鬼！

"姐夫，我相信，那天你在场的话也会愤然出手的。这个世界上，我最恨的，就是欺负老幼妇孺的畜生！尤其是对孩子，谁欺负孩子，天理不容，我一准儿和他杠到底！"

韩冬拍拍小巫的肩膀："好了好了，我们义薄云天的功夫大侠，你想给这个孩子找个安身立命的地方，我很理解。但是你保得住他一时，也保不住他一世啊。"

"能保一时是一时，好在小树苗每天都在长大，等长成参天大树，就没有谁能撼动得了了。"

从此潘达就成为荣达公司一个编外小员工。小巫经常带潘达出去，名义上干点买东西、跑跑腿的小活儿，其实是给了潘达一种另类的保护。

潘达从此过上一种全新的生活，他也很快和红十字会飞行队里的几个来自不同国家的飞行员们混熟了。但是小巫说到做到，他对潘达的保护是切实可靠的。谁想欺负潘达，先得过他这一关。

来自F国的飞行员雷诺让潘达给自己买香烟，却借口没有零钱，让潘达给他先垫上，他知道小巫经常给潘达零花钱。如此反复几次，潘达的钱就不够了。

这事让小巫知道了，他一声不吭，直接把雷诺桌子上一个古董摆件给拿走了。

雷诺发现古董摆件没有了，到处找不见，就问躺在床上的小巫："你看见我桌上的摆件了吗？"

小巫没有直接回答他，反而问："那玩意是真的假的？"

"当然是真的。我在这里的市场上淘的，准备带回 F 国。"

"很值钱？"

"还行吧。"

"大约值多少钱啊？"

"这个嘛……"其实雷诺也不知道价值几何，就随意说出一个数字。

小巫起身掏出自己的钱夹，取出几张纸币递给雷诺。

"什么意思？"雷诺满脸问号。

小巫一边躺回床上看书，一边慢悠悠地说道："你那玩意，我收了。给你的钱中，扣除了一部分，是你的烟钱，曾经你让潘达买过的，还有目测你后面还会找潘达买的，我都算出来，从中扣掉了。"

"你？"雷诺明白过来，又羞又气，"巫，你有点过分哦。"

"我过分？"小巫一个鲤鱼打挺从床上蹦起来，直瞪着雷诺，"你不过分在先，轮得着我对你过分？"

"为了一个当地难民小孩，你至于吗？就这样对你的队友？并肩战斗的哥们儿？"

"我平生最讨厌欺负弱者的人。这样的人，和我做不成哥儿们！"

小巫从床底拿出雷诺的那件古董摆件："你想好了，想要，就赎回，不然，周末我就去市场把它抵押出去。两个选择，你自己挑。"

"好吧，巫，我怕了你。不看咱们是好哥们，我非跟你急。"雷诺嘀咕着，红着脸拿回摆件，从自己钱包里抽出钱，加在刚才小巫的那沓钱里，递给小巫。

小巫收起钱，意味深长地拍拍雷诺的肩膀："既然是好哥儿们，就记住我一句话，什么情况下，也别欺负孩子！"

小巫转身离去。雷诺发现自己桌子上，放着两条香烟，就是自己爱抽的那种。

这件事，后面潘达到中国营时，曾讲给蓝一诺和洪浩听。洪浩感叹一声："这个小巫，有性格，有担当，也有办法。"

蓝一诺却没说话，只是搂着潘达问他目前生活的情况。潘达告诉蓝一诺，他平日里在荣达公司住，周末才回家。他现在能挣钱，继父对他的态度好了很多。不仅不打骂他了，还支持他去足球课堂继续学习。继父还让潘达一定要听小巫先生的话，按照小巫说的去做事，继父还说想请小巫先生有空到他们家吃饭，继父想和小巫成为朋友。

呵呵。蓝一诺听得笑了起来，回头看洪浩。

洪浩无奈地摇头叹息："这世上的事啊，真的是千奇百怪，一言难尽。有时候，以暴制暴还真能解决一些难题。丛林法则，弱肉强食，强者恒强。服膺强者，是动物的天性，也是人的本性。唉！"

何况这个强者还智勇双全，财大气粗。

蓝一诺长叹一声说道："难怪那家伙说，钱是王……"

蓝一诺说到这里突然停住，洪浩好奇地问道："小巫说钱是什么？"

小巫那天的原话是"钱是王八蛋"，他巫恪嘉情急愤恨之下可以爆粗口，蓝一诺一个女孩子，这句糙话有点说不出口，但不知为什么，想起小巫那天说出这话时的情形，蓝一诺觉得特别解气，特别帅。是的，小巫偶尔爆粗口的模样，让蓝一诺觉得像网上经常看到的那个形容词：奶凶奶凶的。

此刻当着洪浩的面，蓝一诺无从解释，就借着问潘达问题，转移了话题。

蓝一诺整理好思绪，转头问潘达："潘达，上次教你的'熊猫'两个字，你学会写了吗？"

潘达骄傲地扬起小脸："早会了。"

"那你写给我看看。"

蓝一诺捡来一根树枝，递给潘达。

潘达用树枝在地上慢慢写出两个歪歪斜斜几乎让人认不出的字。

蓝一诺却蹲在地上仔细数了笔画，拍手夸奖到："一笔都不落，潘达太棒了！"

洪浩也在一旁夸赞："这孩子还真有学语言的天赋。"

"他足球也踢得一级棒。"蓝一诺开心地拍拍潘达圆圆的小脑袋，提醒他，"你该找你的小巫哥哥去兑现诺言啦。"

"什么叫诺言？"潘达的中文水平还不足以让他理解这个词。

蓝一诺用树枝写出诺言两个字，示意潘达："诺——言。这个诺，就是我名字蓝一诺的'诺'。我的名字，来源于我们中国的一个成语——一诺千金，就是说话要算数的意思。"

"那我以后可以叫你诺言姐姐吗？"潘达看着蓝一诺闪动着大眼睛。

"这孩子太聪明了。"洪浩忍不住赞叹。

潘达学会了一诺千金这个成语，自然整日里念叨，终于让小巫听见了。小巫这段时间对"一诺"两个字那是相当的敏感，此乃自己心爱之人的名字啊。

小巫问潘达是否知道一诺千金是什么意思。潘达的回答让人啼笑皆非："一诺千金的意思是，诺言姐姐认为，小巫哥哥该给潘达带来熊猫玩偶了。"

小巫记起对潘达的承诺，当然会想办法兑现自己的诺言。几经周折，神通广大的小巫终于搞来了两个中国制造的毛绒玩偶，一个是给潘达的大熊猫，憨态可掬，另一个，是蓝色的猴子，灵动可爱，小巫知道蓝一诺的属相是猴，所以抖了这么一个小机灵。不过猴子玩偶很多，蓝色的猴子可不大好找，机缘巧合，还是让小巫这个有心人给找到了。

潘达把小巫精心包装的猴子玩偶送给蓝一诺时，正遇上蓝一诺巡逻结束回营。看到潘达鬼鬼祟祟的样子，女兵们起了疑心，眼睛都盯在那个蓝色的礼品盒上。

蓝一诺知道又是小巫捣的鬼。她不知道盒子里装的是什么东西，适不适合公之于众。要知道小巫是个从来不按常理出牌的胆大妄为的家伙，万一再弄一个像上次那样的心形玫瑰香皂，上面刻着令人感到肉麻的字，这样展现在大庭广众之下，那就出糗了。

但是女兵们个个都是人精，都长着一双火眼金睛，兰花花的情感问题又是她们格外关注的焦点。此刻她们怎会放过这样开心调侃的机会，大家几乎是齐声高喊起来：

"快打开！快打开！快打开！"

蓝一诺把心一横，牙一咬，动手拆开了包装盒。

蓝色猴子玩偶活泼可爱。但是别无其他。

沙娜娜和齐薇还不死心，两人把猴子翻来覆去地检查了一番，恨不得给猴子现场做个腹部 B 超，查看一下肚子里有无夹带。

"就没有信啊、字条什么的吗？"

沙娜娜嘀咕着，女兵们也都是失望的表情。

蓝一诺暗暗松了一口气，撇嘴揶揄这些部下："你们这些丫头呀，人不大，心挺大，胡思乱想完全没道理嘛。"

李楠眼珠一转，分析出玄机来："你们瞧，这毛绒猴子是蓝色的，对应咱们组长的姓，为啥是只猴子，而不是兔子、狗熊、大象什么的，我看应该是对应某人的属相吧？"

沙娜娜插嘴："没错，是属相！咱组长就是属猴的。"

"对了撒。"李楠的成都话又软又糯，得出的结论由她说出来也很软甜香糯，"这摆明了就是专门为我们兰花花定制的爱情玩偶嘛！"

"哇哈哈！"女兵们开心起哄。蓝一诺却不肯就范。她翻过猴子背后，扯出标签来，给大家看："Made in China，这里还有货号、生产厂家。哪个定制版这么标注啊？真是一群外行！"

齐薇把猴子抱在怀里，用话激蓝一诺："你要说不是某人定制版，那送给我好咯？"

"赶紧拿去，越快越好。"蓝一诺爽快答应，"我从小最怕毛绒玩具，我对这玩意儿过敏。"

蓝一诺做出皱眉难受的样子，把女兵们弄糊涂了，难道大家都猜错了？兰花花竟然是无辜的？

于是这个猴子玩偶成了女兵宿舍的公共摆设品，轮流出现在女兵们的床边。唯有蓝一诺再也没有碰它一下。

这年的秋天，小巫的足球课堂恢复了教学和训练，一号难民营的儿童欢呼雀跃，继续他们难得的学习生涯。

中国维和步兵营的官兵们也经常来这里授课，或和孩子们联欢搞活动，女兵班还专门筹款捐赠了一大批图书给这里的孩子们。有关中国风景名胜、动物植物的书特别受欢迎。潘达还和李楠约定，等他长大了，要争取去中国读书，他会去中国四川成都，看看真正的大熊猫。

"到那时，我请你到我们家做客，给你做好吃的四川小吃。"李楠就这样和潘达达成约定。

足球课堂的建立，部分实现了小巫的理想，他想帮助贫穷战乱地区的孩子，让他们能有一个睁眼看世界、改变自己命运的机会。有关这个问题，小巫和蓝一诺还曾进行过一次交谈。

那天，蓝一诺给孩子们上完课，正准备离开，小巫叫住了她，递给她一个用彩纸包裹的东西。

蓝一诺直觉就想拒绝："怎么又来？天！你不要总想着送东西，我真的不需要。"

小巫急忙解释："不是送你的。起码现在还不是。你可以打开看看。"

蓝一诺拿开包装纸，里面是一本蓝色的相册。蓝一诺翻开，第一页是一种花的图片，旁边标识着花的名称及花语：

"鸢尾花，花语为爱的使者，是光明和自由的象征。鸢尾在古埃及代表了力量与雄辩。"

蓝一诺默默看着，读着。

"蓝色满天星，花语是思念，可送给恋人表达自己的思念之情；除此之外，它还有着梦境和真心喜欢的含义。"

"桔梗花，桔梗花有着双层含义——永恒的爱和无望的爱。传说，桔梗花开代表幸福再度降临。当幸福降临时，有的人能抓住幸福，有的人却注定与它失之交臂。于是便有了看似南辕北辙的两种花语，却被赋予一种花身上。这告诉我们幸福要靠自己把握，若幸福降临时不懂得把握，那么你就只能与幸福擦肩而过了。"

蓝一诺沉吟不语，小巫笑着解释："这世上的花朵成千上万，蓝色的花却很有限。我希望，我能找齐世界上所有的蓝色花朵，做成这本相册，然后……"

小巫的话没说完，就被蓝一诺打断了："时间到了，你该上课了吧。"

"今天的文化课都上完了，下面是孩子们自己练习踢球。"

"OK，那我该回去了。"

蓝一诺合上相册，递还给小巫，小巫接过相册，小心翼翼地放回到自己的包里。

蓝一诺看着小巫有点好笑："你这人挺奇怪的。"

"唔？"小巫不解。

"有时候吧，你干起事来莽撞大条，毛毛糙糙的，有时候吧，又心细如发，活在自己的情致里。你看你还弄个花朵儿的相册，跟个姑娘似的。"

蓝一诺忍不住捂嘴笑，她又指指帐篷："还有这个足球课堂，虽然简陋，但相较于难民营的环境，也算很不错的了。各种设施你都整得挺齐全，很用心，也有品味。"

"那当然，必须地。这关乎我的理想，岂能马马虎虎？"小巫认真地说道。

"说起理想，我倒真的好奇了。你到处乱跑，不顾自己的生命安全，在中东，冒着风险搞拍摄，搜集直播素材，现在到了这里，又开办足球课堂。你似乎一直忙碌奔跑在你的人生理想道路上。"

"你说的很对。难怪我总有一种感觉，你就像我的一面镜子，总能照见我内心深处隐藏的东西……"

蓝一诺没有接他的话题，她继续提出自己的疑问："我更想知道的是，如果你的理想是一场长跑，起跑点在哪里？"

"你真想知道？"

"当然。"

蓝一诺想起那个暴雨天，自己在机场和小巫对话时，曾问过他这个问题，但却没得到答案，这也是隐藏在蓝一诺心底的一个问号。

"我给你看个东西。"小巫拿出摄像机，给蓝一诺放了一段视频。是小巫在 S 国首都马城中心地带 A 区遭受恐怖袭击后拍到的。

以前小巫拍的那个小男孩被从爆炸后的废墟里救出，孤单地坐在椅子上的视频，蓝一诺曾经在小巫的视频直播空间里看到过。那段视频在网上流传很广，小巫因此成功地募集了大量善款和物资送往爆炸地——马城 A 区。

这次小巫给蓝一诺看的是当时同期拍到的另一段视频：在满目疮痍的爆炸废墟上，一位年轻的母亲在被战火损坏的房屋前支起一张桌子，招呼她的两个孩子坐在桌前。母亲安静地辅导着两个孩子的功课，两个年幼的孩子伏身在桌子上写写画画。

废墟，课桌。

毁灭，重生。

蓝一诺感叹于由这段视频引发的强烈的心灵震撼。这种具有强烈对比效果的画面最能打动人心。

小巫当时用的是由远及近、多角度拍摄的方法，让这段视频在看上去显得真实鲜活的同时，还有一丝唯美的意味。

阳光打在母亲和孩子们的脸上，就像一幅油画定格在那里。

如果要为这幅画起个名字的话，蓝一诺此刻心中涌起的一个词——希望。

"希望——这是我给这段视频的命名。"几乎是同时，小巫静静地说道。

他的话语很轻，却让蓝一诺心头一颤，怎么又这么巧？

小巫语气幽幽："如果能给一个陷入绝境的人带来希望，我觉得比任何事情都有意义。儿童，让这种希望变得更加真实，更可期待，因为他们是这片土地的未来。所以我加入了红十字会飞行队，亲手把各种救援捐赠物资运到这里；建立起这个足球课堂，让孩子们离自己的梦想近一些，再近一些。这些，可能是目前我想到的，能为这块土地上的人做的一些切实可靠的事情吧。"

小巫说出了自己的真实想法，蓝一诺万般感慨化作两个字："真好。"

"其实咱们是一类人，只不过你责任在肩，迷彩蓝盔，保卫着这些难民的安全。而我，天马行空，无拘无束，用我自己的方式在做一些力所能及的小事。"

小巫说到这里，停顿了一下，突然问出一句话：

"你相信灵魂伴侣吗？"

灵魂伴侣……

这家伙又一次说出这个词了。蓝一诺沉吟不语。小巫继续说着：

"一位著名的心理学家说过这样一句话——灵魂伴侣之间有永不衰竭的灵魂吸引。由于两个人的灵魂契合度高，你感兴趣的他也感兴趣，你关注的他也关注，你喜欢的他也喜欢，你厌恶的他也厌恶，俩人之间就会有聊不完的话题、说不完的话。有时即使一句话不说也能心领神会、心有灵犀，两颗灵魂哪怕在默默无语时，待在一起也是舒服的。"

小巫咧嘴一笑，拍拍自己的背包："刚才那本相册，就是做出来准备送给我的灵魂伴侣的。"

小巫注意着蓝一诺的表情，但是他此刻一无所获。天性乐观的小巫毫不在意，因为他认定时间还未到。

"所以，我必须认真完善它，等到某一天……"

小巫的话还没说完，蓝一诺的手机突然响了，她接了电话，对小巫说道：

"是洪浩，他好像有事找你，打你电话没通。"

小巫接过蓝一诺的电话，嗯嗯啊啊地说了两句。放下电话，小巫竟然喜形于色，手舞足蹈起来。

"什么事，让你这么高兴？"

"你猜！"

"我可猜不着。"

"我找到我的灵魂伴侣了。"

"什么？"

"哈哈，逗你的。"

"到底什么事？开心成这样……"

"我怎么能不开心？上尉，我们就要并肩战斗了。"

第十九章 "你可真能给自己加戏"

赛旺国的局势一直未能稳定，一些边境城市持续发生骚乱，反政府军袭击政府军的行动时有发生。首都丹曼市虽然目前风平浪静，但仍需未雨绸缪，防患于未然。为加强实战演习，提高官兵的应变能力以及规范处理突发事件的标准化操作流程，在请示了联合国驻赛旺国战区司令部后，中国维和步兵营决定组织一场代号为"超越C"的战备演习，主要演练战场侦察、警戒巡逻、武装护卫、保护平民、应对暴恐袭击、临时行动基地建设、战场救护以及疫情处置等项目，基本涵盖了当前联合国维和任务的主要行动样式。

营长雷江虎担任这场演习的总指挥，副营长洪浩负责做演习预案以及协调调度工作。在领导动员、基层发动动员的背景下，全营官兵认真演习了各项军事科目，同时也发现了不少问题，其中有防控掩体的面积不够、车辆调度的时间较长等，而这些不足都在这次演习中得到了改进。

其中战场救护涉及战地临时处置止血包扎、维和步兵营一级医院的救护、重伤员长途转运等环节。考虑到赛旺国的地理环境，洪浩在预案中加上了空中转运伤员这一环。

战区司令部的飞机不能随意出动，空中转运伤员就拟定为虚拟化演练。洪浩和蓝一诺此刻都想到了小巫。洪浩把自己的想法和计划告诉了小巫，小巫责无旁贷地承担了这项使命，他积极和红十字会方面协调，利用运输飞行队执行任务中的一段空闲时间，配合维和步兵营进行了实战演练。主要操练的是快速登机、空中防颠簸及撤离飞机等项目。

空中转运伤员演练就在上次小巫暴雨天降落的那个小型机场进行。一连承担此次救护伤员任务，一连长金峰担任现场指挥，一连一班和女兵班作为第一组开始演练护送伤员登机项目。

一班战士童小毛扮演伤员，浑身上下缠满绷带，被裹得像个粽子一样放在担架上。维和步兵营一级医院女军医何瑛和蓝一诺都守护在担架旁。

金峰一声令下："开始！"马木呷指挥战士们抬起担架冲向停在草坪上的直升机。

作为小巫副手的雷诺打开机舱门，小巫指挥战士们将担架送进机舱。蓝一诺帮助固定好担架位置，何瑛检查输液等设备装置连接完好无误，整个过程迅速、干脆、利落。蓝一诺仔细观察细节，记下需要改进的环节。

撤离飞机项目也进行得非常顺利。直升机下，蓝一诺和马木呷、何瑛等人现场开了短会，交流了演练心得。

蓝一诺指出问题所在："登机时抬担架的前后战士要配合默契，关于担架的倾斜度问题值得注意。"

何瑛表示赞同："蓝组长说得非常对，对于重伤员来讲，任何疏忽马虎的操作，都会使他的伤情进一步加重，造成无法挽回的后果。"

马木呷干脆地表示："那咱们再来一次呗，反正飞机停在这里，人员也是现成的。"

蓝一诺点头："让战士们都轮流操作一下更好，提高应变能力的实地操作很重要。"

马木呷表示："我去告诉战士们要注意的细节要领。"

"好。"蓝一诺操起对讲机向连长金峰请示,"报告指挥官,登机环节,我们准备再来一次。"

金峰:"同意。"

马木呷挥手,换了一批战士再次演练登机过程。

小巫在直升机驾驶舱注视着演练过程。来到非洲后,这是他第一次看到蓝一诺的工作状态。全副武装,身穿迷彩服,头戴蓝盔的她动作利落,态度果决,现场指挥调度得当,也可以看出她在战士中极有权威。

难怪人们爱说,工作中的人最美。小巫不由得想起在蓝线第一次和蓝一诺相遇时的情景:

头戴蓝色贝雷帽的俏丽女兵大声向他呼喊,提示他离开边境线;不小心陷入雷区的他茫然失措,危急时分,那顶蓝色的贝雷帽再次出现在他的面前,又美又飒的女兵仿佛从天而降的女神,向他伸出手,拉住他,一步一步地走出了雷区。

观察哨上,蓝一诺迎风站立,用望远镜观察着前方交火的情况。那是小巫第一次看到蓝一诺工作的情景。

小巫无法忘却这第一次,因为那幅画面很美,已经深深印刻在他心底:地中海边灿烂的阳光下,蔚蓝色的联合国旗帜迎风飘扬,站在这旗帜前的蓝一诺身穿迷彩服,脚蹬战靴,头上戴的蓝色贝雷帽和颈间系着的同色围巾,与身后的旗帜色彩一致,相映生辉。

蓝色的花儿,兰花花,蓝色女神。

就在那一刻,小巫突然感觉到,蓝色,是这世界上最美的一种颜色。

因为蓝色象征安宁。

因为蓝色象征和平。

蓝色是她的姓,

蓝色也象征着爱情……

"这次非常棒,大家做得特别好!"那个熟悉的女声把小巫拉回到现实世界。他看到登机、撤离步骤已经演练完成。

小巫跳下飞机,来到蓝一诺身边,对她低语一句,蓝一诺听了眼睛一亮:"真的可以?"

"不仅可以,我认为相当必要。"小巫眼睛亮晶晶的,闪动着火苗。

蓝一诺回避着这闪亮的眸子,她兴奋地掏出对讲机:"我要请示一下领导。"

蓝一诺走到一边去讲话。小巫知趣地避开。

在步战车里观战的洪浩来到现场,找到小巫,认真协商:"按照原定计划,我们没有设定空中运输环节。"

"我当然知道。"小巫的态度也认真且真诚,"但是我在想,你们演练救护伤员,把人送上飞机,不就是为了快速运送到目的地吗?那空中环节岂不是至关重要?"

"你说的没错,但是军事演习都是提前报备的,更改和增加演习流程也需要上报,你那边,应该也有很多需要上报协调的事项吧?"

"我这边容易搞定,就看你们那里了。"小巫平静地说道。

洪浩有点犹豫,回头征求蓝一诺的意见,蓝一诺肯定地回答:"我觉得如果能增加这个演习环节,对于咱们演习目的的达成非常有必要。但是需临时报备,不知道是否来得及?"

蓝一诺抬腕看看手表,时间指示已经到了下午三点钟。

洪浩又看看天空，观察了一下天气状况。

正在此刻，一连长金峰的喊声传来："营长来了。"

雷江虎来到演习现场，他听了洪浩的情况汇报，大手一挥："抓住时机，展开空中演练。我来负这个责！"

雷江虎握住小巫的手，鼓励道："小伙子，你的事迹我可听说过不少。年轻真好，血气方刚，勇往直前！注意安全，我看着你起降。"

"是，请领导放心，保证完成任务！"小巫从没当过兵，此刻竟然立正敬礼，完全是标准的军人姿态。他转身跑向飞机。

这边蓝一诺对军医何瑛建议道："咱们换个战士扮演伤员吧，你看这天气，童小毛估计都顶不住了。"

何瑛摸摸担架上童小毛的绷带，果然已经湿透了。

马木呷叫来战士王向，换下了童小毛。拆掉绷带的童小毛就像从水里被捞出来一样，浑身都湿透了。何瑛递给他毛巾擦汗，又给他一瓶藿香正气液，叮嘱他赶紧服用。

童小毛对蓝一诺扮鬼脸："兰花花姐姐，要不是你发现，我可能就成烈士了。"

担架被迅速准确地送上飞机，蓝一诺和何瑛、马木呷随机行动。

雷江虎和洪浩站在停机坪上，看着直升机的螺旋桨开始转动，机身稳稳地升起，随着螺旋桨转动速度加快，飞机缓缓地升到空中。

小巫熟练地驾驶着飞机，副驾驶座上是助手雷诺。

舱内蓝一诺等人守候在伤员担架前，何瑛不时观察着输液装备的连接情况。一切无恙，都在平稳进行中。

突然间，飞机一个剧烈的颠簸，机舱内的人位置发生移动。

"啊！"何瑛忍不住发出一声低喊，蓝一诺也紧张地看向驾驶舱，问道："出什么事了？"

小巫低沉的声音传来："遇到气流了，还不小。"

机舱里的几个人都紧张起来，蓝一诺和何瑛对视一眼，马木呷也神色紧绷。

又是一次剧烈的机身抖动，可以感觉到整个飞机都开始晃动摇摆。

这次连扮演伤员的战士王向都绷不住了，他拉开捂着嘴巴的绷带，瞪大眼睛问道："咋啦？咋啦？出状况了吗？"

蓝一诺不由得望了一眼驾驶舱。

小巫全神贯注地驾驶着飞机。但是他仿佛后面有眼睛一样，能感受到蓝一诺的目光，他声音不大，但是沉稳有力："别慌，相信驾驶员，你们只要做好你们该做的事。"

蓝一诺发现自己总能准确地感受到来自小巫的气场，他的镇定自若，他的游刃有余，他的果敢坚毅。

她没法不相信他。如果说，此刻要把自己的生命交付给一种未知的力量，她愿意把这份信任交给小巫，别无选择，也不想有其他的选择。

蓝一诺镇定地安慰着几人："大家别慌，相信咱们的飞行员，他很优秀。上次我亲眼看到过，狂风暴雨都挡不住他从天而降！"

马木呷接上她的话："对，我听三班长他们也讲过。"

蓝一诺沉稳地指挥："马班长，你用手固定住担架，尽量不要让它移动。何医生，你注意确保输液器连接正常。王向，当好你的伤员，别紧张，也别乱动，一切尽在掌控中。"

"明白。"几个人都异口同声地回应。

　　大家的情绪明显放松下来。但是飞机的颠簸却没有停止，一阵又一阵剧烈的颠簸接连袭来。蓝一诺和马木呷用自己的身体牢牢固定住担架，何瑛用手托举着输液瓶。机上的人都目光坚毅，沉静如水。

　　飞机平稳地降落在停机坪上。隐约听到外边传来的一片掌声。透过舱门，蓝一诺看到雷江虎和洪浩等人在热烈鼓掌。雷江虎还冲着飞机竖起了大拇指。

　　离开飞机时，蓝一诺和小巫有过一场悄悄的对话。

　　"刚才空中遇到的情况都是真实的吧？"

　　"你们做得很棒，这个肯定是真实的。"

　　"别偷换概念！我是指空中颠簸，不是你故意搞出来的状况吧？"

　　"真真假假，虚虚实实，何必较真。关键是，达到此次演习的最高境界，完成了既定目标，这个才是最真实可靠且有意义的，不是吗？"

　　"王顾左右而言他。巫恪嘉，你能认真回答我的问题吗？这是军事演习，不是过家家。"

　　"好吧。我承认……刚开始的颠簸那是真遇到气流了，"小巫挠挠头，"后面的，是我将计就计临时加上的项目。反正好容易升空了，就扎实地练一回呗。"

　　"哼，你可真能给自己加戏！"

　　蓝一诺扔给小巫一个大白眼，利索地跳下了飞机。

　　这次飞机转运救护伤员演练圆满完成，还多加了空中运输防颠簸项目，取得良好的效果，雷江虎等一众领导很满意，步兵营战士们也很兴奋。大家再次议论起小巫的种种行为，尤其是女兵班。女生关注帅哥，还是高大威猛、能量爆棚的帅哥，是自然而然的一件事。

　　沙娜娜、李楠和齐薇三个小女兵凑在一起叽叽喳喳，先说起小巫穿飞行服的帅气造型，又说到空中运输伤员，临时起意的附加项目，后面就自然而然地扯到了蓝一诺的身上。

"你们说，飞行员是不是真的对咱们蓝组长有那么个意思啊？"

"废话。没意思的话，怎么可能如此积极地配合咱们的军事演练？"

"哎，你俩说的都不对。这次演习内情我可知道啊。是咱们洪副营长联系的小巫同学，不是蓝组长。"

"你又知道了？肯定是你家彝族小班长给你的情报呗。"

"马木呷又不会说谎，他说是，就一定是的。"

"那你们说，咱们兰花花对人家飞行员有没有那点意思啊？"

"这个啊，可说不好……蓝组长好像是个独身主义者呢。"

"啊？李楠，你咋知道咱们组长是单身主义者？她亲口告诉你的吗？"

"哎呀，娜娜，你说这话简直就不经过大脑！蓝组长是什么样的人嘛？怎么可能直通通地对我说这个？"

"唉，我就说嘛，还是你胡猜乱想的。"

"你俩别争了，我倒觉得吧，蓝组长对小巫肯定还是有那么一点意思的。你想啊，依照蓝组长这样的脾气，如果她不喜欢小巫，根本就不会瞧他一眼，还会和他对话？你没见他俩经常单独悄悄对话？"

"齐薇，我感觉你说得很有道理呢……"

三个小女兵就像三只春天鸣叫在树枝间的鸟儿，完全口无遮拦，声音越说越大，路过水房的何瑛忍不住提醒道："你们几个呀，有点儿乐大发了吧？什么话题都敢这样放言高论，小心隔墙有耳。雷营长要是知道了，得罚你们每人做三百个仰卧起坐！"

“外加一百个俯卧撑！要真是栽到咱们‘黑面雷公’手里，我们也认了。”沙娜娜嘻嘻哈哈接上话，齐薇把何瑛拽进了水房。

“医生妈妈，您和蓝组长也走得近，给我们透点消息呗，那两人，有戏没？”齐薇央求何瑛。

何瑛笑着没答话，李楠也来搭腔：“是啊是啊，您见多识广，您给分析研究一下，蓝组长和那位帅哥飞行员，能成一对儿吗？”

何瑛又气又笑：“别拿我说事。第一，我没什么见识，也不会什么分析研究；第二呢，既然我和蓝组长走得近，我就不该背后议论她这些私人话题不是？”

三个女兵噘嘴摇头，何瑛用手指挨个儿点着她们：“你们这几个丫头呀，真是咸吃萝卜淡操心。自己还没嫁人呢，就替别人瞎着急。快去睡觉吧，明天可还有长巡呢。”

何瑛离去，沙娜娜冲着她背影做鬼脸：“某同志又在摆老革命架势啦。”

要说何瑛摆老革命架势，她倒也摆得起。何瑛今年四十六岁，按照资历级别，比雷江虎还高一级呢。她是青藏高原上下来的野战部队医生，曾经获得过很多军中荣誉，多次立功。按理说，依照她的年龄和资历，不必来参加维和任务。但她军旅情结很深，从军经验也很丰富，唯独没有走出国门参加过维和任务，她想补上这一课。

她在中国维和步兵营一级医院任全科医生，平日里官兵们有个头疼脑热的，都会去找她。相对于平均年龄二十出头的战士们，何瑛既似大姐，又像妈妈。年龄大一点的干部叫她何大姐，年轻的小战士们就直呼她为“医生妈妈”。

作为步兵营一级医院唯一的女同志，何瑛的编制落在女兵班中。蓝一诺算是她的小领导，虽然蓝一诺的级别要比她低很多。

何瑛很喜欢蓝一诺。这个年轻的女孩，身为 90 后，是军中翘楚人物。她聪明，多才，行动敏捷，果敢勇毅，性格大方开朗又有着极强的亲和力，在女兵中威望很高。何瑛在蓝一诺身上，看到了自己年轻时的影子——一个以职业军人为终身理想的勇敢女孩，任何风霜雪雨、霓虹灯影都无法撼动和消磨这崇高的目标。何瑛认定蓝一诺的发展道路要远超于自己，因为身为 90 后的新一代，她比老一辈的人又多了一份开阔的眼光、豁达的胸襟，以及特立独行的性格。

正因为何瑛对蓝一诺特别偏爱，所以她格外关注蓝一诺的情况。她俩的宿舍也紧挨着，经常会在一起聊天。

此刻何瑛走过蓝一诺的房间，看到里面的灯还亮着，就敲门进去。

"何姐，您还没睡呢？"

"今天有点兴奋，睡不着。"

"兴奋？是因为下午的演习吗？"蓝一诺惊讶地瞪大眼睛，"您可是老兵了，不至于啊？"

第二十章 "你说——狂风暴雨都挡不住他从天而降"

何瑛坐在蓝一诺的床边，看着她还在写工作日志，就感叹道："太多人只看到你的优秀、出众，又有多少人看得到你超出常人的刻苦、耐心和不倦的努力呢？"

蓝一诺笑了："大姐您见笑了。您才是我的榜样。在雪域高原一干就是二十年，那才是常人难以做到的。"

"其实也没什么，"何瑛淡淡地微笑，"只要心中有自己的目标，那些常人眼中的吃苦耐劳、坚忍不拔，很多时候就变成心甘情愿、甘之如饴了。"

何瑛的话让蓝一诺心头一动，小巫的身影飘过脑海。那日和小巫的一番对话，此刻又浮现脑际。小巫又何尝不是一直勉力行走在自己的理想道路上，对着既定目标不放弃不抛弃，不懈前行着呢。

怎么又想到他？最近这是怎么了？自己动辄就想起这个人。蓝一诺有点惶恐，也有点沮丧。

蓝一诺啊蓝一诺，你是走火入魔了？不要自己的理想了？成为一名真正的职业军人，这就是你的理想，也是你的爱情。三十五岁前为了理想心无旁骛，这是不可动摇的一条人生准则啊。

想到这里，蓝一诺用力点点头，赞同了何瑛的话："我很认同您的话。我一直视您为榜样，想像您一样，一生无愧无悔——无愧这身军装，也无悔这条从军路。"

"什么榜样？你比我可强多了。"何瑛感叹道，"时代不同了，你们的起点就和我们不一样，祖国的国际地位也今非昔比。作为一名中国军人，自豪感和荣誉感更是让人感同身受，你的发展不可限量。"

赞扬鼓励的话说完，何瑛的话题不经意间已经转换："身处一个多元化的时代，你们面临的压力大，诱惑也不小。小蓝啊，像你这样有远大理想、清晰人生规划的人不多，但是作为一个年轻女孩，你也有享受幸福的权利。"

蓝一诺听出来她之所指，但她不以为意："这些都是小事，不足挂齿。"

"怎么会是小事呢？爱情和事业，孰轻孰重，不好评判，但都绝非小事，因为很多时候，它们是相互影响、相互制约的。"

"如果只要事业，不要爱情呢？"蓝一诺看似玩笑，说的却是真心话。

何瑛倒是认真起来，她有点紧张地看着蓝一诺："你不是在说你自己吧？你真的是独身主义者？"

蓝一诺想想，俏皮地一歪头："部分是吧。"

"是就是，不是就不是，什么叫'部分是'？"

蓝一诺有点羞涩，但她生性豁达大方，面对自己崇拜的老大姐，干脆实话实说："其实我并不是什么坚定的独身主义者。只不过，我觉得一个人的人生是要有规划的，每一段时期都要有每一段时期应该做的事。以我个人为例，我的人生志向就是成为一名职业军人，所以三十五岁前，我应该以此为目标，专心做事，不考虑其他。等过了这个阶段，再说其他的事情。"

"那你就是认为爱情和事业是相互矛盾的哦？"

"应该是吧。"

"按照你的逻辑，一个立志成为职业军人的女性，就该不要爱情，起码年轻时不要爱情，不要家庭。"

"嗯嗯。这可能是一种另类的牺牲吧？但对于我，别无他选，因为我是心甘情愿的，绝不会后悔。"

蓝一诺年轻的脸庞在灯光的映射下闪闪发亮，让何瑛忍不住感叹："年轻真好！"

"嗯？"蓝一诺有点不解其意。

何瑛笑了，拉回思绪，但她的思路一直没断掉："我在说，年轻真好。可以有无数次选择的机会。错了也没关系，从头再来就是。但在某些事情上，想法有偏差，会导致行动偏离方向。"

"您指的是？"

"小蓝，我和你讲讲我的故事吧。"

"那太好了。"

何瑛开始回忆自己曾经走过的路。

"我和你一样，从小就树立了当兵的人生理想，十八岁入伍，最想去的地方就是最艰苦的地方，祖国最需要站岗放哨的地方。"

何瑛微笑，仿佛看到十八岁时候的自己，梳着羊角辫，第一次穿上了心爱的军装。

"我特别喜欢这身军装，立志穿一辈子。青藏高原上，在别人觉得艰苦、孤独，甚至是缺氧喘不上气的地方，我却总是开开心心、蹦蹦跳跳的。就这样，一晃七八年就过去了。"

何瑛看着蓝一诺："我和你不一样的是，我那时可没想那么多，什么哪个时期该做哪个时期的事。我每天就知道站岗、巡逻、学习、操练。后来提干了，当上了军医，遇到了一个和我一样，热爱部队、热爱军装的人，自然而然我们就走到了一起。"

"那一定是姐夫了？"蓝一诺笑着插嘴问。

何瑛点头："其实这一生啊，很难碰到一个人，让你心动、喜欢，并且是挺合适的那么一个人，遇到了，就千万别错过。二十六岁那年，我结婚，二十七岁生了孩子，然后送回父母家抚养。因为高原上环境特殊，不适合小孩子生活。从此我们这当父母的，就过上了候鸟般的探子生活。大部分津贴，都贡献给铁路系统了。"

蓝一诺痴痴地问道："您是否觉得有了孩子，就有了牵挂，会影响到您的事业发展？"

"我从来没有这样的感觉。"何瑛摇头，"在我看来，孩子是希望，是我俩生命的延续，是我们爱情的证明。当然我得承认，在孩子的成长过程中，我们陪伴得非常有限，但我们夫妇二人都尽力去弥补这个缺陷，我们利用一切假期去探望孩子，每周两封信，关注着孩子的成长，在他每一个重要的人生时期，让他看到父母的陪伴和关心，哪怕这份陪伴和关心远在几千里外的高原上。"

蓝一诺听呆了，默默无言。

何瑛继续说着："起码在我这里，没感到事业和爱情有什么抵触和矛盾。我们夫妇年年都是模范标兵，因为我们的目标是一致的，爱情，只会为我们的事业助力，而绝不会成为我们事业的羁绊和路障。"

何瑛握起蓝一诺的手，温柔地看着她："我想告诉你的是，爱情是偶然发生的，也通常有必然的结果。它并不像你想的那样，像水龙头，打开就有水流出来。爱情到来的时候，你是无法克制的，也是无法拒绝的。就像决堤的水，你能拦住它一泻千里吗？"

何瑛的话在她的耳边轰然作响，重重地敲击在蓝一诺的心上。她的脸突然红起来，因为小巫的笑脸此刻鬼使神差地又浮现在她面前。

"那个飞行员挺不错的。"

何瑛的话吓了蓝一诺一大跳，难道这位老大姐是火眼金睛，能看穿她的心事？蓝一诺的脸腾地红了。

其实何瑛并没有发现什么，是刚才几个女兵的闲聊调侃让她记起了这个话题。此刻看到蓝一诺不自然的表情，聪慧过人的她自然猜出了真相。

她用淡淡的语气为蓝一诺释疑："不知怎么，今天回来后，那个高个儿小伙子的身影总在我眼前晃悠。他性格不错，阳光明朗，坚毅果敢，我看挺招女孩子喜欢的。"

蓝一诺默然不语。何瑛不想为难她，只不过想侧面点醒她罢了："我感觉你挺了解他，也挺欣赏他的。下午在直升机遇到颠簸那会儿，你说了一句话，我记忆深刻。"

"我……我都不记得当时我说了什么。"

"你说——狂风暴雨都挡不住他从天而降。"

何瑛起身拍拍蓝一诺的背，又说了一句只有贴心老大姐才会说的肺腑之言：

"咱们维和部队是有纪律，但是我们在这儿执行任务也就是一年的时间。这不已经过去小半年了？你又不是战士，年龄不到不能谈婚论嫁。等回国了，一切不就蓬勃发展起来了？"

何瑛离开了，蓝一诺躺在床上辗转反侧，不能入眠。

往昔和小巫相识、重逢、再次相见的一幕幕情景像放电影一般在蓝一诺的脑海里闪过。

L国蓝线上的初识，小巫站立在雷区草丛中，像一个受惊的小孩子，对着穿军装的她喊道："女兵，救我！"

山顶观察哨。全神贯注观察前方战况的她，蓦然回首，那个瘦瘦高高的大男孩正在用摄像机认真拍着她。

"停止！你在干什么？"

"我……我在拍你啊。"

"谁允许你拍我？"

"你工作的状态太美！"

"给我。"

"什么？"

"摄像机。"

"这个我先保存。你回到坑道去。"

"干什么？你们都出来了，凭什么让我待在坑道里？"

"凭我们是军人。你是吗？"

"你是军人，怎么不佩枪？"

此刻，暗夜中，蓝一诺回忆起小巫说出那句"你是军人，怎么不佩枪？"时的不解、质疑和抗拒的神色，不由得悄悄笑了。

后来在 X 哨所，不服从命令的小巫被蓝一诺关了禁闭，他趴在窗户上，对着外边的蓝一诺，愤怒地质问："你有什么本事啊，一个连枪都不佩的军人，能算真正的军人吗？"

令蓝一诺没有想到的是，为了给自己说一句"对不起"，小巫会紧随她的脚步也来到动荡不安的 S 国。

那次她为救外军观察员战友，不慎跌落到抗议人群中，危急时刻，是小巫神兵天降，驾驶着摩托车带自己杀出重围。他的那份机智和果敢，让身为军人的她都钦佩不已。

但是双子座的男生都有令人瞠目结舌又截然相反的情绪表现。当她再次督促他离开战乱频仍的 S 国，早日返回校园时，他又化身不讲道理胡搅蛮缠的叛逆男孩，顶嘴顶得她火冒三丈，逼得她拿出撒手锏，让他又一次在她面前吃瘪。

"干吗呀，你是我妈我姐吗？这样管着我？"

"我不是你妈，也不是你姐，但我是中国军人，你是中国公民，我需要提醒并保护你的安全。"

"切！别逗了！你是中国军人不假，但是目前你服役于联合国，是联合国军人，而我呢，是中国公民没错，但是目前在美国留学。所以，铁路警察——各管一段，你管不着我！拜托你，蓝上尉，千万别把我当三岁小孩子来哄，有关你们维和军人的常识，我可学了不少。"

"你学了不少？那好吧，你说说看，随意跟踪、拍摄并纠缠维和人员，这些行为合法吗？信不信我可以找理由让大使馆遣返你？哼，哪来回哪去吧！"

"好吧，算我输。我保证尽快离开 S 国，这样行了吧？"

小巫灰溜溜的模样还鲜活地留在蓝一诺的记忆里。但是他却选择了再次留下，拍摄影像资料，只为交给她使用，因为他知道，碍于军纪，她不仅不能佩枪，还不能随意拍摄、搜集工作需要的资料素材。

她亲眼见到来公寓找她的小巫落入不明武装势力的抓捕陷阱，也亲耳听到在遇到危险时，为向她报警，他大声喊出的那句话：

"蓝一诺，千万别过来！"

离开 S 国前，他塞给她 U 盘，留下了六个字：

"希望能帮到你。"

蓝一诺长长地吸口气。这次在非洲，从重逢时的四目相对，到他吼出的那句宣言——"有你在，我总能化险为夷"，她不是读不懂他眼中燃烧的爱的火苗，也不是听不清爱的直抒胸臆。她却直觉要回避，她害怕小巫眼中的星星之火，蔓延成熊熊烈火，把她裹挟进来，一起燃烧，一起沸腾。

是的，她明白小巫的情感迸发不是无的放矢。如果说在中东，两人的相识相遇相交是浪静风平的情形，爱的萌芽中有太多的不自知，不自觉，和无法言说的抗拒和回避。那么到了非洲，小巫明显是放飞自己，任性妄为的本色充分显现。

她觉得她懂他。他是个意识到爱，就不会遮掩也不想遮掩的人，海阔天空任尔恣意，爱河横流数我风流。小巫的表白如影随形，无可逃避。很多东西都是障眼法，什么玫瑰香皂啊，蓝色毛绒猴子，蓝色花影集，层出不穷的花样只不过在表达一点小心思，真正触动蓝一诺的，却是小巫那日提到的四个字——灵魂伴侣。

他说他在找他的灵魂伴侣。

这世上会有真正的灵魂伴侣吗？

她是否相信，并能感觉到灵魂伴侣？

蓝一诺心里有一种东西在慢慢浮现，逐渐蔓延，她无法回避，更无从逃避。

只能静静等待，自己内心真正的感动。

其实今夜难眠的还有小巫。

白天的演习让小巫感受到一种无法言说的喜悦和满足。他竟然和自己心爱的人，一起并肩作战。他不是军人，却当了一次她的战友。

小巫一向喜欢天马行空、无拘无束的生活状态，别说当兵了，就是军训都没参加过，他不喜欢任何被管束和管制的状态。

但不知为什么，自从认识了蓝一诺，小巫时常会有一丝丝遗憾：如果我也是一位军人，如果我总能有和她并肩作战的机会，那该多好啊。

小巫某次和洪浩聊天，曾脱口说出自己的惆怅：

"有时候，我会突发奇想，我要是你们中的一员就好了。"

"怎么，遗憾没当兵？"

"很奇怪，以前我从来没有过这样的念头，自从上次在蓝线遇到她……蓝一诺，还有你，我心里就突然冒出这样的想法。"

"洪浩认真盯着小巫看，笑问道："老实说吧，你是因为蓝一诺想当兵，还是想成为一名像蓝一诺那样的兵？这可是两种完全不同的概念啊。"

"应该是前一种吧。"小巫坦白直率，但是又有点不确定，"也许后者也有。我在想，如果我跟你一样，成为像蓝一诺那样的军人，是不是有些事，就会水到渠成，迎刃而解？"

小巫相信洪浩能明白自己的心思，洪浩也曾委婉地告诉过小巫，有关蓝一诺的那份近乎偏执的个人理想设定。但是小巫不肯死心，他狂热浓烈的爱情，正一路披荆斩棘地奔跑在路上。

洪浩于是揶揄小巫："那倒不一定哈，我就是你说的那种身份，和蓝一诺一样的军人，不也没追到她吗？"

"啊？你追过蓝一诺？你不是说，你们一直是战友、铁哥们，最多算蓝颜知己吗？"

看着小巫瞪圆的眼睛，洪浩暗暗好笑，看来这个小伙子是真的陷入情网，无可救药了。洪浩不觉地在心里默叹：就凭小巫这份不屈不挠、不达目的不罢休的个性，好哥儿们蓝一诺，你逃得掉吗？

说实话，非常了解蓝一诺心思的洪浩既为她感到焦虑，又为她感到高兴。

焦虑的是，依照蓝一诺的个性，小巫想一蹴而就拿下这个高地有相当的难度，因为在洪浩眼里，蓝一诺和小巫很像，都是固执己见、近乎偏执狂的人。性格如此相像的两个人，目前一个"坚持不谈爱情"，另一个"不追到手决不收兵"，这番爱情攻坚战谁胜谁负，犹未可知。

洪浩为蓝一诺感到高兴的是，终于有人敢猛追这位对爱情拒之千里的蓝一诺了！其实在洪浩内心深处，是不认可蓝一诺"理想、爱情不可兼得"这一论调的。而且关键是，洪浩认为小巫和蓝一诺还是非常相配的。洪浩喜欢小巫，无论是能力和品性，小巫都配得上优秀出众的蓝一诺。如果小巫真能攻下蓝一诺这个山头，他洪浩必然是举双手赞成啊。

所以面对小巫的质疑，洪浩赶紧辩白："我刚才那句是顺嘴瞎说。我就是想追那朵高岭之花，也得有机会啊。人家在大学时代，为了避嫌，就曾和我约法三章，后来又专门给我介绍了她最亲的一位闺蜜，把我牢牢地钉在蓝颜知己这个标签牌上，永世不得动弹了。"

小巫这才罢休。但是洪浩不忘提醒自己喜欢的这个小伙伴："有了追求目标当然是美好的一件事，但我必须给你发个警告牌。我们维和军人有着严格的军纪军规，维和期间在任务区不得谈情说爱。考虑到蓝一诺上尉的现状，你更不能因私废公，爱情泛滥，不顾不管地向前猛冲锋，让她陷于麻烦境地。"

"这个我了解。我不会的。前次在 L 国和 S 国，我给她招过祸，我没忘记教训。"

"那就好。"洪浩彻底放心了，"其实爱情不一定要狠冲猛打玩攻坚战，很多时候，打心理战、迂回战、持久战，更容易成功呢。"

这番战术教诲听得小巫直点头，最后洪浩还高屋建瓴地做了一番抒情总结。

"古人云：两情若是久长时，又岂在朝朝暮暮。好饭不怕晚，是你的总是你的，罗马也不是一天建成的。"

这个晚上，小巫辗转反侧，回想起白天演习时的情景，再想到洪浩的话，他浮想联翩，又开始布局谋划起来。

没想到住在隔壁的雷诺也睡不着，跑来找他聊天。

看着小巫，雷诺劈头就是一问："你是不是爱上那个女上尉了？"

小巫被问愣住了。

第二十一章 "我知道天下事，却独独不知道你的心"

F 国人雷诺觉得自己完全不了解中国人的恋爱观。爱一个人需要克制，需要沉默，需要隐藏吗？起码在 90 后 F 国小伙儿雷诺这里完全不可思议。

今天的演习飞行，雷诺发现了小巫的一个情感秘密，他从小巫无法掩饰的炽热的目光中，读出并锁定了一个女子的身影——蓝一诺。她就是令小巫刻骨铭心、念念不忘的人。

雷诺和小巫是同期被招募进红十字会救援飞行队的成员。两人同龄，又一同到了一个全新的充满冒险精神的飞行员岗位，自然而然走得比较近。小巫性格外向，豁达爽朗，既有中国人的善良、义气和体贴的美德，因其有海外留学的背景，他的性格里又多了一份西式的直率坦白和从容大方，这样的小巫很容易招人喜欢，他在飞行队里人缘不错，雷诺算是他很谈得来的一个好友。

这段时间以来，雷诺发现小巫变得心事重重，有时会神神秘秘地搞一些个人行动。生性浪漫、恋爱史极丰富的雷诺直觉小巫是遇上喜欢的人，开始恋爱了。

但是令雷诺不解的是，本来无话不谈、坦率不羁的小伙伴，却对自己的关心询问支支吾吾、语焉不详。这不是小巫往日的脾性啊。雷诺对此事的好奇心又多了一分。

今天配合中国维和步兵营做的这场飞行演习，让雷诺恍然大悟又心领神会：原来小伙伴爱上的，是这样一位身形俏丽、英姿飒爽的中国女兵，难怪他近来魂不守舍，性情大变。

自觉勘破小巫秘密的雷诺来找小巫证实自己的判断，他单刀直入的询问却让小巫稍一愣怔，却又微微一摇头，陷入沉默。

这也不符合小巫的性格呀。胆大妄为、无拘无束的巫恪嘉什么时候变得这般虚伪掩饰了？

雷诺夸张地叹口气，一屁股坐到小巫面前，开始吟起台词来：

"爱情从一诞生起，直到——今天，我们也没有搞清楚，爱一个人需要理由吗？不需要吗？需要吗？不需要吗？"

"哎呀，你烦不烦啊？大晚上的，不睡觉，跑我这里发起莎士比亚疯？"

"哈哈，什么都难不倒你，中国才子。"雷诺由衷地赞美道，"有时候，我感到非常奇怪，你说你一个读商科的，怎么好像文学修养也不低？不像我，学英国文学的，却对什么商科、工科之类的，毫无兴趣，一窍不通。"

"你这么晚坐到我这来，不会是专门探讨学科内涵外延的吧？"小巫扔给雷诺一个大白眼。

"那个我没兴趣。现在我的兴趣点是——爱情。确切地说，是巫恪嘉你的爱情！"

"无可奉告。"

"这个……理解。纯个人隐私，问起来很不礼貌。"雷诺坐到小巫身边，搂住他的肩膀，亲热地说道，"但是这也涉及我的私人问题，所以我必须尊重自己的内心想法。"

雷诺说得很认真，却把一向机敏的小巫说愣住了："什么意思？"

雷诺抿抿嘴，又摸摸自己原本没什么胡须的下巴颏，露出神秘的笑："你的爱情，关乎我的爱情，两者有着微妙的联系，你明白吗？"

小巫一转眼珠子，用手推开雷诺的这份亲热，揶揄道："少来我这里胡搅和啊，还故意弄得如此神秘、暧昧。你雷诺也是情场老手，猎艳无数了，还装什么纯情少年？"

"哎，你这个不通风情的家伙，人家就不能是双重性别恋爱人士吗？"

"你再胡说八道，就从这里滚出去。"小巫笑骂，"你不就想打探我这点秘密吗？至于吗？玩这些花招儿？"

雷诺嘿嘿笑，小巫一脸不屑："我承认，你猜得没错。但请不要传扬出去，因为我不想给她招来麻烦。"

"爱情怎么会带来麻烦？爱情只可能生出浪漫！"雷诺兴高采烈地鼓舞小巫，"刚才你认我为情场老手，那我就郑重地教你一条爱情制胜宝典吧：爱情和火焰一样，没有不断的运动就不能继续存在，一旦它停止希望和害怕，它的生命也就停止了。所以，大胆说出你的爱，任何掩饰隐藏和矫揉造作都是失败的先兆。"

"你不懂。"小巫没精打采。

雷诺仍旧意气风发："我不是东方人，可能不懂你们东方人的含蓄性格和内敛情感，但爱情是属于全人类的。对于全世界的女人来说，从内心深处讲，她们都不会真正讨厌男人的追求和示爱。除非她不是正常的女人！"

"她当然是正常的女人，更是非同寻常、崇高脱俗的女人。我懂她，所以理解并选择忍受。"

雷诺呆呆地看着小巫，瘪了瘪自己的嘴巴："哦，伟大的巫恪嘉！你遭遇了什么？"

小巫态度认真："你也看到了，她是一名维和军人，有着严格的军纪，她的身份决定了她目前不可能接受任何风花雪月、你情我浓的浪漫情调。因为在这里，她有自己的职责和任务，有自己的团队，她是她们的主心骨、定盘针，她要带领着她的团队，认认真真完成任务，安安全全回到祖国。"

小巫摊开双手，表明自己的坚持："就是这样。我不可能因为放纵自己的感情去影响她，给她带来困扰，造成伤害。我追求并醉心于最真挚浪漫的爱情，但是我们的爱情对象是人，不是物，对吗？所以尊重、爱护、守候、等待，甚至是绝望，都是应该承受的爱的代价。"

"绝望？"雷诺也是一个极聪明的人，他瞬间抓住了小巫言辞间那一个不和谐的字眼，"你是说，你对这段爱情抱有绝望的预期？那我就奇怪了，你这份爱，是和谐双向的呢？还是单向的一厢情愿呢？"

小巫沉默了，摇摇头。

"没弄清楚？"

小巫不置可否。

"天呐！"雷诺摸摸自己的脑门，"多半情况不妙！巫，我感觉你还没有得到对方的有效呼应，这是最可怕的一件事。这也是你如此郁闷的原因所在。根据我的经验，如果单纯是客观环境和条件所限，需要克制和忍耐，这是很正常的。但如果你的爱情之箭，还没射中并扎进对方的心脏，那就是另外一回事了。"

"所以我很烦闷，你最好别惹我。"小巫挥挥手，露出不耐烦的神色。雷诺这家伙看似大条，其实是个很聪明也很细心的人，小巫不想被人看穿自己内心的一切，这是他的习惯，父母不行，亲人不行，朋友也不行。

雷诺看到朋友如此情形，他不再继续追问，用手拍拍小巫肩膀，离开了。

剩下小巫一人坐在房间里发呆。

心底有一个声音在低低吟诵着令人伤感的句子："所有发呆的时刻，都是因为在想你。我知道天下事，却独独不知道你的心。"

仿佛老天也在怜悯小巫的苦心孤诣，很快就为他安排了一个和蓝一诺再次近距离接触的机会。

丹曼市的中国人不多，但来往密切，亲不亲，故乡人，当地的几家中资企业定期举行华商华侨联谊活动，这次也邀请了中国步兵营的领导，雷江虎带领洪浩和蓝一诺一同参加联谊会。

小巫姐夫韩冬是中国联谊会副会长，他拉着小巫帮助自己筹办这次联谊活动，就在这次联谊会上，小巫和蓝一诺再次碰面。

这是小巫第一次看到蓝一诺穿便装。其实从严格意义上讲，应该算第二次，第一次是在 S 国马城，小巫用伪装了的摄像机在抗议骚乱的人群中拍摄，被蓝一诺撞见，当时蓝一诺就是身着便装。但那时的小巫急于躲避蓝一诺，怕一不留神被她捉住就要被威胁遣送出境，所以只是匆匆一瞥，连蓝一诺穿的什么颜色的衣服都没看清楚，就急忙从她眼皮底下溜走了。

这会儿出现在他面前的蓝一诺清清爽爽，亭亭玉立，她上身着一件淡蓝色衬衫，下身是一条经典靛蓝色紧身牛仔裤，脚蹬一双黑色长筒靴，靴子侧面还装饰着银白色链条。其实每个人多多少少都有一点着装上的个人小嗜好，带链条的长靴也为蓝一诺所偏爱，这也是前几次她特别关注小巫的鞋子的原因所在。

小巫自然注意到这个小细节，心里不免一动，眼睛盯在蓝一诺的靴子上移不开。

"嗨，真巧，又见面了？"蓝一诺大大方方地向他打招呼，小巫这才回过神来，急忙回应："是啊，咱中国人的聚会嘛。"

联谊会分为上半场和下半场。上半场主要是联欢、座谈、吃自助餐，小巫的目光一直若有若无地追随着蓝一诺的身影，不知怎么才能和她合理化亲近。

但很快他就如愿以偿了。因为上次直升机演习的缘故，小巫给雷江虎营长留下了良好的印象，所以这回见面，雷江虎对小巫很热情，招呼他坐到自己这边，而蓝一诺和洪浩又紧随自己的领导，如此机缘巧合下，蓝一诺就自然而然地和小巫坐在了一张桌上。

洞悉内情的洪浩暗暗好笑，蓝一诺却是极端不自然又毫无办法，而在小巫这边，就是吉人天相，有"时来天地皆同力"的感觉了。

"巫先生，看你年纪不大，白白净净，身材也瘦瘦高高的，没想到能干上这样具有挑战性的工作！"雷江虎用赞许的眼光看着小巫。

"雷营长，您叫我小巫好了。"小巫谦逊地回答。

"好，那我就叫你飞行员吧。我听我们营有些战士这样称呼你，这个叫法虽然很职业性，但我觉得霸气，有劲儿！"

小巫感觉到雷江虎对自己的欣赏和亲近，他也很高兴能和这样一位铁血军人亲切、随和地相处。

端着食物盘的洪浩和蓝一诺正好走过来，雷江虎招呼他们坐下。

洪浩显然听到了雷江虎刚才的话，就接上这个话题："营长，人家小巫不是专门干飞行员的，这是他的业余爱好而已。他可是个厉害人物，哥伦比亚大学的经济学硕士，还是一个著名的网络主播呢。"

"什么网红、主播的，我也不太懂，都是你们小年轻搞的事。但是名校的经济学硕士，这个不容易。更加难得的是，你竟然把开飞机当成业余爱好，这个牛，的确牛！"

雷江虎对着小巫竖起大拇指，小巫不好意思，他偷偷打量了坐在雷江虎身边的蓝一诺一眼，后者正专心吃着盘中食物，没有抬头理会眼前几人的交谈。

蓝一诺明显是躲着小巫，但架不住她的领导不放过她，雷江虎的话题突然转到了她的身上：

"小蓝，听说你和飞行员在中东就认识？"

"啊……嗯，不止我，还有洪浩，我们三人是在 L 国认识的。"

"是。当时很不好意思。我给蓝上尉他们添乱不少，还害得蓝上尉受了处分，被调离了 L 国……"

小巫话没说完，就被蓝一诺打断了："小巫，我记得洪浩跟你解释过，我也向你说过多次，我调去 S 国担任军事联络官跟你毫无关系，是我自己要求去的，你不必背负任何心理包袱。老天！你怎么还背到今天了呢。"

蓝一诺皱着眉，有点怨念，也有点不耐烦的神情。小巫尴尬了，不知道该怎么说，他望向洪浩，洪浩理解又无奈，就对他耸耸肩，又摊摊手。

雷江虎火眼金睛，自然看出三个年轻人之间的小猫腻，他哈哈一笑，打了个圆场："不管怎么说，你们三个算是有缘，在这里是异国再相逢了。"

"雷营长您说得很对。"小巫笑着接话，"洪副营长、蓝上尉，都是我很崇敬的中国军人。当然，现在还有您。"

小巫说得很真诚，雷江虎打心眼儿里喜欢这个青年，因为阅兵无数的雷江虎喜欢有血性、有冲劲又有胆略和担当的人，他认定小巫就是这样的人。

"飞行员，你要是早点被我瞄上，可能我就会千方百计地动员你当兵了。你会成为一个好兵，我没看错过人。"

雷江虎说得相当自信，把小巫心底那点不自知的英雄情结点燃起来。小巫激动得有点摩拳擦掌，对雷江虎请求："如果雷营长真的看好我，我今天就想当您一天的兵。"

"当我一天的兵？什么意思？"

不独雷江虎莫名其妙，就连一旁的蓝一诺和洪浩都惊讶不解地看着小巫。小巫神秘地一笑："等会儿你们就知道了。"

联谊会的下半场是助兴的各项竞赛活动。其中最引人入胜的是模拟打靶项目。在会场后院有个靶场，模拟仿真手枪打靶是这里的小众娱乐项目。

雷江虎这才明白小巫那句话的意思，他想向雷江虎学习打靶。小巫玩过各种各样的枪械射击游戏，但是模拟仿真手枪打靶对他来说还是第一次。

"雷营长，请收下我这个兵。请您教我打靶吧！"

小巫对着雷江虎拱手拜师，雷江虎却摇摇手："手枪打靶我的水平马马虎虎，你要学习，这里有更牛的师傅，你不该拜我。"

"哦？"小巫扬扬眉毛，看向洪浩，"洪浩兄，原来你是神枪手？"

洪浩急忙摆手："不是我，不是我。我不如营长，水平一般般。"

"那会是谁？"

小巫糊涂了，就看到一旁的蓝一诺低着头在看自己的脚尖，身子却在微颤，原来她在极力憋住笑。

小巫瞪圆眼睛："难道？不会吧？不会吧！"

蓝一诺直视着小巫，满脸不屑："你瞧不起人？不相信女同志能打靶？"

"我……我哪敢啊！我也不可能呀！"

小巫又惊又喜，他万万没想到蓝一诺会是打靶高手。蓝一诺，你还有多少神奇的技能呢？

同时小巫又心急火燎地不知道该如何解释才好了：他怎么会看不起她呢？他怎么敢看不起她呢？

雷江虎哈哈笑了，示意小巫："耳听为虚，眼见为实，靶场上才能见真章。你等我们的女同志现场给你表现一下，不就知道了。"

几个人来到射击处，只见这里设施先进，所有器械器具都是一比一仿真模拟，连材质都几可乱真，颇有真枪真靶的感觉。

"谁先来啊？"雷江虎看看几人。

洪浩应声："当然是首长同志为先。"

蓝一诺也笑着附和："按军衔排，谁官大谁先来！"

雷江虎微微一笑，也不推辞。他走到射击位上，举起手枪，略一瞄准，行动利落，啪啪啪连发数枪。一共十轮，每轮最高分为 10 分，雷江虎的成绩是 99 分。

小巫激动地鼓掌，蓝一诺和洪浩却是见怪不怪的表情。

"就按你们的规矩，按军衔排，小洪上。"雷江虎招呼洪浩上场。

洪浩看看手里的枪，嘀咕着："我可不擅长手枪射击。"

蓝一诺笑他："好像你擅长步枪、机枪似的。快打吧，别磨磨蹭蹭的。"

洪浩举枪连射，打出了 96 分的成绩。

"还不错。"雷江虎回头看向蓝一诺，"该咱们的射击女神上场了。快出手吧，亮出你的风采。"

"营长，您就如此这般架我上房梁吧。我要是出洋相，您可得兜着啊。"蓝一诺笑着说。

雷江虎点头："你办事，我放心。我心里有数。"

蓝一诺提起手枪，细长的眼睛微微眯起，注视着前方靶子。

小巫此刻有点不太好受，希望和担心交织在一起的感觉他平生第一次尝到。

他看到蓝一诺是一副轻轻松松的模样，自己倒紧张万分，不错眼珠地看着蓝一诺，手心里都沁出汗来。

偏偏洪浩还不知趣，在他旁边絮叨着："你别看她是个女孩，也没受过什么专业训练，但有些东西就是天赋在身，老天赏饭吃，没办法的。她曾经一鸣惊人，在国外军事技能大赛中，作为替补队员上场，竟然打出一个季军来。简直惊爆人眼球。而且……"

小巫一点都没注意听洪浩的现场解说，他全部注意力都在蓝一诺身上。

洪浩的唠叨伴随着清脆的枪声，蓝一诺利索地完成了自己的十轮射击。靶场报出的成绩让所有人松了口气。

蓝一诺是不负众望，正常发挥。

雷江虎是目光如炬，慧眼识人。

洪浩是知己相知，毫不惊奇。

小巫呢？

各种情愫交杂在一起，让他既是意料之外的惊喜惊艳，又是意料之中的深信不疑，还有一丝丝惶恐不安外加自惭形秽：这是怎样一个兰质蕙心又英气逼人的女孩啊，什么样的人，才能入她的法眼呢？

蓝一诺的打靶成绩：模拟仿真九二式五点七毫米手枪，十轮十环，全部命中，100 分。

第二十二章 "我们一定要试着做到心如止水"

"洪浩兄，还是你来教我打枪吧。"小巫突如其来的一句话，把在场的三个人都说愣了。

洪浩笑："你放着射击冠军不拜师，找我这成绩垫底的，啥意思呢？"

小巫憨笑不语。

洪浩指指蓝一诺，以目示意小巫："营长刚才都说了，让一诺教你，这么好的机会，你怎么还不行动？"

蓝一诺不屑一顾："人家飞行员不相信女同志，更不愿意跟着女子学艺，洪浩你就别再瞎起哄了。"

"我没有！我不是……"

小巫像一个被大人莫名错怪了的孩子，叫出声来。

雷江虎不忍心小巫受委屈，就替他解释："飞行员，你别担心我们蓝上尉技术高，脾气傲，她平日里教授战士们可耐心了。"

"不是，不是，都不是的。"小巫恨不得掏出自己的一颗心来表白，他手比画着解释，"我的意思是，我是个射击小白，完完全全的菜鸟一只，蓝上尉手枪打靶就像天才一样。让射击天才来教一个射击小白，不是挥舞大刀切小菜——大材小用了吗？"

洪浩捂住嘴笑了。蓝一诺也想笑，却忍住了。

"所以，我肯定不能拜蓝上尉为师，这不科学。"小巫神情认真地对雷江虎说道，"我绝对不能麻烦人家蓝上尉。就是营长您下令也不行！"

小巫假戏真做，拉着洪浩就往射击位上站："就是你了，洪浩兄，你随随便便教我几招就得了。"

蓝一诺天生一个爽利脾气，最看不得磨磨叽叽的事，但也经不起这拙劣的激将法。其实不是蓝一诺勘不破小巫的机灵心思，只是她不愿意在自己领导面前显露出什么猫腻来。过分的避嫌，不就是自露马脚，落人以口实嘛？

蓝一诺可不傻。越是不在意，方可显示自己的心底无私，襟怀坦荡。

于是她走到小巫面前，以不容置疑的命令口气说道："既然营长下命令了，你不是军人，无所谓，但我必须执行。我来教你打靶。"

"哦，那好吧。"小巫忍住笑，满脸的诚惶诚恐、勉为其难，心头早已乐开了花。

中资企业几位老总此刻恰好来找雷江虎交谈，雷江虎和洪浩离开了靶场。

小巫站在射击位上。蓝一诺认真教授着知识点。

"射击的几个重要环节，首先是站姿。注意，你这姿势就不对。"

蓝一诺纠正着小巫的站姿。

"站立姿势，对于射击新手来讲，最主要的一点就是放松。你瞧瞧，你这紧张的模样。"

"我是有点紧张。"小巫实话实说。

"你这哪里是有点紧张？你是相当的紧张！身体都紧绷成这样了，怎么举枪啊？"

蓝一诺不满意地用手敲打着小巫的胳膊，小巫低声嘟囔："我能不紧张吗？本来就是第一次，又是你来当教练……"

"你在嘀咕什么？"蓝一诺又用手敲打小巫的肩膀，"放松，再放松！拿出你飞行时的勇气来，不就是打个模拟手枪嘛。"

小巫按照蓝一诺的教导变换着体位，蓝一诺继续讲知识点：

"每个人都有每个人最合适的射击姿势，不同的状况下，射击姿势也不相同，在实战中，各种诡异的射击姿势都会出现，所以领会射击姿势的意图要强于对姿势的模仿。这点你听明白了吗？"

"差不多吧。"

"听明白就是听明白，不明白就赶紧问。什么叫差不多？"

"基本明白。"

"那就好。第二步，握把。你第一次打，可以采取双手持枪姿势。"

"哦，双手握枪。"

看了蓝一诺做出的示范动作，小巫双手紧握住枪。

"注意：拇指压拇指，四指包四指。拇指指向前方。手腕关节靠紧。"

小巫按照蓝一诺的指令认真模拟着动作。

蓝一诺声音冷峻："握把要有力度，紧紧抓住枪把，一直抓到手发抖为止！明白吗？"

小巫用劲，咬住嘴唇。

"是让你手部用劲。你这龇牙咧嘴的，咬人呢？"

小巫赶紧松开嘴唇，手部加紧力气。

"嗯，有点意思了。"蓝一诺指点着，"然后稍微放松至手不抖。你瞧，这个力度是最好的握把力度。大部分人对枪抓得都不够紧。这个动作你做得还行。"

"是你教得好，很有实用性。"

"别急着拍马屁，注意后面步骤。"

蓝一诺严肃、严谨的教学态度小巫是体会到了，就是不知道她对她属下的女兵们是否也是这样口气冲冲的呢?

小巫心思刚有点游离,又赶紧自觉地回到靶场上,因为蓝一诺已经开始教下一个步骤了:

"现在可以瞄准了。注意你的前视镜要和后视镜在同一水平线上,不要高或者低,很多人都把关注点放在是否居中上而忽略了高度。"

小巫照做了,蓝一诺这个倒不担心,作为飞行员,小巫的智商水平是偏高的,她相信他能充分领略枪械瞄准时的精髓点。

小巫在瞄准镜中看着远处的靶心,那层层的圆圈就像一个人的心。自己的子弹飞去,能射中那人的心吗?

小巫想起那天雷诺质疑自己的一番话:"根据我的经验,如果单纯是客观环境和条件所限,需要克制和忍耐,这是很正常的。但如果你的爱情之箭,还没射中并扎进对方的心脏,那就是另外一回事了。"

如今那人就在身边,他的爱情之箭能不能准确地射中她的心,谁知道呢?

小巫想入非非,蓝一诺的指令就没有及时入耳,蓝一诺立马发现了,于是小巫又免不了吃一顿戗:"瞄个靶子你都会发呆走神,还想学射击?"

"我错了。"小巫赶紧承认错误。

蓝一诺更不满了:"我特烦你这句话。我发现你特别爱说它,动不动就说,完全不走心嘛。"

我才不是爱说这句话,你去打听一下,我巫恪嘉什么时候随便和人家认错了。唯独对你…… 小巫当然不敢直接这么和蓝一诺顶嘴,他只敢自己在心底嘀咕自辩一番。

好在蓝一诺此刻没有深究,她还沉浸在认真的教学中。这也是蓝一诺的一个特点——诲人不倦，不管面对什么样的学生，只要是在教授知识，她都特别认真、耐心、真诚。从某方面说，这也是蓝一诺优秀的个人素养之一。

"下面到了扳机控制环节。个人认为，这是最考验一个射手水平的。"

蓝一诺说着，她几乎是手把手地在教授小巫了。她的身子离小巫很近，她的味道再次飘入小巫的鼻孔，在他的体内迅速快乐地循环，直入他的心扉。

这种特殊的味道无可言说，像花香，像果香，又像春天阳光下的气息。它不浓烈，也不沁人心脾，只是淡淡地围绕着你，如影随形，若有若无，但即使生命在这一刻戛然而止，你也会深深记住这种铭心刻骨的气味，在来生再次寻寻觅觅，期待重逢。

小巫感觉自己嗅到了爱情的味道。

"扣动扳机的时候，发力要均匀。是缓缓地扣，在射出去的一瞬间要自己有点意外的感觉才好。"

在小巫的眼里，此刻蓝一诺的讲解都带有诗情画意了。难道她明白了他的心，在他扣动扳机的那一瞬，将自己的心射出，去寻觅另一颗心的位置，两心相交，叠加在一起。这也许就是人们神往的那种灵魂伴侣？

"最后还要注意的是呼吸。别习惯屏住呼吸去瞄准。你不要把自己当成新手，闭气一旦超过八秒钟，就会影响到肌肉的稳定性。"

小巫自觉仿佛有如神助，遵照蓝一诺的指令，自己的姿势状态越来越好，越来越对路。

她说得没错。我肯定不是新手。眼前这手把手的姿势，仿佛前世就曾遇到过。每次和蓝一诺近距离接触，小巫就会有这样似曾相识的感觉。

蓝一诺的声音变得越发柔和温情起来，小巫感觉她仿佛也在向自己暗暗抒发心情一般："你知道我为什么喜欢射击吗？因为不管时间多么紧迫，压力多么大，只要调整呼吸就可以让你归于平静。任何心里的波动、风速的变化都会影响到射击的精准度。所以，我们一定要试着做到心如止水……"

心如止水？怎么可能？小巫在心底呐喊。他死死咬住自己的嘴唇，生怕一不留神，自己就会呼喊出声：人们常说，喝酒喝到八分醉，爱人爱到八分情。可谁又不是喝酒喝到吐，爱人爱到哭。

小巫此刻就特别想哭。他的眼前蒙眬模糊起来，他无法瞄准，也看不清靶心了。

恰在此时，蓝一诺果断发令："开枪。"

毫无意外，小巫打飞了靶。

事后蓝一诺帮小巫总结第一次打靶失利的原因，无比精准地抓住了小巫情绪上的黑洞部分。

"我看问题就出在呼吸环节，我明明告诉你，要充分注意呼吸对于射击的影响，距离越远，影响越大。25 米谈笑风生还能打中的基本都是神人。所以，找到最适合你自己的呼吸节奏，觉得并不紧张的时候，短暂停歇，然后射击。"

小巫委屈："我就是按照你说的做的。"

"可你没做到心如止水，对吧？"

"这个我得承认，我根本做不到。"

"为什么？"

"因为你在我身边。"

蓝一诺愣住了，她的心中浮现出三个字"又来了"。她想用言语呛回他这极端不理智的情感外泄，但是话到嘴边却又莫名不忍心，只好咽下满腔烦躁郁闷，轻声说了句："做不到，也得做！"

"你放心，为了你，我肯定去做。"小巫轻声细语，态度却极其认真。

这句话突然撞击到蓝一诺的心扉，她的心狠狠地疼了一下。这样的感受很微妙，蓝一诺觉得自己内心深处的冰山突然消融起来，慢慢化作雪水，流淌下来。

爱上一个人的标志，不是会感动，而是会心疼。

一句看似普普通通的话，就让原本自认的铁石心肠化为绕指柔。

蓝一诺不愿意承认，但心里的真切感受却明明白白地提示着她，她同时尝到了被爱和去爱的双重滋味。

雷江虎看了靶纸，对小巫摇头："看来每个人都有自己的短板，目测打枪不是你的强项。"

洪浩笑看蓝一诺："不会是教员有所保留吧？"

蓝一诺没吭声，小巫赶紧回护："我说过的，我俩水平相差太悬殊，天才教练教超级菜鸟，就是高射炮打蚊子——大材小用。"

洪浩大笑："你的俏皮话倒是一套一套的，好吧，改天我来教你，再试试效果如何。"

这天蓝一诺最难忘的，是小巫对着她发出的一句感叹："没想到你的射击技术这么牛，但你的工作，却总是不能佩枪，真是挺遗憾的。"

"有啥可遗憾的？"蓝一诺不能认同他的观点，硬邦邦地反问，"谁说只有佩枪的才是军人？谁说只有佩枪才可以维护和平？"

两句掷地有声的反诘句让小巫难以反驳。

回到飞行队宿舍，小巫刚拿了给潘达买的一袋食品准备去荣达公司，就看到雷诺抱着一包东西走进宿舍。

"你这一晚上没回来，跑哪儿去了？"小巫问雷诺。

"有个老乡到了这边，我去看他。"雷诺小心翼翼地把手里的东西放进床底下的箱子里，随口问小巫，"你昨天不是去找你的老乡们聚会了？见到你的女神没有？"

"见到了。她还教我打枪来着。"

"啊？玩枪啊？好刺激！"

"仿真枪。"

"那也够劲啊。"雷诺羡慕，"看来找个女兵当女朋友真的挺好，玩玩枪械什么的，够劲儿！"

"她还没答应做我的女朋友。但我是不会放弃的。"

雷诺搂住小巫，鼓励道："找机会拿下她。女人嘛，别看她们高傲得像一只孔雀，一旦被男人征服了，就都乖得像小鸟了。"

"呵呵，你这 F 国人，不讲怜香惜玉，不装绅士风度了？不要唯美浪漫啦？"

"天下男人都一样，都想征服自己所爱的女人。倒是你们中国人太讲道理了，什么礼义廉耻，仁义道德的，这个放在爱情上，不行！我感觉你们中国人不太懂爱情。"

"胡说八道，满嘴放炮。"小巫一把推开雷诺搂住自己的手，拿眼睛瞪他，"你少揶揄贬低我们中国文化。你懂多少啊？中国文化博大精深，中国式爱情高山流水，经典故事层出不穷。我们国家记载的爱情历史比你们的国家历史都要长几十倍，哪轮得到你在这儿叭叭叭呢。"

"好好好，你们是文明古国，历史悠久，源远流长。算我说错了。"雷诺赶紧缴械投降，他亲密地对小巫说道，"咱们别扯这些宏观叙事好吗？就说眼前自己的问题。刚才说到'天下男人都一样，都想征服自己所爱的女人'这个点上，其实吧，天下的女人也一样，都想被优秀的男人去爱，这是个颠扑不灭的真理。你这么优秀，万里挑一的，那个小女兵不爱你，她傻啊？眼盲？心盲？"

"不许你这样说她。她心明眼亮着呢。"小巫呛他。

何时何地，任何人，都不能在小巫面前说蓝一诺的不好，这是一条铁律。小巫必须维护蓝一诺，为她做出合理化解释。

"我说过的，她有纪律。我理解她。爱情是双方的事情，我做好自己该做的，但是有一个原则：不能给她招来麻烦！"

"哦，上帝！我看到了爱情的圣人。小巫，你让我不理解，但是很佩服。"雷诺耸肩摊手，做出无可奈何状。

小巫在荣达公司见到潘达，潘达递给小巫一张请柬。小巫打开，是一张婚礼的邀请函。

"蜜拉是谁？"

"我姐姐。"

"你姐姐多大了？"

"今年十四岁。"

"才十四岁，就要出嫁了？"

"十四岁不算小了。姐姐两年前就订好了婚约。"

"天呐。"小巫叹息，"你们这里都这样吗？"

"是的。很多女孩子都是这样，就像咱们足球课堂里的米妮，她也早订婚了，听说今年秋天也该出嫁了。"

小巫不知该说什么好。万般感慨下，他在个人空间发了一条感言，引起了曾经的校友加好友的 M 国人楚曼的注意。就在婚礼举行的前一天，楚曼不远万里，风尘仆仆地赶到了这里。

"你真是雷厉风行啊，这么快就跑过来了？"小巫惊讶地看着楚曼。两年不见，彼此相互看看，有点陌生，但仍旧亲密。

"巫，你黑了，皮肤变得粗糙了，但精神很好。"楚曼看着小巫由衷地叹道。

楚曼向小巫展示了自己正在研究的课题——非洲儿童新娘现象初探。

"一看到你发的那条感言，我就激动起来。没想到咱们的关注点又聚集在了一起。两年了啊，各自行走，分别闯荡，不容易。"

楚曼不住地感慨，小巫摇头："我是才注意到这个点的。这个即将结婚的儿童新娘，是我的一个忘年交小朋友的姐姐，这才引发我的关注和感叹。"

楚曼拍拍小巫的背："不管怎么说，你的一条信息，把我带到了这里。我可以亲眼看到一个儿童新娘出嫁的过程，我会把它写进我的研究论文里。这很有意义。巫，咱们又可以一起做有意义的事了。"

楚曼的激动和乐观感染了小巫，他对于潘达姐姐命运的担心和叹息，也在好友的激励下，催生出一种新的想法。自己一直关注的就是战乱贫困地区的儿童生存状况，而身为女孩子，生活在这里可能要面临更加莫测的命运。

他想到了米妮，他不知道如何能帮到她以及和她一样的女孩们，但是他可以继续自己的报道和宣传，让这些生活在世界某个角落的弱势人群的生活状态更多地展现在世人面前，以此为她们发声，为她们呐喊。如果有可能，他还会为她们做更多的事情。

小巫准备好了摄像机，进入备战状态。

第二十三章　"在这片土地上，鸟比人更自由富足"

周末天气晴朗。小巫驾驶着自己的那辆白色丰田吉普车，载着楚曼早早出发赶往郊外。

郊区的景色不同于城内，雨季过后郁郁葱葱的清爽在当地也算难得。到处都是绿草茵茵，楚曼看着这对他来讲充满新鲜感的景象心情舒爽。

但是随后遭遇到的糟糕路况和沿途不时映入眼帘的铁丝网让人记起这片土地并不和谐安宁，冲突和战争的阴影还未消散。

泥土路上尘土飞扬，路面泥坑纵横，杂乱无章。小巫解释路况糟糕的原因：常年战乱，这里各类道路的基本维护处于瘫痪状态，由于大多数都是沙土路，一场大雨之后路基松软，载重车辆碾压之后，普通车辆更难以通行。

车子在坑坑洼洼的路上蹦跳着行进，楚曼被颠得七荤八素。小巫不停地给他介绍沿途风情，以及动物出没的情趣：

"你看这些飞过树林的鸟儿，五颜六色的，红的滴血，绿的如翠，黄的灿烂。有时我在想，在这片土地上，鸟比人更自由富足，因为它们有翅膀，不会被牢牢地拴在这块土地上。"

"你再看那边，狒狒在偷吃香蕉。这里的农作物长得不够好，可是唯有杧果和香蕉生机勃勃。这里的香蕉很美味，在别的地方你肯定吃不到。我从小爱吃的水果就是香蕉，小时候就想着要是有一天，能不吃饭只吃香蕉就好了。可是到了这里，梦想变成现实，才发现根本不是那回事……"

"楚曼，你怕蛇吗？"

"天呐！有蛇？在哪里？"原本被颠得昏昏沉沉的楚曼紧张地坐起了身子，瞪圆了眼。

"蛇可是这里的常客。你瞧，前面路上就盘着一条蛇。这是一种剧毒蝰蛇。不同于咱们常见的蛇类，你看它身材粗短，爬行速度并不快，往往会因为吞吃超过自己体型的动物而行动不便，搁浅在道路上。但它的毒性很大，人若不小心被它咬过，基本没救。"

楚曼回头看看车子绕过的那条粗短身材的剧毒蛇，倒吸一口凉气。

"这里还有满地乱窜的蜥蜴，有的竟然有一米多长，令我联想到了恐龙……"

"巫，别说了，我浑身都起鸡皮疙瘩了。这里的环境虽然很天然，但却危机四伏，令人不安。"

"相对于大自然的客观环境，我倒觉得人类的活动行迹更令人感到恐惧。"

"你是指战争？"

"无所不在的冲突和袭击，当然令人担忧。但是那些看似顺理成章，多少年、多少辈传下来的习俗，甚至是陋习，才真正让人不安、无奈，甚至是绝望。"

"巫，你说得很对，这也是我做这个研究课题的初衷。儿童新娘，一个让全世界震惊，却又眼睁睁看着无法制止、难以根除的丑恶现象，今天，即将出现在我们的面前！"

丹曼城郊区的村庄里，已经排起了长长的车队，远处传来节奏感极强的音乐声。小巫向楚曼介绍着当地风俗："赛旺国人虽然不富有，却很重视婚礼的规模，他们认为结婚是人生值得狂欢的大事。他们通常要雇长长的车队，请大批的亲朋好友来助兴。这些被请来的人都很兴奋，也感到荣幸，受邀请的人们身着盛装，不遗余力地从头到尾又唱又跳，即使在烈日下也决不偷懒，敷衍了事。"

听着小巫的介绍，楚曼打量了一下小巫的着装。出发前，小巫特意叮嘱楚曼穿上西装，打好领带。小巫自己也换上很少上身的西服，连几乎不离脚的长靴也换成了锃亮的皮鞋。

"人在江湖，总要尊重当地人的礼仪不是吗？"小巫看出楚曼的意思，解释道。

楚曼点点头，两人顺着音乐声走进一个院落，终于来到了婚礼现场。

坐落着几个茅草顶棚小屋的院落被装饰得喜气洋洋，茅草屋的屋檐下挂满了喜庆的彩带和象征纯洁幸福的白纱。院子里架起一台电脑和一个音箱，正播放着激情奔放的当地民俗音乐。到场的人们已经开始翩翩起舞，气氛热烈。

婚礼还没有开始，小巫带着楚曼到处走走，感受当地婚礼习俗。两人不时用相机拍摄着眼前看到的独特的风土人情。

院子角落搭了一个简易棚子，棚子外摆满了明显是东拼西凑借来的各种颜色各种形状的板凳椅子，还有一些像澡盆一样大小的塑料盆子，里面装着大块的生肉。

楚曼好奇地看看盆子里的肉，回头问小巫："这是什么肉？"

小巫没回答，拉着楚曼走进棚子，楚曼惊讶地吸口凉气，只见墙壁上挂着半头牛，一个黑人青年正用刀把牛肉一块块割下来，扔到地上的盆子里。

小巫解释："这是当地人在婚礼上才能吃到的大菜——生牛肉。这里的人讲究婚礼上一定要吃新鲜的生牛肉。新郎和新娘要同喝一杯咖啡，同吃一盘肉，以祝福他们婚姻美满、幸福、早生儿女。"

"天呐，直接吃生肉啊？"楚曼惊愕地摇头，"巫，我可不行。你能吃吗？"

小巫吐吐舌头，低声对楚曼说："其实我也接受无能。前次参加一个婚礼，我差点当场呕吐。"

正说着，一个男孩的声音传来："诺言姐姐，快跟我来！"

潘达拉着蓝一诺走了进来。

蓝一诺今天是盛装出席。一件月白色带蓝点的连衣裙勾勒出苗条挺拔的腰身，白色高跟羊皮凉鞋托起细瘦的脚踝。俏丽的短发用一条淡蓝色的缎带系住，在侧面打了一个小小的蝴蝶结。

这样极女性化装扮的蓝一诺和她往昔的形象大相径庭。此刻感到惊艳的分明是初次相见的楚曼，在小巫这里，更多的是不可思议的惊喜：原来蓝一诺今天也受邀来到这里参加婚礼。

"你好！"蓝一诺落落大方地先打招呼，小巫忙点头回应，看到蓝一诺把目光投向楚曼，小巫为他们做了介绍。

"原来你就是那位了不起的女兵！之前在 L 国时我就听巫提起过。在蓝线你救了他的命。"楚曼敬佩地看着蓝一诺，"不是当面见到，我真想象不出像你这样美丽动人的女孩，竟然会是一名军人！"

几人寒暄着，潘达过来拉拉蓝一诺的手："姐姐，你看。"

黑人青年拿着小刀从半边牛身上削下一片肉，递给蓝一诺，蓝一诺一下子愣在那里，不知所措。

黑人青年说了一句土话，潘达翻译出来："这是牛身上最嫩的一片肉，阿宏说，要给最尊贵、最美丽的女来宾吃。"

潘达眨巴着大眼睛看着蓝一诺，天真地说道："姐姐，这牛肉可好吃了，你赶紧尝尝。"

蓝一诺看着眼前的这片肉，她又感动又为难。这片生肉红彤彤的，仿佛满含着牛身上充盈的血脂。无论如何，蓝一诺无法硬生生直接吃到自己嘴里。

但是眼前这崇高的礼仪和满满的善意似乎又无法拒绝，否则既显得生疏别扭又失了外交礼仪，蓝一诺可是有点为难。

几双眼睛此刻都盯着蓝一诺和她眼前的这片生肉。蓝一诺脸红了，她暗咬牙关，干脆豁出去了，打算来一出活吞生肉。她正要伸手，那片肉却被另一只手半路截和了。

是小巫抢走了那片生牛肉。小巫对切肉青年点头致谢，又对潘达说道："潘达，我要羡慕嫉妒恨了。你这是有了姐姐就忘了哥哥，你对你的诺言姐姐，可要比对我好多了哦。"

潘达有点不好意思，挠挠头："女士优先嘛。"

"不好意思，我最喜欢吃生牛肉，今天我就不绅士了，这块最嫩的肉，我先来吧。"

好像怕有人再来抢，小巫抓起那片牛肉，一口吞了下去。急得潘达对他直喊："小巫哥哥，你还没蘸调料呢……"

蓝一诺同情地看着小巫，吞了牛肉的小巫强作欢笑，一边说着味道不错，一边找借口溜出了棚子。

小巫找了个背人处吐得翻江倒海，感觉快要把自己的苦胆都吐出来了。涕泪交流中，一只纤手举着纸巾递到他面前，他抬头看到蓝一诺关切的脸。

"我没什么。真的，我能吃生肉。就是今天没吃早饭，胃有点不舒服。"不等蓝一诺说话，小巫倒先解释起来。

蓝一诺轻叹一声，柔声提醒他："快擦擦脸，婚礼就要开始了。"

蓝一诺是和洪浩一起来参加婚礼的，洪浩在和族长聊天，他的脸色有点沉重。他走到蓝一诺身边，低声对她说了句什么，蓝一诺的脸色也变得凝重起来。

小巫一直站在离蓝一诺不远处的地方，他感觉到了蓝一诺的阴郁心情。

婚礼开始，小小的新娘出现在大家的面前。小巫和楚曼都吃惊地瞪大眼，新娘比他们想象得还要小很多。尖瘦的小脸还没有巴掌大，瘦弱的身材像一个完全没发育的幼童，怎么看都不像一个十四岁的少女。

小巫也留意到蓝一诺奇怪的样子。她眼睛紧紧地盯着小新娘，脸上露出痛苦和迷茫的神色。

一对新人坐在兽皮垫子上，接受大家的祝福，亲友们挨个走过去，对新人行握手、拥抱、亲吻、拍肩礼节，向他们撒鲜草和牛奶以示祝福。

新郎明显超过四十岁，五大三粗的身材，脸上胡子拉碴的。两个新人身材、相貌差异极大，形成非常奇怪的对比差。他们的表情也是大相径庭，新郎喜气洋洋、志得意满，新娘惊惧不安、楚楚可怜。

在场的人随着音乐开始起舞，围着新人又唱又跳，嘴里不断发出"O LA O LA O LA"的叫声。

"这种喊声代表着祝福吗？"楚曼一边拍摄着婚礼的情景，一边问小巫。

小巫点头："据说这是一种丛林呐喊，喊的声音越大，时间越长，就越能让这对新人幸福美满……"

楚曼摇头，走到小巫身边，悄悄说道："这样的情景，让我想起的绝不是什么幸福美满，而是一行残酷的数字——根据汤森路透基金会发布的数据显示，现阶段，全球每年有大约1500万女性未满18岁便结婚。全球'儿童新娘'总数超过7亿人，其中大约1.25亿生活在非洲。"

小巫默然，楚曼长叹一声，继续说道："而依照联合国儿童基金会做出的预计，到2050年，非洲未成年就结婚的女性数量可能由如今的1.25亿人增至3.1亿人，非洲将成为全球'儿童新娘'数量最多的地区。"

这样入耳惊心的数字，虽然让小巫心情沉重，但是另一个他捕捉到的瞬间，更让他感到心灵震撼。

他的镜头，始终对准那位小小新娘。她无措惊惧的小脸上一双大眼睛泪光盈盈。这双眼睛打动了小巫，一直晃动在他的特写镜头里。突然间，一颗大大的泪珠，从这双眼里滚出，扑簌簌流过瘦小的脸颊。

小巫记录下这令人心疼的一幕。他心情沉重地放下摄像机，突然看到不远处的蓝一诺神色大变，脸部抽搐起来，她冲出人群，向外跑去。

小巫紧随着蓝一诺的脚步追出院子，跟着她跑到吉普车前。

"你怎么了？"小巫对蓝一诺喊道。

蓝一诺不回答，她发动着车子，她的呼吸急促，胸脯起伏得很厉害，她的脸还在抽搐，手也在抖，怎么也不能成功启动车辆。

小巫跑到车身前，伸手阻止蓝一诺："你情绪这么激动，不能开车。"

蓝一诺咬紧嘴唇，低声吼道："我必须马上离开这里。"

"你等等，我送你。"

小巫跑回院子，找到洪浩，和他低语几句，把自己的车钥匙扔给他，又匆忙跑回蓝一诺这边。

小巫驾驶着吉普车飞奔在回城的路上。坐在副驾驶位置上的蓝一诺始终无语。小巫不住地侧脸看她，她的脸色苍白，神色阴郁。

"你没事吧？"

蓝一诺不答。

小巫继续追问："是不是身体不舒服？"

蓝一诺还是一声不吭。

"那到底是……"小巫不能放心，他转头看蓝一诺。

"专心开你的车，小心路上有……"蓝一诺话音未落，只听到咔的一声，吉普车猛然停止，强烈的惯性使两人的身体都往前撞去。

吉普车陷入了一个大水坑里。

跳下车的两人看着歪斜在泥水坑里的车子，都有点沮丧。

"有你这么开车的吗？"蓝一诺的怒火此刻都宣泄出来，她甩掉高跟鞋，一把推开准备上驾驶座重新发动车子的小巫，自己跨了上去。

蓝一诺挂挡，踩油门发动车子，小巫脱下鞋袜，挽起裤腿，跳到泥水坑里开始推车。

几次猛踩油门，车轮只是在泥坑中打着滑，车身晃动几下，却毫无前行的迹象。

小巫累得气喘吁吁，他打量着四周，无可奈何。

蓝一诺跳下驾驶座，打开后车门，扯起座位上的垫子。

"你扯这个做什么？"小巫冲她喊道。

蓝一诺没吭声，当她从后座抱出长长的坐垫时，小巫一拍脑门，恍然大悟。

"咳，我怎么就没想到呢？"小巫上前，从蓝一诺手里抢过垫子，跳进浑浊的泥水坑中，俯下身子，把垫子塞到车后轮下。

蓝一诺回到驾驶座重新发动汽车，小巫在车后猛推，刺耳的马达声中，吉普车像一只敏捷的羚羊，倏地一下跃出泥坑。

土路上，蓝一诺绷着脸驾驶，把车开得飞快。

从来没有看到这样情绪激动、失去冷静的蓝一诺，坐在副驾驶座上的小巫有点不安，他偷偷打量着蓝一诺，等他的视线回到车前方时，他更加紧张起来。

"哎，蓝一诺，偏了，偏航了呀！你往哪儿开？"

小巫大喊出声，他看到车子此刻已经明显偏离了土路，一头闯进了路边的草地里。

蓝一诺没有理会小巫的喊叫，她加大油门，车子像愤怒的弓箭向前冲去。

吉普车在飞奔，劲风从半开的车窗里钻进来，撩起蓝一诺的头发，原本系在发间的缎带不知什么时候吹落了，短发飞起来，给正驾驶着的蓝一诺平添一份凌乱的野性美。

此刻小巫却突然有一种奇怪的感觉，他竟然无心去管这辆车会开向何处。他在她驾驶的车里，就坐在她的旁边，这个世界的其他一切事，都不重要了。

你就在我面前，我坐在你身边，全世界的风，有我一半，也有你一半。

如此而已。

吉普车一路向前进，远远的，可以看到尼罗河了。

这是尼罗河水系的一条支流，从远处可以隐约看到它蜿蜒曲折的身姿。眼前的水域开阔平缓，景色壮观，水流无声，波光粼粼。

阳光照在河面上，照在水边的青草地上，照在河边站立的两个年轻人的脸上、身上。

蓝一诺面向大河，扯开嗓子大声喊叫起来。

她的耳边，还回响着刚才婚礼场上那震天嘹亮的"O LA O LA"的丛林呐喊声，但是此刻她喊出的却是单调的一个音节："啊——"

蓝一诺用尽全身的力气喊叫着，以一种从来没有的声嘶力竭、恣意奔放的状态。岸边的风，裹住了她淡淡色泽的衣裙，把她苗条的身材勾勒得格外美丽动人。

已经走进水里的小巫惊讶地回头看着她，开心地笑了。

他觉得他看到了一个真实的蓝一诺，她早就应该这样彻底地放松一回了。

这样想着，小巫也激情澎湃起来。他一边洗涤着沾满泥巴的腿脚，一边大声吟诵起自己顺嘴改的应景名句："尼罗河水清兮，可以濯我缨；尼罗河水浊兮，可以濯我足！"

蓝一诺喊够了，抒发出自己满腔的郁闷和压抑也随着喊声一扫而光。她的声音刚停下来，就听到小巫的召唤。

"蓝一诺，快点下来，这水棒极了！"

蓝一诺低头看看自己也光着的双脚，扔掉手里拎着的高跟鞋，向河边跑去。

第二十四章 "你是女人，但你更是军人"

小巫和蓝一诺坐在岸边的草地上。

历史悠久、辽阔无边的尼罗河就在眼前，阳光无私又豁达地把光泽与温暖赐予地面上的万物。这样的情和景，似乎很容易让人敞开心扉。蓝一诺幽幽地说出自己心底的愤懑和无奈：

"你知道吗？蜜拉今年真实的年龄是十一岁。"

"蜜拉？"小巫愣怔了一下，猛然想起那个凄楚可怜的小女孩尖瘦的脸，"潘达姐姐？"

"嗯。我见过的又一个儿童新娘。"

"我听潘达说过，他姐姐今年十四岁！"

"那是潘达家人的说法。潘达不可能对咱们说出实情。何况他还是个孩子。他并不能真正理解这里面有什么不同。"

小巫苦笑："是啊，一个孩子怎么可能参透其中的罪恶？无论怎样，蜜拉都是未成年人。但在这里，早婚是陋习，更是一种传统。唉，这世上最难移除的两件事，一个是信仰，一个是习俗。"

"刚才在婚礼现场，洪浩无意间从族长口里得知这个真相。我们知道'儿童新娘'这个概念，但是没想到，看到的'儿童新娘'，一个比一个年纪小……"

蓝一诺表情沉郁，她有点说不下去了，遂扬起脸，猛吸几口新鲜空气，才感觉到好些。

"我看到一个统计数据，非洲目前每年约有 1400 万女孩成为'儿童新娘'，而她们几乎都是在父母的逼迫下过早结婚。和适龄结婚的女性相比，这些过早结婚的女孩更易感染艾滋病病毒，也更容易在怀孕和生产过程中死亡，她们的孩子死胎和夭折的风险也更大。这就是令人难以直视的现状。"蓝一诺说得很艰难。

小巫叹气："这些女孩的父母会认为结婚是保护女儿的最佳选择，全然不会想到他们的女儿失去了童年并且未来也被毁了。"

"但也不排除有些父母，他们考虑的，并非是自己女儿的人生幸福。在他们眼里，女孩儿就像是一头牛，甚至还不如一头牛。因为在这里，牛是很金贵的。用女儿换来的财富，可能还买不到一头牛。他们以物易物，自己的女儿不过是家庭资产的一部分，她们的生死完全不被在意。"蓝一诺愤愤然地说道。

听了蓝一诺的话，一张丑陋粗鄙的面孔闪过小巫的脑海。

"可恶的莫普提！"小巫暗暗握紧了拳头，"他就是个魔鬼，是个专门残害儿童的人渣。"

蓝一诺摇头："像潘达继父这样的人太多了。你可以帮助一个潘达，但是无法救助到所有陷入苦难的儿童。即使是潘达，你可以帮助他一时，也无法护佑他一生。你不可能永远留在这里，而潘达走出这片土地的机会也微乎其微。"

小巫思索片刻，眼光一闪："那么教育呢？"

"什么意思？"

"我是说教育也许能改变这一切。"小巫有点兴奋，"如果这些儿童的父母上过学，受了教育，他们就会对自己的孩子有不同的认识。就像潘达，如果他将来有了女儿，他也许就能让他的女儿避免儿童新娘的悲剧。"

"足球课堂?！"

两人同时喊出这四个字。

四目相对，都看到彼此眼中的光亮。

小巫感叹："我现在才明白，为何你今天在婚礼现场反应如此强烈。"

"其实你并不是完全了解，我心里有自己的结儿。"

蓝一诺语气幽幽，小巫没有说话，只是目光深幽地看着她。

蓝一诺承受不了这样的目光，在小巫面前，她好像无法隐藏自己的心结，也不愿回避自己的情绪。她选择向他敞开心扉，说出自己深藏心底的那个难解的心结。"那是一年前在 S 国，我们乘 UN 车去 GL 高地巡查，在回来的路上，一个衣衫不整、泪流满面的女孩跑到路中间拦住了我们的车。她看上去最多十一二岁的样子，满脸惊慌，眼泪和鼻涕弄花了满脸的浓妆。她说着当地的土语，语速很快，我们也听不明白。我能记住的，就是她瘦小的身材和稚嫩的脸庞。"

蓝一诺讲得自己的呼吸都急促起来。她停下来，缓了缓情绪，继续讲述下去："后来我们大体听清楚了她的话，她请求我们带她一起走。你知道，这肯定是不被允许的。UN 车辆不可以搭载非军事人员，我们只能拒绝了她的要求。"

蓝一诺抓起自己的衣角，不自觉地放在手里绞着，她的声音变得微微颤抖起来："她用手抓住我们的车把手，就那么死死地抓着，一双大眼睛里满是哀求和绝望。那一刻，我承认，同为女性的我无法坚持下去了，直觉想打开车门，但是坐在我身边的我的上司制止了我。"

"我不记得是谁下去，采取怎样的方式，把女孩拉开了。我只记得，车子开出去好远，我的耳边还回响着女孩绝望的哭喊声，我的眼前还浮现着女孩绝望的泪眼。"

泪水从蓝一诺眼眶中滚落，砸在了她绞着衣角的手背上。蓝一诺背过脸去，擦去泪水。

小巫没说话，他默默地看着蓝一诺，感受着她的悲伤。

"后来，我怎么都无法抑制住自己的不安和内疚，托当地的一个翻译带我打听一下那天我们遇到的那个小女孩的情况。却没想到得到更令人痛苦不堪的消息。"

"那也是一位儿童新娘，对吗？"小巫小心翼翼地问道。

蓝一诺点头："她也是十一岁。已经怀了孩子，因不堪大她三十岁的丈夫的家暴，她选择逃离。但是她在路上拦截了很多车辆，都没人救她，我们也无法救她……"

"她后来怎样了？"

"她被抓了回去，继续挨打，然后逃跑，再次被抓回，接着挨打……后来，她被打得流产，突发大出血，死了。"

小巫觉得自己的呼吸也变得急促起来，他站起身来，望着尼罗河蹙眉不语。

"今天在婚礼上，我看到蜜拉泪痕斑斑的脸，就感觉那个中东女孩的泪容又撞进我的视线。你知道吗，那张泪流满面的脸，曾经深深印刻在我的脑海里，在很长一段时间内，每当夜深人静时，它就会出现在我的眼前、梦里。我怎么都忘不掉。"

蓝一诺和小巫并肩站在草地上，面对寂静的尼罗河水，蓝一诺讲述着自己的痛心疾首。

"不知你是否能理解我的这个心结。当时，我是车内唯一的女性，可是我却没能打开车门，拉她一把。这样的遗憾，会让我悔恨终生！"

小巫深深地看着蓝一诺，他的语气充满真诚的理解和安慰："你是女人，但你更是军人。有些事，你根本无法两全。"

蓝一诺苦笑："所以，有些时候，我很羡慕你。"

小巫瞪大眼睛，难以置信地看着蓝一诺。

蓝一诺语气淡淡："羡慕你自由自在的状态，羡慕你该出手时就出手的潇洒果敢嬉笑怒骂，恣意无羁，面对罪恶，义愤填鹰时，就果断打抱不平！"

小巫哈哈笑了，对着河水大声喊："我自由，故我在！"

他回头看蓝一诺："可是你知道我更羡慕你吗？"

"你羡慕我？"

蓝一诺俏丽的眼睛忽闪忽闪的，点亮了小巫心底的小火苗，他坦率地说出自己的感受：

"没错。记得那次在蓝线，我曾向你吼'一个连枪都不佩的军人，能算真正的军人吗？'，现在想起来，我真无知，也真可笑！维护这个世界的和平安宁，不是靠枪弹大炮，也不是靠霸凌斗狠。你说得很对，不佩枪也是军人，不佩枪也可以维护世界和平。你们存在于此的意义，不是救一个人，也不是保护一群人，而是诠释和平的概念。在我心中，这是这个世界上最可贵的东西。"

蓝一诺默默地听着，小巫一声长叹。

"所以我羡慕你，能如此度过有意义的一生。如果再给我一次人生选择，也许，我会成为你们中的一员。"

小巫的话让蓝一诺突然间想起一句歌词：生命里有了当兵的历史，一辈子也不会感到懊悔。她为她的选择而骄傲。

河水无声地流着，微风轻拂，水边特有的湿润空气扑面而来。小巫感觉自己的眼眶也变得湿润起来。

阳光照射下，蓝一诺的脸颊红扑扑的，在月白色连衣裙的映衬下格外青春动人。

小巫看着这样的蓝一诺，悄悄松口气："都过去了，你心情好些了？"

"你呢？刚才吐得很厉害，现在没事了吧？"

"我啥事也没有。"

小巫夸张地做了一个扩胸动作。蓝一诺却摇摇头。

"以后注意别逞能。不能做的事，千万别硬做，否则只会害自己。"

"那要看什么事，有些事，硬着头皮也得做。谁让我是男人。"

"呵呵，大男子主义又冒头？"

"我哪敢啊。我说过，我是你的麻烦，你是我的福星。我得时刻保护我的福星不是？"

"走吧，时间不早了。"

蓝一诺站起身，向吉普车走去。

小巫想拿起晒在草地上的车垫，却突然被脚下的一个东西吸引住了，不由大声喊道："蓝一诺，你快来看，这是什么？"

蓝一诺回身走到小巫面前，看到草地上，一簇茂盛的野花，在阳光下灿烂地开着。小小的花朵不大，花瓣却很密，颜色竟然是蓝色的！

"一丛野花，很稀奇吗？"蓝一诺看着花儿说道。

"这不是普通的野花。"小巫蹲下身，抚摸着细小的花蕾，抬头示意蓝一诺，"你仔细看，这每朵花的花瓣有五片，会不会是传说中的一依米花？"

"依米花怎么会是蓝色的？"蓝一诺摇头。

"依米花怎么不能是蓝色的？"

小巫说出这句话，突然感到有点奇怪，他盯着蓝一诺："你也知道依米花？"

"我为什么不能知道依米花？"蓝一诺一愣，语气就有点支吾，"依米花嘛，非洲神奇传说中的一种花，我听说过很奇怪吗？"

蓝一诺不以为然地摇摇头，继续向前走去。

小巫却呆呆地看着这丛不知名的野花，许久不愿离开。

尼罗河从旁边流过。

河水无声，草木无言。

这个秋天，小巫一直忙碌在运输线上，把各地红十字会募集到的物资一批批运送到赛旺国。他同时利用短假期，恢复了足球课堂的教学和练球。蓝一诺也经常带领女兵班战士来这里讲课。一级医院的何瑛医生还专门给孩子们上了一堂儿童心理课，很受大家的欢迎。

活跃了心性的娃娃们开心地奔跑在足球场上，也兴致盎然地在文化课堂上学习知识。

一向胆怯的潘达已经完全绽放了大胆活泼的儿童天性，他很聪明，察觉了小巫对蓝一诺的爱慕之情。他决定帮助自己的恩人大哥哥追到可爱的诺言姐姐。

一天，蓝一诺和几个女兵来给孩子们上汉语课，当蓝一诺走上讲台，看到墙上的黑板蒙着一张纸。

蓝一诺毫无防备地上前取下纸，露出黑板上歪歪斜斜的一行中文大字：蓝一诺，我爱你。最下角，是一个简笔画，画的是一个小巫师的形象。

孩子们都哈哈大笑起来，七嘴八舌地冲着蓝一诺喊起来："蓝一诺，我爱你！蓝一诺，我爱你！蓝一诺，我爱你！"

几个坐在后排的女兵相互看看，也捂嘴笑起来。

李楠悄悄问沙娜娜："这是谁写的？莫非……"

齐薇也凑过来："上节课是飞行员上的音乐课，没准儿就是他……"

蓝一诺没吭声，她仔细打量了一番黑板上的字迹，又注意看了看最下角的简笔画署名，不动声色。

蓝一诺举起教鞭，指着黑板上的字，对下面的孩子们说："好吧，看来大家很喜欢这句话。我感到很荣幸。那我们今天就学这六个字吧。"

蓝一诺微笑地看着下面的孩子们："注意，大家刚才的发音不太对。'诺'这个字，读四声，向下走的音，n——u——o，诺。来，跟着我念。蓝一诺，我爱你。"

"蓝一诺，我爱你。"孩子们认真学习着蓝一诺的发音。

满教室的朗读声让几个女兵啼笑皆非。沙娜娜忍不住感慨："咱们兰花花太强大了，谁要是想搞她的恶作剧，不容易哦。"

"飞行员同志也 low 了点吧，这样的表白怎么能追得到超级女神嘛？我都替他急。"齐薇和李楠也凑在一起嘀咕。

蓝一诺却一点也不相信这是小巫的手笔。她教孩子们读完就开始让他们写这六个字。蓝一诺在教室里转了一圈，就知道这六个大字是谁的杰作了。

把潘达抓住审问的不是蓝一诺，而是小巫。他听说了这件事，第一感觉就是潘达干的。潘达垂下圆乎乎的小脑袋，招认了自己的"罪行"。

"你这小脑袋瓜里装的都是什么呀？小小年纪，还挺复杂的。我问你，你懂什么叫'我爱你'？"

"我当然懂了。你喜欢诺言姐姐，却不对她说，我想帮你说啊。"

"你怎么知道我喜欢……你的诺言姐姐？"

"每次看到她，你都在笑，特别开心的那种笑，一副快笑傻了的样子。还有……"

"还有什么？"

"还有雷诺先生也对我说了，他说你想追诺言姐姐，却不敢追……"

"别听雷诺胡说。"小巫摸摸潘达的头，"我知道你想帮我，但你这样，是在给我帮倒忙，知道吗？"

"什么叫帮倒忙？"

"帮倒忙就是找麻烦。"

"哦，明白了。你总说你爱给诺言姐姐找麻烦，意思就是你总给她帮倒忙？"

"别胡联系，你理解得不对。"小巫咧咧嘴，不知道该如何和这个机灵又懵懂的小家伙解释清楚。

蓝一诺倒显得无所谓，大大方方地走过来，看着潘达，向小巫赞道："这孩子真是聪明，你看他汉字写得很好。"

蓝一诺拉起潘达的手，问道："我发现你黑板上的字，比你本子上写的还要好。我一直以为写大字更难些，你是怎么做到的？"

潘达憨憨地笑："我练习很久了。大哥哥一直在教我写这几个字。"

"啊？！"

这句话不独小巫吓了一大跳，蓝一诺也警惕地扬起眉，盯着小巫，一副审视的表情。

小巫急了，忙拉潘达："你这小家伙，怎么胡说八道呢？我什么时候教你写

'蓝一诺，我爱你'这几个字啦？"

潘达一脸委屈："明明就是你教的嘛。"

"哎，这孩子，竟然敢当面撒起谎来？"小巫神色严肃，拽住潘达，就想问个究竟。这可不是闹着玩的，当着蓝一诺的面，如此被"栽赃陷害"，小巫可承受不起。

"你你你……你给我说个明白。"饶是小巫心明眼亮、伶牙俐齿，此刻也被这如天似海的"冤情"弄得舌头打结起来。

潘达从口袋里掏出一沓卡片，交到蓝一诺手里，蓝一诺看到每一张卡片上都写有一个汉字。潘达对蓝一诺解释："这些字，都是小巫哥哥教的，我没冤枉他"。

蓝一诺从中挑出几张卡片，凑成"蓝一诺，我爱你"这句话，不由得笑起来。

原来如此。小巫松口气，却突然明白自己是着了这鬼灵精娃娃的道儿了。

"这个小家伙，太狡猾了。"

"潘达是很聪明。"蓝一诺也点头认可。

事后，潘达凑到小巫和蓝一诺耳边，对他们分别说了一句话。

他对蓝一诺说的是："这六个字，我好喜欢。我知道小巫哥哥也很喜欢。"

他对小巫说的是："我算帮到你了啊，反正你刚才已经当面对她说出了'蓝一诺，我爱你'这六个字了。"

第二十五章 "相信自己，我的命在我手里"

世事如棋，人海茫茫，独步红尘，浮华世界。人与人的交往自有一种叫缘分的东西来维系。小巫和潘达这对忘年交仿佛前生有过未尽之谊，衍生了很多故事。就连小巫遭遇到的一场人生危机，也是潘达最先发现并预警的。

这个周末因为潘达的姐姐蜜拉结婚后回家探亲，潘达回家住了几天。等他周一早晨回到荣达公司时，却没看到小巫的踪迹。

这几天小巫没有飞行任务，在休假中，他答应潘达等几个娃娃，要为他们组织一场足球赛。但是到了约定的周一上午，所有队员都到齐，却没有等到担任教练兼裁判的小巫。

潘达首先跑到红十字会飞行队宿舍去找人，没有看到小巫，却见到了雷诺。雷诺告诉潘达，小巫这个周末就没回过这里，他给潘达提供了 M 国人楚曼的住址，潘达急忙赶了过去。

潘达找到楚曼还没来得及问，楚曼倒先问潘达："你的小巫哥哥在哪里？好几天了，我怎么总联系不上他？"

潘达没有手机，但是他经常玩小巫的手机，所以他拿着楚曼的手机试着联系小巫，却发现微信不回，打电话给小巫，对方竟然关机。

"这个自由自在的巫，又藏到什么地方去了？"楚曼不满地嘀咕。潘达却一句话不说，自顾自跑走了。

潘达到中国营来找蓝一诺。站岗的哨兵告诉他蓝一诺出去执行任务了。潘达就坐在营区外的墙角下等待，直到傍晚时分，蓝一诺乘坐的猛士车才回营。

"小巫哥哥失踪了！"

潘达的说法听上去有点危言耸听，一个行动力超强、神出鬼没、机灵鬼一般的大小伙子怎么可能在光天化日之下失踪了？

不仅是蓝一诺，连洪浩都觉得潘达有点过虑了。

蓝一诺劝慰潘达："你小巫哥哥是飞行员，满世界飞，也许他去执行飞行任务了？关机几天很正常。"

潘达摇头，认真地说："我去飞行队问过雷诺先生了，他说他们最近没有飞行任务。"

"那也许他去休假了？外出玩几天？他喜欢拍摄，也许去赛旺国其他城市采访去了？"蓝一诺帮着分析。

潘达还是摇头："可是他和我们约好今天上午举办足球比赛的。是小巫哥哥组建的两支球队，大家期待很久的一场比赛，小巫哥哥不会失信的。"

洪浩插嘴："会不会是小巫家中有事要去处理？潘达，你有没有问过荣达公司的韩总，小巫的姐夫？"

"我没有看到韩总，我去找他！"潘达说着就急忙跑走了。

第二天早晨，潘达再次来中国营找到蓝一诺，他的小脸都急得快变形了。

"诺言姐姐，你快去救小巫哥哥吧，他肯定被坏人抓走了！"

"别急，潘达，快跟我说说你在荣达公司打听到的情况。"

蓝一诺听完潘达的叙述，赶紧带着他找到了洪浩。蓝一诺神情有点焦虑："我感觉情况不太对，咱们是不是该去荣达公司一趟？"

"什么情况？"

"抓紧时间，路上再说吧。"

蓝一诺和洪浩来到荣达公司，看到的情况和潘达说的一致。不但没有见到小巫，就连他的姐夫韩冬也不见踪影。

蓝一诺找到公司员工打听，没问出任何有用的信息。但是传达室的看门人倒提供了一个值得注意的信息，和韩冬、小巫同时不见的，还有一个人——荣达公司的财务经理李衷。因为看门人发现李衷也是好几天没回宿舍了。

蓝一诺和洪浩商量了一下，觉得事情很蹊跷，他们建议公司报警，请当地警察局帮助查找三人的踪迹。

蓝一诺劝潘达这几天先回家住，潘达摇头："我就要等在这里，小巫哥哥不回来，我不会离开荣达公司。"

好在潘达在公司里有铺位，蓝一诺叮嘱他注意安全，就和洪浩离开了。

傍晚时刻，消息从荣达公司那边传来，当地警察局经过分析，判断这里发生了人员失踪案，联系最近在丹曼市接连发生的几件案子看，有可能是一宗绑架案，对方针对的对象，就是中国商人。

这个晚上蓝一诺一夜未眠，小巫的影子一直在她眼前晃悠。人员失踪案？绑架案？这些可怕的字眼，无论如何也与那个明朗阳光的青年挂不上钩。

蓝一诺宁愿相信小巫是在玩一场神秘的游戏。自由自在、放荡不羁的他，鬼点子多多，也许在明天早晨，小巫就会从天而降，出现在她的面前，龇着白牙开心地笑："吓你们一跳了吧？"

想到此处，蓝一诺拿起手机，点开微信，给小巫发了一条信息："别闹了，顽皮青年，快点现身吧。"

等了许久，那边一片沉默。

蓝一诺试着拨打电话，却听到"电话关机"的语言提示音。

也许，真的是有意外发生？小巫真的被绑架了？蓝一诺想到此处，心抽搐了一下，她感到不安起来。她在宿舍内来回走动，来到水房，却又忘记了自己为什么来。蓝一诺平生第一次尝到牵挂一个人的滋味。

夜深人静，躺在床上的蓝一诺辗转反侧，不知为什么，她的脑海里总是闪现自己和小巫相识以来的种种惊险的场景：

雷区遇险，两人手拉手走出险境；

在S国小巫骑摩托车飞奔救美，疾驰如闪电；

在蓝一诺的公寓，小巫落入不明武装势力的圈套，情急之下还不忘向蓝一诺高喊报警；

赛旺国重逢，狂风暴雨中，小巫犹如神兵，从天而降。

"有你在，我总能化险为夷。"这是小巫那天一下飞机就对她喊出的一句话。

"我是你的麻烦，你是我的福星。"这是小巫总爱对她说的一句话。

此时蓝一诺瞪着眼睛，望着黑暗中显得深不可测的天花板，心里有声音在反复念叨，一遍又一遍，就像心底揣着一个录音机：唯愿我真的是你的福星，能让你再次化险为夷。唯愿我真的是你的福星，能让你再次化险为夷……

第二天早晨，中国维和步兵营接到一项新命令，执行护送油料车从丹曼市至蒙德市以及建立临时行动基地的任务。维和步兵营派出一连执行这项长途任务，成立行动分队，由一连长金峰担任队长，蓝一诺作为外联组组长担任副队长，负责翻译、外交等事宜。她选择了沙娜娜、李楠两名女兵随队行动。

出发前，洪浩找到蓝一诺，和她交换了有关小巫的消息。当地警察局已经展开调查搜索，但是目前毫无任何有价值的信息。

"你在外注意安全，这边有消息，我会通知你。"洪浩叮嘱蓝一诺，蓝一诺点点头，大步走上猛士战车。

长途行进一路顺利，行动分队到达距离蒙德市五十多公里处，选择在一个村落附近建立起临时行动基地。连长金峰决定兵分两路：一部分人由副连长带领主力部队执行油料护送前行任务，另一部分跟随金峰留守基地待命。

蓝一诺和两个女兵也留在基地。她们没想到一场危机正悄悄袭来。

夜晚降临，留守基地的行动队队员们都住在临时搭建的军用帐篷中。三个女兵同住在一个帐篷里。蓝一诺跟随金峰一起检查了基地周边情况，没发现任何异常。

蓝一诺回到女兵帐篷，看到沙娜娜和李楠早早入睡了，她却毫无睡意，索性打开日记本，把沿途工作情况记录下来。这是蓝一诺从军以来养成的习惯，从中东到非洲，包括在国内，她坚持写下的工作日记都有几十本了。

完成了工作日记，蓝一诺打开手机，没有任何新信息传过来。蓝一诺点开洪浩的微信，看着沉默的界面微微发呆。

蓝一诺和衣躺在地铺上，手握着手机闭上了眼睛。她仿佛听到遥远的地方有个声音在叫她："蓝一诺，我在这里，我在这里。"

蓝一诺站起身，顺着声音走出帐篷，走向小树林。那声音还在不远的前方向她召唤："蓝一诺，在这里，我在这里。"

这次她听出来了，那是小巫的声音，他的声音轻柔如丝，温润如水，仿佛很远，却又很近，就像他伏在她耳边低语："你终于来了。蓝一诺，你就是我的福星，有你在，我总会化险为夷。"

蓝一诺加快步子去追赶那声音，却突然听到一阵刺耳的轰鸣声传来，蓝一诺凭借军人的超强听力，分辨出那是枪炮声。

"你在哪里，小巫？赶紧卧倒！快趴下！"

蓝一诺大声喊叫，前方小巫的声音却不见了。又是一阵轰鸣声炸响在前方，爆炸在黑夜里发出耀眼的光芒。

蓝一诺猛然坐起，四下打量，发现自己在军用帐篷里，旁边沙娜娜、李楠睡得正香。

原来是南柯一梦。

蓝一诺摸摸胸口，平复了一下心跳。却突然感到外边好像真的有枪炮声响起。

蓝一诺走到帐篷外，看到远处有火光照亮了天空。

"有情况！"

蓝一诺刚喊出这一声，就看到黑暗中有哨兵向这边跑来。

小巫一直陷落在无尽的黑暗中，仿佛这个世界都失明了，太阳和月亮不再更迭循环升起落下，宇宙在洪荒中静默挣扎。

这样持续多长时间了？小巫无法精确算出，但是身为飞行员，对时间和空间高度敏感，他知道自己至少在这样的黑暗中度过了七十二小时以上。

他被绑架了。现在的他，是个生死难料、前途未卜的人质。而且是自投罗网的一个人质。

那天，荣达公司的财务经理李衷脸色苍白地跑到飞行队来找小巫，他带来一个坏消息：韩冬被绑架了，李衷接到了绑匪的勒索电话，让他拿赎金救人。

小巫急忙跟着李衷来到荣达公司，打开姐夫办公室的门，眼前的种种迹象表明，这一切真实发生了。李衷想直接报警，但被小巫制止了。在没有弄清情况之前，小巫不想让姐夫有任何人身危险。

小巫陷入从来未有过的艰难抉择中。报警也许是最理智的办法，但这里不比国内，社会形态复杂，政府军和反政府军对立，还有各派系武装力量夹杂其中。在没弄清绑架者身份的情形下，报警也许无法达到解救人质的目的，反而会危及被绑架者的人身安全。

小巫在本地生活了近一年时间，听说过几起针对外国商人的绑架勒索案件，也曾从新闻中看到过有报警后人质被绑匪残忍撕票的情况出现。

小巫的眼前浮现出姐姐巫恪柔和外甥女柚柚的面容。不能让自己最爱的人失去亲人。小巫咬牙决定走虽然冒险但却是目前他感觉最有效的一招棋：交赎金救人。

小巫让李衷不要声张，暗中准备好赎金，按照绑匪的要求，由李衷单身赴会，交钱救人。

一切准备妥当，就在出发前，意外发生了，李衷因为过度恐惧，心理崩溃，几乎无法行走，更别说亲自驾车了。

李衷拉着小巫，流泪哭诉："巫先生，我不是怕死，是死不起啊。我家里有高堂父母，还有弱妻幼儿，他们都靠我这个顶梁柱支撑呢。我要是有个三长两短，全家人都完蛋了。我知道韩总一向待我如兄弟，你们巫家也对我有恩，但是我确实受不了了。我的心脏病都快犯了。这个动乱的地方，那些看不清面目的绑匪，我怕啊……"

小巫无语，他理解李衷此刻的心情，但是目前情况紧急，箭在弦上不得不发。李衷再次建议："咱们还是报警吧？"

小巫却在瞬间下定了决心："你马上联系绑匪，换我去交易，送钱过去。"

"巫先生，你也不能去冒险啊。"

"我姐夫在他们手里，我必须去救他。别耽误时间了，就这么定了。你先找地方躲避几天，如果再出意外就麻烦了。"

李衷联系了绑匪，经过一番交涉，对方答应换人交易。李衷看着小巫背着装满现金的背包驾车离去。

不知道在哪个环节出了问题。小巫按照约定来到一个密林深处的隐蔽地和绑匪交易，在交了赎金后，小巫不仅没有见到姐夫，自己也被持枪的几个人蒙上眼睛反绑双手，关入一间小屋。

送进来的一日三餐，小巫也是在蒙眼的状况下吃的，简单的三明治，一杯凉水，有人喂到嘴边。性情倔强的小巫却没有挣扎，他顺从地吃下了食物。其实眼下的小巫一点食欲也没有，但他勉强自己吃下东西，他要保持体力，来应对凶险莫测的前景。

长到二十六岁，自幼崇尚自由，喜欢无拘无束，天涯任我游的小巫第一次面临这般紧闭憋屈的境地。他并不畏死，喜欢极限运动，将空中飞行作为业余爱好的他，早已将生死看得很淡。他甚至推崇一种精神，那就是在风险中求得自由的极大绽放。

但是眼前的密室禁闭却让他有一种喘不过气的感觉。他觉得自己就像被缚住翅膀的鸟儿，怀揣凌云壮志却硬生生被打入牢笼，这样的痛苦让人感到疲困、绝望，极易陷入崩溃的状态。

小巫咬牙坚持着，提醒自己在维持体力的同时保持信心，积蓄重生的力量。眼前的境地让他想起自己当年学习飞行时遇到的状况，那是一个令他终生难忘的至暗时刻。

十八岁上大一那年，他在 M 国学习飞行。经过几百个小时的艰苦训练，终于到了该考飞行驾照放单飞的环节。

小巫记得那是一个秋天的傍晚，他和飞行教练一同上了教练飞机。飞行了一段时间后，夜幕降临。教练和小巫交换了座位，并让小巫独立操作，驾驶飞机落地。

夜航降落？这怎么可能？小巫当时惊呆了。他还没有放单飞，驾照考核测试定在了三天后。眼下又是夜航，完全没有任何经验。就像刚学会了走路，就立马被要求跑上几步，这样的挑战，尖锐得让人喘不过气来。

小巫惊愕犹疑，把自己的困惑和不安向教练提出。

教练话不多，只是简单的一句："你目前可以相信的，只有你自己。"

小巫天生的英雄情结被瞬间点燃。天不怕地不怕，喜欢冒险，喜欢挑战，在行动中想办法解决问题，这些从小就贴在小巫身上的标签，也是他命中注定的一些品质，在此时此刻起到了决定性的作用。

小巫操作着驾驶杆，脑海中回想起往日学习的规范动作，他沉稳地操控着飞机，一点点尝试着向下降落。

从舷窗望去，四周黑黢黢的，深不见底，深不可测，仿佛未知的命运，也像死亡陷阱的凝视。小巫的心脏跳得很快，这非比寻常的人生第一次直面生死的考验，让他绷紧了全身的神经。

但小巫天生具有的超强心理素质此刻发挥了作用。他看看副驾驶座上闭目养神的教练，心底升腾出一丝豁出去求生存的豪情壮志。

管他的，相信自己，我的命在我手里，我有能力带着我的教练重新回到地面！

小巫咬紧牙关，紧握操纵杆，猛地向下一推，飞机向下滑去。

平安落地后，飞行教练热烈拥抱了小巫："巫，你是我教过的，最优秀的学生。"

事后小巫才知道，自己也是这批学员中，第一个提前完成夜航降落的人。

此时此地，想起少年时代的往事，小巫万分感慨。既然命运再次让自己凝望深渊，唯有接受挑战，奋力一搏。

老天不会永远眷顾自己。如果就此失去生命，会留下什么遗憾吗？

蓝一诺。

这三个字闯入小巫的脑海。

他还没对她坦率地说出自己的心声，说出那三个虽然被世人说滥了却会被人们永远继续说下去的字。他还没有真正享受到甜美诱人的爱情，如果爱情注定是要双向感知的话。

他曾经是她的麻烦，她却总像他的福星。他想起前次在暴风雨中，他九死一生从天而降，竟然无比惊喜地发现她就站在面前。他无法自控地冲上前去，抱起她旋转，旋转，再旋转。

有你在，我总能化险为夷。

蓝一诺，你现在在哪里？

这次，我是否会再次——化险为夷？

第二十六章 "有我在，你总能化险为夷"

"防弹衣，钢盔，一个都不能少，去猛士车取武器，动作要快！"蓝一诺一边利索地穿防弹衣，一边命令两名女兵。

沙娜娜和李楠都是第一次面临真正的战争，难免有点紧张。

"外边真的打起来了？"

"是不是基地遇袭？"

李楠和沙娜娜的声音都有点发颤。

沙娜娜没戴钢盔就想向外跑，被蓝一诺一把拉住，她安慰两位女兵："别慌，沉住气，有咱们连队在，不会有问题。"

三位女兵跑出帐篷，跑向集合地点。

满天的曳光弹照亮了整个晨幕，在凌晨时分，外边传来的枪声显得格外清脆。

猛士车前，拿枪，装上实弹夹，送子弹上膛，关闭保险。每个战士都行动利落。

一连连长金峰向行动分队的几名骨干迅速发布命令：

"所有人员注意，整装带武器，到基地西侧隐蔽。一排长带领二班、三班注意观察西侧情况，马木呷带领一班负责基地东侧情况。后勤组张超负责清点人员，侦察班林锐检查哨兵岗位执勤情况，注意利用车辆夜视器材加强观察，注意做好记录取证。"

"是。"

众人分别行动起来。

金峰看向蓝一诺："副队长，你和我一起到前面观察情况。"

"是。"全副武装的蓝一诺挺身回答。

基地内一片临战气氛。

"报告队长，基地防卫的两个班已经到达指定位置。"

"好，保持警戒状态，注意观察、隐蔽。熄灭所有灯火。"

"是。"

停靠在营地大门的猛士车前，金峰和蓝一诺向外望去，所有的灯火此刻都熄灭隐去了，眼前漆黑的晨幕，伸手不见五指，根本无法看清楚营地外的情况。

透过热成像夜视仪，只能看见前方一片混沌发白，没有丝毫的动静。

金峰通过对讲机和几个哨位取得联系。

"哨兵，报告哨位观察情况。完毕。"

"报告队长，东边哨位未发现任何情况，没有人员车辆接近基地。完毕。"

"报告队长，西边哨位一切正常。完毕。"

"南边未见异常。"

"北边一切正常，无被袭击现象。"

金峰："保持高度警戒状态，随时汇报情况。"

"是。"

放下对讲机，金峰回到夜视仪前。

"观察到什么了吗？"

"除了黑暗，一无所获。"

蓝一诺回答金峰。她的眼睛一直透过夜视仪，盯着营区大门对着的前方。

一团黑雾般的夜，眼前什么也看不到。原来失去了一切灯火烛光的帮助，人们在黑夜中，会如此地无助，失能。

蓝一诺感觉自己像是置身在一个黑色铁幕笼罩下的空间，完全丧失掉视觉，唯有响彻夜幕的激烈枪声格外清脆，从听觉上感受到真实的战斗就在身边。

如果此时此刻蓝一诺和小巫能相互感知、感应，就知道他们其实在某一个时间段有着完全相同的感受：都失去了用眼睛感知这个世界的能力，一个被人蒙上双眼，一个在漆黑无任何光亮的暗夜中搜寻着。同样，他们也都正面临险境：一个被绑作人质生死难料，一个身处战火前沿，四周都是刺耳的枪炮声。

临时行动基地的战士们都静默着，听着外边的动静。整个不足两个篮球场大小的基地里氤氲着高度紧张戒备的气氛。

就在这样的戒备等待中，天色逐渐放亮。枪炮声也渐渐稀落，消失。

基地外一片静谧。

金峰命令清点人员，报告各自位置。

"报告队长，全部人员共计39人清点完毕，目前都已隐蔽。"

"报告队长，各哨位周围没有人员活动，完毕。"

"副队长，女兵在什么位置？"

"报告队长，女兵在自己帐篷周围隐蔽，人员都安全。"

"全体注意，迅速转移到西边来，注意穿戴好装备。"

"全体注意，除警戒哨兵外，迅速将所有人员集中到西侧来，而后报告。"

"报告队长，除警戒哨兵外，所有人员均已到达西侧隐蔽，人员无伤亡。"

"好，注意防护，加强观察。"

紧张的气氛随着白天的到来略有缓解，但临战状态却不能放松。蓝一诺在中东担任观察员和联络军官时，曾经有过面临实战的情形，自然比未经历过实战的战士有经验，也更镇定自若些。她来到两个女兵面前，沙娜娜和李楠目前都是紧张后略微放松的状态。

"记住，防弹衣不能随便脱掉，钢盔时刻戴好。"蓝一诺叮嘱她们。此时的天气还很闷热，加上一夜的紧张戒备，两位女兵此刻都汗流浃背。

"组长，你说，是不是天亮了，最危险的时候就算是过去了？"

"谁说战争只有晚上打？白天休息？"

"我的意思是，白天看得见，人要安全很多。"

"最安全的时候，是战争完全停止的时候。最危险的时候，是失去警备心的时候。所以，我们要……"

蓝一诺的话还没说完，一阵奇怪的声响从远处传来。

"听，什么声音？"

轰隆隆……是什么？

"装甲车的声音！"蓝一诺喊出这一声，转身向基地大门前跑去。

金峰和蓝一诺在猛士车前临时指挥地观察聆听着周围的动静。基地外围丛林里不断传来轰隆隆的装甲车的声音。

"所有人员注意隐蔽，炮手注意判明声音方向，做好战斗准备！"金峰发出命令。蓝一诺通过望远镜仔细观察着前方的情况，丛林中一辆虎式装甲车慢慢显露出轮廓。

"报告队长，一辆虎式装甲车从南向北驶来，上面有政府军旗帜。"东边哨位向金峰报告情况，蓝一诺透过望远镜看到装甲车停在基地外侧道路上，跳下来十几名身穿政府军军装的士兵，为首的一个军官模样的人在向基地方向招手示意。

金峰目测了一下，装甲车距离基地大约五十米左右。对面的政府军军官大声喊着什么。

金峰侧耳听了，距离有点远，加之英语口音的问题，他没听清楚对方在说什么。

"副队长，你的外语水平高，你来听，那个政府军军官在喊什么呢？"

蓝一诺仔细听着，翻译道："'你好，发生什么了，有什么可疑的事情吗？'他好像在询问咱们这边的情况。"

金峰命令："告诉他我们这里的情况。再反问他一句，是否知道发生了什么？"

"是。"蓝一诺对着前方，用流利的英语大声叫道，"你好，我们这里一切正常。你们知道发生了什么吗？"

对方叽哩呱啦说了一大段话。

金峰和蓝一诺都认真听着，但是该军官的英语带有浓重的当地人特有的口音，不容易听明白意思，好在蓝一诺具有翻译特有的敏锐听力和思辨能力，她精准地捕捉到对方几个关键单词，从而弄清楚对方的意思，做出准确的翻译。

"他说，他们是政府军驻蒙德地区的部队，在执行任务中遭遇到一股反政府武装势力的突然袭击，他们果断还击。经过几个小时的交火，对方退缩了。他们这边没有人员伤亡。"

金峰点头："这应该就是我们昨夜听到的枪炮声了。"

危机暂时解除，所有人都松了口气。但是基地留守部队面临的形势还是不妙。附近政府军和反政府军随时会碰撞交火。金峰准备通过电台和步兵营取得联系，向营领导汇报情况，请示下一步行动。

基地留守官兵原地休息待命。蓝一诺抓紧时间简单写了昨夜交火情况的工作记录。她刚合上日记本，就听到沙娜娜在一旁握着手机激动地喊道："有了，有了！终于有了！"蓝一诺的手机也几乎同时发出了信息进来的提示音。

从昨天交火开始，基地所有人的手机都没有了信号，和外界失去了联系。此刻蓝一诺打开手机，看到洪浩发来的一条微信：小巫情况未明，已经上报中国大使馆协助调查案情。

"小巫"两字像一根刺，其实一直扎在蓝一诺的心中。昨夜到现在遭遇紧急军情，蓝一诺责任在身，未敢心有旁骛。此刻精神暂时放松，这根刺就在蓝一诺心头隐隐作痛起来。

算起来小巫失踪已经超过四天，这个国家的战乱局势，这座城市的混乱治安，让这种绑架事件显得格外扑朔迷离，吉凶莫测。

前不久蓝一诺听到过丹曼市郊区发生的两起抢劫外商企业案件，被不明武装势力杀害的人员惨状让人观之心惊。她不敢想象小巫目前处于什么样的处境，更不敢设想极端不幸的状况会降临在那个充满朝气的大男孩身上。

他是那么有活力，他有那么多壮志豪情，他是那么的心怀善意。他想救助这里的儿童，他想通过自己做的一点一滴，为这片土地带来一点希望和暖意。

他还那么执着于自己的爱情。蓝一诺此刻想起"爱情"这个字眼，竟然会有心灵被撞击的钝痛感。

她曾经无视这份爱情，也曾经回避这份爱情，更曾经抵抗过这份爱情。她一直在坚持自己许下的人生誓言：我的爱情，就是我的理想。爱情这个词，在她这里，已经不能具象到一个人身上，而升华到她追求的事业理想中。

但是小巫真像他的代号寓意的那样，就是一个"小巫师""小魔怪"。他成功地击破了她的城池堡垒，用的不是坚船利炮，而是一种无法言说、没法抗拒的绕指柔情。

他总会出现在她的视野中，哪怕是以找麻烦的方式。上天也仿佛要成全这份看似不可能的爱情，安排两人从中东偶遇，再到非洲重逢，一次次体味"有你在，我总能化险为夷"的机缘巧合，一遍遍重复"我是你的麻烦，你是我的福星"的奇妙缘分。

蓝一诺不相信这份缘会就此断线，"我们还有大半辈子要过呢"，不知道在哪儿看到过的一句台词，突然跳进蓝一诺的脑海，她脸红了，心也热了。她拿起手机，果断打下两行字，分别发给了两个人。

给洪浩发过去的是：他不会有事的。这一点我深信不疑。

发给小巫的，是一句霸道的命令，不改往日对他的强势作风：巫恪嘉，别闹了，快现身。有我在，你总能化险为夷！

金峰通过电台和距离此地 200 公里的大本营中国营建立了联络，向营领导汇报了行动分队从昨夜到现在遭遇的突发情况。同时和距离这里 130 公里的运送油料返回的行动分队主力取得了联系，他们即将赶回临时行动基地和大家会合。

中国维和步兵营将情况上报了联合国驻赛旺国维和部队司令总部，并请示下一步行动。总部给了中国维和步兵营分队两个选择：在保证人员安全和情况允许的条件下，进一步调查交火事件原因；如果感觉情况危急，可以先行撤退回中国营。

雷江虎营长一向推崇重视"现地指挥官权力"，即战地现场指挥官在了解当时、当地态势的情况下，可以做出独立的判断、确定指挥方向并同时上报上级批准。此次如何执行总部下达的任务，他把决定权交给了临时行动基地的现场指挥官。

运送油料主力分队恰好在这时返回临时行动基地。金峰召集几名党员骨干召开了支部会议，蓝一诺在列。

会议内容是进一步理解司令总部下达的任务，初步形成两种行动方案：

第一种方案，按总部命令，考虑当地政府军和反政府军两股势力交火冲突，事态有进一步升级的可能，为确保部队人员安全，迅速回撤，这也符合维和纪律以及保护维和人员安全的原则。

第二种方案，接受有一定难度的任务，调查武装交火事件的缘由，加强基地防卫，履行维和步兵营保护当地平民的职责，建立起武装交火的缓冲地带，树立中国营勇于担当的大国形象。

金峰请几名骨干党员谈自己的看法，蓝一诺第一个表态："我提议执行第二个方案。从目前军事力量以及当前地区态势情况综合分析考虑，我们完全可以接受总部下达的调查任务。我们首先应向武装冲突的双方表明联合国的身份，继而建立起缓冲地带，划定安全区域建立临时难民营，保护当地平民安全。这是咱们维和军人应尽的义务和职责，责无旁贷。"

几名骨干党员展开讨论，最后达成一致意见。金峰庄重地宣布："经过支委会讨论，行动分队形成决议，决定执行第二种方案，同时马上上报营部。"

再次即将进入紧张的临战状态，蓝一诺找到指挥官金峰建议道："队长，咱们是否该给战士们补充一些热量？"

金峰："你指的是？"

"这两天，因情况特殊，咱们都是以干粮来补充能量。天气炎热，经过一天一夜紧张的备战状态，官兵体力消耗巨大。如果不趁着这时候补充一下体能，后面遇到更紧迫危险的情况就麻烦了。现在可以做点简单的热食，给大家垫补一下。"

金峰点头赞同："果然还是经历过实战的军人考虑得周到。补充热量，让战斗员们时刻保持良好的战斗状态，这个建议非常好。蓝组长，你目前是副队长，就请你全权负责所有队员的后勤补给支持，有问题吗？"

"没有问题，保证完成任务。"蓝一诺慨然领命。

蓝一诺带领两名女兵协助后勤人员支起锅，煮了一大锅方便面，官兵们吃到热食，喝到热汤，都感到精力倍增。

傍晚时分，蒙德方向再次传来清脆激烈的枪炮声。步兵营基地分队按事先明确的防卫方向和兵力划分，有条不紊地进入自己的战位，建立了坚固的基地防卫体系。

经过两次的交火，基地周围的平民感受到战火的危险，都纷纷向临时行动基地涌来。基地分队建立起的临时难民营开始发挥作用。近千名当地平民进入难民营中，蓝一诺指挥后勤战士煮一些食物发给这些当地平民。来此避难的男女老少对着中国军人竖起大拇指："中国，好！"

步兵营行动分队组织武装车队对交火区域进行了武装巡逻，向交火双方显示武力，以此震慑，同时查明了交火原因——是一个名为"狂野青年"的反政府武装势力，对当地政府军经常超出部落划定的活动范围感到不满，因此组织策划了这两次突然袭击。

步兵营行动分队向总部上报了调查结果，并汇报了基地行动情况。中国维和步兵营此次的行动得到总部的大力称赞，步兵营行动分队在交火区按维和步兵营作战手册采取的一系列行动完全合规，任务完成得超乎预期。此次行动组织有效、成果高效，更作为成功案例在整个驻赛旺国维和部队中进行了通报表扬。

蓝一诺还意外地接到了一通电话。来电者竟然是一个令她完全想不到的人——上次在执行联合国新任代表联谊会警戒任务时遇到的，赛旺国国家安全局联络官詹姆斯上校。

詹姆斯听说了此次中国维和步兵营的出色成绩，他特意打电话给蓝一诺，只是为了表达一个意思，他要纠正自己曾经的说法，中国军队是"Forward"而非"Backward"。

蓝一诺接受了詹姆斯的赞扬，因为这不是对于她个人的称赞，而是对整个中国军队的肯定和赞赏。

詹姆斯的突然出现也让蓝一诺心有一动，她对詹姆斯提出了一项请求。

"上校先生，我能请您帮一个忙吗？"

"上尉，请讲。如果有可能，我很愿意为你效劳。"

"请您帮忙救一个人。"

"一个人？是谁？"

"我的一个同胞，非常好的朋友。"蓝一诺犹豫一下，对詹姆斯平静地解释道，"一个非常优秀的人，他有着最伟大最迷人的品质——博爱。"

第二十七章 "你相信这世上真的有依米花吗？"

小巫脱险的消息是在步兵营行动分队结束任务顺利返回中国营的第二天传来的。

经过中国驻赛旺国大使馆的协调和红十字会的密切关注，加之赛旺国国家安全局詹姆斯上校的亲自督战调查，多方力量共同运作，被绑架的两名人质成功获救。

小巫回到荣达公司宿舍，一直等候在这里的潘达上前搂住他的腰，泣不成声："小巫哥哥，我差点见不到你了。"

"怎么会？小家伙，我是飞行员，命大着呢。"小巫撸撸潘达的头发。他没有接受姐夫韩冬先一起泡个澡的建议，而是赶紧找地方给手机充电。

和小巫一起与这个世界隔离了整整一周的手机被打开，各种积攒的信息蜂拥而至。小巫却从几十条信息上跳跃过去，目光和心灵都指向了一条：

"巫恪嘉，别闹了，快现身。有我在，你总能化险为夷！"

小巫跳进了热气氤氲的浴池中，他的所有毛孔此刻都绽放，释放出积攒已久的熔岩燃般烧般的热量。

他的心更在熊熊燃烧，炽情如焰，沸腾翻滚。他似乎承受不住这样的热量熬煎，干脆爬出浴池，来到冷水管下，用冰凉的水来浇灭这从里到外热气四溢的火焰。

"嘉嘉，你在做什么？这样热冷相激，会作出病的！"

韩冬对着小巫喊叫，小巫却像没听到一般，不顾不管地承受着冰凉水柱的浇灌，从头顶灌注到背脊再到全身直至脚下。

他需要冷却后的从容淡定，去迎接一个重逢的时刻。

重生后的重逢。

回到飞行队宿舍，小巫换上干净的衣服，一件简简单单白色圆领 T 恤，一条靛蓝色牛仔裤。他对着镜子刮干净下颌的胡茬，镜子里出现了一个清爽如昔的青年。

他驾车来到中国营门前，把车子停在距离营区几百米外的一个角落，徒步走向营区大门。

远远可见中国营营区大门，小巫没有直接上前与哨兵交涉，他停步在营区侧面的地埂旁，掏出手机，给蓝一诺发了微信，简单的九个字：我回来了，在你们门口。

五分钟过去，一刻钟过去，没有任何回音。小巫也不着急，他坐在地埂上，干脆欣赏起周围的风景来。

时间一点点过去。半个小时，一个小时，两个小时，三个小时。

手机接收短信的提示音始终没有响起。

倒是换岗的士兵发现了小巫的存在，过来盘问。

"先生，我看你待在这里时间不短，有什么事吗？"

"我在等信息。"小巫扬起了手机。

士兵警惕地问："你在这里等什么信息？"

小巫赶紧解释自己不恰当的说法："我的意思是，我在等一个人的回复。我在等一个人。"

"什么人？在营区内吗？"

小巫张张嘴想说出那个名字，突然意识到，自己在哨兵眼里超长的等待时间，略显怪异的行为，会不会又给她带来麻烦？小巫赶紧摇手："没事。也许我是弄错了和朋友见面的地方。我马上离开。"

就这样，一场满心期盼的两情相悦、久别重逢，变成了形只影单的落荒而逃。

回到荣达公司的小巫看到潘达，男孩一脸焦急失望。

"出什么事了，潘达？"

"诺言姐姐来了，都没见到你。"

"什么？！她来这里了？什么时候来的？"

"一个多小时前啊。她和几名军人一起来的，找韩总。诺言姐姐还问我你在哪里，我说你回飞行队了。"

老天！你怎么不通知我？我可以马上赶过来呀！

"我又没有手机，怎么通知你啊。"

小巫肠子都悔青了。

姐夫韩冬告诉小巫，步兵营来人是谈重要的事情。为了保护丹曼市中国企业的安全，中国维和步兵营在规划长途巡逻的线路上，将沿途的几家中国企业也包括进来，实施每日巡逻的方案，加强对中国企业的保护，震慑当地黑暗势力，确保中国企业人员、物资的安全。这项计划也经过了联合国驻赛旺国司令部的批准。荣达公司就是受惠企业之一。

韩冬激动地对小巫感叹："这下好了，有了中国军人的保护，咱们就安全了。唉，没有强大的祖国，何来安全的个人？出国方知爱国，出国更加爱国，这个道理，我算是深切体会到了！"

小巫也很兴奋。他给蓝一诺发了微信：遗憾，今日错过。

这次蓝一诺的回复相当及时：明天巡逻线上见。

小巫的遗憾继续扩大化。就在当天晚上，小巫接到了红十字会一项重要的长途运输任务，要离开丹曼市一周。

原本小巫已经超额完成既定任务，决定休假两周，他想把足球课堂继续办起来。但这次长途运输任务紧急，雷诺的腰痛病又犯了，不能工作，小巫毅然接下了任务，连夜出发。

小巫给蓝一诺微信留言：有任务，马上走。回头见。

蓝一诺回复：工作第一，注意安全。

时间是个奇怪的东西。对于陷入痛苦哀伤的人来说，时间是最好的疗伤剂；对于陷入温情等待的人来说，时间是最好的保鲜剂；对于心有灵犀、相互牵挂的人来说，时间又是最好的催化剂。

小巫和蓝一诺的这场见面因彼此工作的原因一拖再拖，一直到了中秋佳节前夕，才得以实现。

中国维和步兵营为欢度中国传统节日举办了一场军民联欢会，邀请了丹曼市当地一些中国企业的代表以及华人各界人士。

中国营张灯结彩，蓝一诺带领女兵班承包了联欢会的创意设计，中国结、大红灯笼等中国元素把庄严肃穆的军营装扮得喜气洋洋，温情脉脉。在异国他乡过中国人自己的节日，思乡不如望乡，来自祖国的元素给所有来到这里的中国人带来如同还乡的喜悦之情。

女兵们还制作了手工月饼。沙娜娜让马木呷用木头刻制月饼模子，上面印着"中国维和"四个字，于是这种月饼就被命名为"维和月饼"。

小巫在头天晚上赶回了丹曼市，他和韩冬一起受邀来到中国营参加联欢活动。

小巫的出现让许多人惊喜。他一身牛仔装，脚蹬挂着银链条的标志性靴子，显得年轻又有活力。女兵班的姑娘们惊呼有一个世纪没见到帅帅的飞行员了，她们其实没有注意到，蓝一诺看似淡淡的表情下，掩藏着一份激动和期盼。她的眸子里满含着再见故人、宛若重生的喜悦和感慨，这一点心思弄得蓝一诺心尖儿颤抖，泪眼模糊。她为了掩饰和逃开众人的审视，选择了偷偷避开单独面对小巫的尴尬场面。

联欢会的主会场设在步兵营活动室。临时搭建的舞台，红色的横幅上白字醒目：中国维和步兵营及丹曼市各界华人中秋联谊会。

中国维和步兵营和来宾们都贡献了精彩纷呈的节目。战士们表演的军体拳和少林功夫都引起了热烈掌声。女兵班排演的节目是孔雀舞，李楠领舞，十个女兵舞姿婀娜，在男性雄浑的节目中显得格外柔美出众。

女兵班几乎全体上阵表演，只余蓝一诺和何瑛坐在台下观看喝彩。何瑛是年龄较大，蓝一诺是自认从小就缺乏能歌善舞的艺术细胞，就没有参与表演。

此刻何瑛看看东边方向，低声对坐在自己身边的蓝一诺说："人家一直在找你呢。"

"谁？"

"飞行员啊。"何瑛忍不住笑，"别人的目光都在台上的十只'孔雀'身上，唯有一人，眼光一直望向这里。"

蓝一诺明白，微笑不语。

"这就是你的不是了。好歹在这里，你是主人，他是客人，你该主动热情招待一下，怎么我看你刚才对人家态度冷淡，一句话都不说的？"

"他是来参加联谊会的，又不是来找我的。"

"好吧。等看完节目，你主动点，送点月饼给人家，尽一下地主之谊。"

掌声雷动，女兵班的舞蹈结束，"孔雀们"飞下舞台，坐回到自己的座位上。

蓝一诺悄悄向东边望去，小巫不见了。蓝一诺又不动声色地四下观望一下，到处都不见那人的踪影。

台上又演了什么节目，蓝一诺都没注意到，直到她听到担任报幕员的齐薇大声说出那人的名字，才把目光投向舞台。

"下一个节目，吉他弹唱《蓝色依米花》，表演者：红十字会飞行队队员，巫恪嘉。"

小巫抱着吉他上台，可能因为台上灯光灼热，小巫脱去了牛仔外衣，一件白色圆领 T 恤，配上牛仔裤银链靴，很有邻家大男孩清爽干净的味道。

"我给大家唱一首歌，我自己作词、作曲，名字叫作《蓝色依米花》。"

小巫轻轻拨动琴弦，他看着台下问道："大家来到非洲，是否听到过依米花这种花儿？"

"没有。"

"听过没见过。"

台下有人在应和。有的人已经开始拿出手机现场搜索起来。

小巫自弹自说："依米花是非洲土地上一种神奇的花，六年积蓄能量，挣扎着开出花朵，花期却只有两天。据说只有有缘分的人才可以见到它的真容。它的花语中有着'转瞬即逝'的寓意。有人说，它代表着稍纵即逝的美丽和奇迹，也有人说，它象征着短暂却完美的爱情。"

小巫的声音低低的，充满磁性。这样的男音伴随着吉他的旋律，显得深情而隽永。善感的女兵都开始动容了。李楠甚至泪眼蒙眬，她悄悄对身边的沙娜娜低语："我感觉，此刻的飞行员，好像一个忧伤的王子，在低诉自己的满腔爱意……"

小巫继续讲述着："我想把这首歌，献给这里有爱的人们，也包括我爱的人，一个像花儿一样的姑娘……"

蓝一诺静静地听着，她的眼前，满是怒放的蓝色野花。那日在尼罗河畔，小巫曾经发现了一种小小的长着五个花瓣的野花，他猜测那会不会就是依米花，她曾打击了他：依米花怎么会是蓝色的？

但是此刻听着他的琴声，眼前再次闪现那丛可爱的小野花，蓝一诺突然间听到自己心底漾起的一种声音：依米花，也许就是蓝色的呢。

小巫已经开始演唱他的歌曲：

有一种花，据说它活在人们的梦里，

如影随形，无声无息；

有一种花，相传它开在神奇的传说中，

相伴灵魂，依偎栖息。

那些蓝色的花儿还好吗？

它是否就是我梦里的"依米"？

那些蓝色的花儿还好吗？

你就是我心中可爱的"依米"。

依米，依米，依米，依米……

YIMI，YIMI，YIMI，YIMI……

小巫一直在重复这尾音的两个字"依米"，全场的气氛都被他带了起来，男兵女兵以及各位来宾都在随声应和着。

依米，依米，依米，依米……

YIMI，YIMI，YIMI，YIMI……

感情充沛的女兵们，甚至举起双手，随着音律左右挥舞着。

依米，依米，依米，依米……

琴弦戛然而止。小巫站起身，深情的目光扫射过全场，像是把满腔的爱意抛向了这里的每一个人，当然，也会洒落在她的身上。

蓝一诺面带微笑，神情平静，心里却泪流成河，一泻千里。

小巫的歌声使联谊会的气氛达到最高点。营长雷江虎不失时机地示意洪浩拿出爆点节目——发月饼。

包含着特殊寓意、只此一家的维和牌月饼受到了到场嘉宾的极大欢迎，大家争相品尝这有意义的中秋美食。

蓝一诺拿了两个月饼，走向小巫，准备递到他手里，恰在此时，刺耳的警报声突然响起。有哨兵进来向雷江虎汇报，收到空袭预警，前方发生政府军和反政府军的火并。

雷江虎果断下命令，全体人员进入防空掩体避险。步兵营官兵行动迅速，指挥帮助来宾有序地进入一号、二号防空掩体。

逼仄的防空掩体里，人们的情绪还停留在刚才热情洋溢的联欢会上，有的人手里还握着刚刚咬了一口的月饼。外边持续响起的警报声触耳惊心，但这里的气氛却异常平静。所有人都知道，眼下是在自己军队的营区，有中国军人的守护，一切都是安全的，也是周全的。

小巫在二号掩体中，和女兵班的几名战士坐在一起。女兵们还沉浸在小巫刚才的深情演唱中。

"飞行员，你的歌，是不是盖了专属印章的呀？"沙娜娜笑着发问。

齐薇接话："废话。刚才人家不是在台上说了吗？是送给一位像花儿一样的姑娘。"

"像花儿一样的姑娘，会是谁呢？"

小巫微笑不语。顽皮的女兵可不会轻易放过这极好的调侃机会。何况眼下困在掩体里，下雨天打孩子——闲着也是闲着。她们的攻击点，就都冲着小巫来了。

"小巫，你真的见过依米花吗？依米花真的是蓝色的吗？"

"娜娜，你真笨，依米花肯定是蓝色的呀。起码在人家小巫心里，这种世上最神奇的花，就是蓝色的，也只能是蓝色的，对吧？"

"哈哈哈，不如直接说，蓝花花，兰花花……"

女兵们笑闹着，蓝一诺查完人数进来，坐到女兵这边，大家都忙闭上嘴。

蓝一诺其实在进来时已经听到了只言片语，知道这些顽皮的战友们在打趣什么。蓝一诺不动声色，提出一个有趣的建议，成功分散了女兵们的注意力。

"都别叽叽喳喳的了，今天是中秋节，最应景的事，应该是赏月。"

"组长，我们当然想赏月啊，还是第一次在异国他乡过中秋呢。真想看看这里的月亮和咱们那边的有何不同？但是这可恶的空袭……"

"怎么，在掩体里就不能赏月了？"

"掩体里如何赏月？"

几个女兵都看向她们的领头羊。蓝一诺抿嘴一笑，还没说话，一旁的小巫已经兴致勃勃地提议："咱们可以玩'云赏月'啊！"

"什么叫'云赏月'啊？"

不独女兵们的好奇心被勾起来，就连周围的一些男嘉宾和男兵们也都望向这边。

小巫看看蓝一诺，谦逊地说："你来说吧。"

蓝一诺鼓励小巫："你说，看看咱们想的是不是一回事儿？"

"OK。"小巫点头，"所谓'云赏月'是我以前在网上玩的一个游戏。好容易盼到八月十五，却恰逢阴雨天，网上的小伙伴们就开始讲述自己曾经看到的月亮：青藏高原上的一轮圆月，昆仑山脉上的满月风光，鄱阳湖水倒映出的月满波涛，关中平原托起的月光如水。大家都挖空心思，用最美的语言，讲述自己看到的月亮。"

蓝一诺接上话题："我以前上大学时也玩过这个游戏。每个人的家乡不同，看到的月亮也是不一样的。通过分享讲述，你就像神游了祖国的大好河山，看尽了各地不同的月亮。"

"组长，你的家乡，是什么样的月亮？"李楠看着蓝一诺问道。

"我的家乡，在青海一个偏僻小城。那里，有着这世上最美的月亮。"蓝一诺自豪地回答。

"这世上最美的月亮？快给我们讲讲。"女兵们都兴奋起来。

蓝一诺也不推辞，她开始讲述，语调充满深情，柔美动人。

"我们那里地方不大，没有什么著名的历史古迹。唯有一处有着四千年历史的古代人类遗迹，非常令人震撼、动容。那里，蕴含着伟大的母爱精神，它用真实的考古成果，显现出咱们中华民族爱护儿童的优秀传统。"

"你说的是喇家遗址？"小巫插嘴问。

蓝一诺点头："那是四千年前一个漆黑的夜晚，大地震和洪水同时袭击了一个小山村，暴虐的自然灾害在瞬间毁灭了曾经生活在那里的人类的一切印记。"

众人静静地听着，蓝一诺讲述着一个历史久远的悲情故事。

"时间如梭，一晃四千年过去，当考古学家挖掘出这片遗址时，感天动地的情形出现了：倒塌的房屋里，母亲伸开双臂，护着四个孩子；男子趴在妇女儿童的身上，幼小的孩童被大人保护在怀里……突如其来的灾难定格了瞬间的人类形象，却无法抹去保护妇孺、爱护孩子的伟大精神。也许，这就是咱们这个民族生生不息、延绵不绝的原因所在吧。"

小巫点头感叹："我曾经在网上搜到这个资料，一直在想，以后有机会，一定去那里看看……"

掩体里的气氛有点沉闷，沙娜娜打破了这种氛围，她问蓝一诺："很感动也很忧伤的故事。但是组长，你不是在说你们家乡的月亮吗？怎么跑题了？"

"嗯嗯，我就想说我曾经在喇家遗址上看到的，最令人难忘的月亮。"蓝一诺用诗情画意的语言，描述了自己难忘的一段记忆，"那年我十五岁，一次外语考试，我答错了一道重要的题，竟然只考了 59 分。正值八月十五的晚上，我一个人跑到荒芜一人的喇家遗址前流泪。我感觉，我的学习状态不好，离自己的人生梦想似乎更遥远了。"

蓝一诺讲述着，仿佛看到少女时代的自己，独自忧伤，孤独地徜徉在黑黢黢的荒凉得有点吓人的古迹上。

"我当时就想呐喊，用尽全身的力量呐喊，喊出自己内心深处的不安、憋屈和失望。"

随着蓝一诺的讲述，小巫却想起前不久，在尼罗河畔那一幕：蓝一诺对着河水大声喊叫着，将压抑许久的郁闷统统释放。

"我真的喊了，喊得我嗓子都哑了。就在这时，乌云散去，一轮明月显露在天幕上，是那么的圆润、光洁、庞大。"

蓝一诺用手比画着她那时看到的月亮形象："真的，你们想象不出是怎样的一轮圆月。我从来没有见过，以后也再未曾见过那么圆、那么大、那么亮的月亮了。仿佛这月亮就是被我喊出来的一样。"

蓝一诺轻轻地笑了："你们现在能想象得到吗，当时我看到的景象？"

小巫提醒众人："大家可以闭上眼，听她的讲述。"

在场的人们果然闭上了眼睛。蓝一诺的声音幽幽：

"眼前是有着四千年历史的古遗迹，头顶是圆润饱满、熠熠生辉的一轮满月，一切都是永恒的、无限的，除了生命。今人不见古时月，今月曾经照古人。人生匆匆数十载，而真正的世界却在时间与空间的长河里无穷无尽。在这些永恒无限的东西面前，人类是那么的弱小、微不足道。生命尚且如此，我的哀愁和幽怨，还有价值吗？"

小巫叹息："从此你领会了生命的意义和生活的真谛。"

蓝一诺点头："我也说不好这些大道理。反正从那一天起，我再也没有感觉到有挫折可以轻易打倒我。遇到问题，解决就是；遇到沟坎，跨过就是。只要一直向前，就是生命的方向，也就是人生、理想的方向，对吗？"

何瑛第一个鼓起掌来："小蓝，今天我才终于明白，你如此优秀，原因在此。"

"何大姐，您过誉了。我只不过是在和大家分享一段赏月的经历，大家继续啊。"

危情解除，大家走出掩体，已经是下半夜。小巫抬头看看天空，阴云密布，看不到一丝月亮的踪迹。但是他的心中，今晚升起了一轮最美、最亮的月亮。

小巫随着参加联谊会的嘉宾们离开中国营时，已经是黎明时分，朝阳如火，燃烧在天边。

维和步兵营的官兵们欢送众人，瞅了一个没人注意的空隙，小巫和蓝一诺进行过一番对话。

"如果将来有机会，我一定要去一次你的家乡，去那个四千年的古遗迹上走走，也许，还能碰巧看到你说的最大最圆的月亮。"

"那你得赶到八月十五那天。哦，不一定，只要农历的每月十五日都行啊。"

"初一十五的，倒没什么，我是想说，如果能和你一起去，那才有意义。"

"好啊。有机会，欢迎你去我家乡，我陪你一起去喇家遗址。"

蓝一诺爽快地做了一个承诺。小巫幸福地笑了。

金灿灿的朝阳下，小巫望着蓝一诺，阳光给此刻的她镀上一层金色，俏丽的轮廓看在小巫眼里，竟然有了一种神圣的味道。

恰如神圣的爱情。

小巫问蓝一诺："你相信这世上真的有依米花吗？"

看到蓝一诺迟疑的表情，小巫坚定地说道："我相信有。就像我相信，这世上存在着另一个相似的我——我的灵魂伴侣。"

小巫站起身，朝着前方晨曦中，在一棵孤零零的芭蕉树映衬下显得格外空旷莫测的草坪，大声吟诵起来："我将于茫茫人海中，访我唯一灵魂之伴侣。得之，我幸；不得，我命。"

蓝一诺微微点头，徐志摩的句子。

小巫定定地看着蓝一诺："咱俩打个赌吧？如果我找到了依米花，蓝色的依米花，你就要相信，这世上存在灵魂伴侣。"

蓝一诺没有点头，也没有摇头，但鬼使神差地，眨了眨眼睛。

小巫笑了："咱们一言为定。"

第二十八章　"并不是只有佩枪才能维护和平"

中秋节刚过，中国维和步兵营接到一项新的任务——成立武装护卫分队，护送联合国五名民事调查员从丹曼市赴伊索兰地区调查拉姆村事件。武装护卫分队共计选拔 45 人，由副营长洪浩担任指挥官，外联组组长蓝一诺作为唯一的女兵跟随分队行动，她的任务是翻译和外交，同时还负责其中女调查员珍奈特女士的陪护工作。

这次联合国民事调查员调查的目的地在距离丹曼市 200 公里外的伊索兰地区梅耶镇的拉姆村。该地发生了种族冲突，有十余名妇女儿童死亡。

去程的长途护送十分顺利。到达拉姆村后，五名民事调查员进行了现场勘探，走访村民，实地取证，调查任务如期完成。

意外发生在返程中。因为走访当天天色已晚，按照原定计划要在伊索兰地区住宿一晚。武装护卫分队在距离梅耶镇五公里的地方建立起临时行动基地，官兵们在帐篷和步战车内准备过夜。蓝一诺却突然来找洪浩商量一件令她为难的事情。

原来女调查员珍奈特患有严重的皮肤病，每日都要热水泡澡，她提出要去梅耶镇上的酒店住宿。

"这不可能，梅耶镇距离政府军和反政府军的一个交火区域非常近，这也是咱们成立武装护卫分队护送民事调查员们来此处工作的原因。"洪浩严肃地对蓝一诺说道，"怎么可能在镇上宿营？这不是开玩笑吗？"

蓝一诺为难地说："我已经和他们解释了半小时了，珍奈特女士非常固执，完全不听任何警告。她已经拿着背包准备离开，我给硬拦下了。现在三班长张威在守着她呢。"

"胡闹。"洪浩拔腿就想去看看情况，另一名男民事调查员戴维走来，激动地对洪浩说："少校，我们五个人已经达成一致意见，我们必须住到梅耶镇上去。珍奈特女士需要热水泡澡，而我有严重的幽闭症，无法在步战车或者帐篷中过夜。"

洪浩耐心地解释："戴维先生，梅耶镇距离交火区太近，根本无法确保你们的安全。请你们配合我们的工作，忍耐一下，凑合一夜，明早咱们就启程回丹曼了。"

戴维一直摇头，洪浩正要劝说，珍奈特和其余三名调查员也走过来，一起向洪浩施压。

"对不起，女士们，先生们，作为武装护卫分队指挥官，我无法满足你们这样的要求。"洪浩再三解释，但是几名调查员情绪一直很激动。

蓝一诺也在一旁向调查员们说明情况："根据步兵营作战手册标准作业程序的要求，民事行动在武装护卫情况下，指挥权限一律在武装护卫分队。请大家配合我们的工作。"

戴维和珍奈特几人都直摇头："作为联合国文员，我们希望我们的要求得到你们的重视、理解和尊重。如果涉及职责问题，我们五人可以写下免责书。"

"没错，我们的安全问题由我们自己负责，中国少校，我们马上写免责书，解除你们的顾虑。"

夜幕渐渐降临，这里秋天的蚊虫依旧猖獗，蓝一诺看着乱飞的蚊子，忧心忡忡地再次提醒调查员们："请大家跟随我们到帐篷和步战车里宿营。长时间暴露在野外很不安全。"

几名调查员固执己见，完全没有商量的余地。

洪浩无奈，只好和蓝一诺商量，做出艰难的决定："再拖下去，情况会很麻烦。我决定，成立临时行动小组，由你担任组长，带领一班、三班去镇上担任护卫，为五名被保护人员提供 24 小时武装护卫。一班长马木呷、三班长张威协助你的工作。"

"也好，只能这样了。"蓝一诺也无奈地同意这个妥协方案。

"派你去，是你陪伴珍奈特女士方便些。"

"我明白，这个任务只能交给我。"

"一诺，注意安全，多长个眼睛。"洪浩仔细叮嘱。

"放心，我会的。保持通讯畅通，我会随时向你汇报。"

蓝一诺带领临时小组护送五名调查员进入梅耶镇酒店，安排好五人的住宿，蓝一诺又检查了一班、三班在酒店内外设立的岗哨，看到马木呷、张威亲自带班负责警戒，蓝一诺暗暗放心。

回到酒店大堂，一个熟悉的身影晃入蓝一诺眼帘。

"小巫？"

正准备上楼的巫恪嘉回头看到蓝一诺，也惊讶地瞪大眼睛。

"一诺？你怎么会在这儿？"

突然的相遇让蓝一诺意外又兴奋，她都没注意到小巫对她的称呼已经悄悄改变，一声"一诺"自然而亲切，不露痕迹。

两相交谈，蓝一诺才知道小巫和他 M 国的朋友楚曼已经来到梅耶镇三天了，他们也是为拉姆村冲突案件而来。他们两人走访了附近村落，了解到事件真相，搜集拍摄了第一手资料。楚曼会充实他的文章内容，而小巫决定制作一期节目，以拉姆村血案为背景，呼吁人们关注这个地区儿童的安全。

蓝一诺叹息："你们都是执着的人，但是也要注意个人安全。这里离政府军和反政府军交火地带非常近，最好能尽快离开。"

"明白，"小巫咧嘴，露出标志性白牙，"我们明天早晨就回丹曼。一诺，你在这里执行任务，也要加倍小心啊。"

这句话才让蓝一诺注意到小巫对自己称呼的改变。目前正在执行任务中，她无暇顾到这样的小事，只好忽略过去。

蓝一诺任务在肩，她匆忙和小巫分手，上了楼。

蓝一诺敲开珍奈特的房门，叮嘱道："珍奈特女士，我就住在你的对面。请早点休息，如果有事，可随时叫我。"

"好的，美丽的上尉，谢谢你的陪伴，晚安。"已经洗完澡换上睡衣的珍奈特神情惬意，笑脸盈盈。

蓝一诺回到自己房间，和衣躺在沙发上，把对讲机放在身边。她看看手表，已经临近子夜时分。

夜深人静，一切归于安宁。

突然间，砰砰两声，天空燃起两颗信号弹。

闭眼处于浅眠状态的蓝一诺猛然睁开眼睛，她刚跳起身，就听到周围响起密集的枪声。

"组长，前方一百米，政府军和反政府军发生交火！"对讲机中传来马木呷急促的声音。

"保护五名调查员，准备撤离。"蓝一诺果断下令。

张威带两名战士跑来，蓝一诺命令他："你负责安排四名男调查员尽快撤出房间，通过楼下大堂，准备上步战车。"

张威问："那珍奈特女士呢？"

蓝一诺："由我负责带她撤离。"

"是。"张威和战士挨个敲戴维等人房间的门，引导四名男调查员撤离房间。这些调查员身为联合国文员，平日里很少直接接触到战争交火场面，此刻听到外边枪林弹雨的大动静，都惊恐万分，步履跟跄。步兵营战士两人一组，搀扶着他们下楼。

蓝一诺急急敲珍奈特的房门，半天没有动静。蓝一诺咬咬牙，暗暗运气，一脚踹开房门，只见房内空无一人，床上被褥散乱，却不见人影。

蓝一诺伸手摸摸被褥，还是热的。蓝一诺判定珍奈特一定还在房内。

"珍奈特女士，你在哪儿？"

蓝一诺边喊边检查卫生间及衣帽柜，到处都没找到人。蓝一诺打量四周，躬身撩开床帏，看到穿着睡衣的珍奈特缩成一团，藏在床底。

蓝一诺伸手："赶紧出来，珍奈特女士，咱们要马上撤离这里！"

珍奈特浑身发抖，嘴里却发不出声音。

蓝一诺明白她这是被突如其来的战火吓坏了，已经失去往常的行动能力。蓝一诺爬进床底，把珍奈特拽了出来。

蓝一诺搀扶着珍奈特走出房门，珍奈特的身体一直在颤抖，她目前精神陷入崩溃边缘，说不出话来，只是一个劲儿地摇头，喘息沉重。

由于过度紧张，珍奈特的双腿发软，浑身无力，行动艰难，几乎挪不动步子，完全靠蓝一诺拖行着来到楼梯前。身为白人妇女，人高马大的珍奈特要比蓝一诺高出大半个头，蓝一诺瘦削的身子几乎要被她压垮了。

蓝一诺咬紧牙关，用尽全身力气架扶拉拽着珍奈特一步步蹭下楼，正在勉力支撑中，蓝一诺突然感觉肩上一松，一只有力的胳膊从后面托起珍奈特的身子。

是小巫及时赶到，他支撑起珍奈特大半个身子，蓝一诺终于有机会长喘口气。

"你怎么来了？"

"不多说了，我帮你，赶紧撤。"

小巫行为果断，行动力强，力气也很大，他几乎是把珍奈特半扛在肩头送下了楼梯，来到大堂。

目前整个酒店都处于激战区域。密集的子弹甚至打在酒店大堂西侧的墙壁上，大堂内一片惊呼声。所有人员都伏身在地毯上不敢抬头。

蓝一诺以墙角为掩体，拿着对讲机和酒店外的马木呷取得联系。

"一班长，你现在在哪里？"

"报告组长，我们一班九名战士集中在步战车里，距离酒店大堂十来米，目前这里处于交火地带，被枪弹压制，无法进入酒店救助被保护人员。"

"明白。一班长你带领一班战士坚守在那里，不要盲动，等待时机，再接应被保护人员撤离酒店，进入步战车。"

"是，组长，一班明白。"

蓝一诺匍匐到张威面前："三班长，等枪声稍歇，咱们要抓住机会赶紧撤离酒店。四名男观察员还是由你负责，务必让战士们将他们安全护送到步战车上。"

"明白。组长，珍奈特女士好像走不动了，要不要我们协助？"

蓝一诺摇头："你们那边任务也不轻。照顾好四名男士，确保他们万无一失。女士这边我来负责。"

"是。"

蓝一诺向侧面一个利落翻滚，回到珍奈特身边。

蓝一诺握住珍奈特的手，安慰浑身不住颤抖的她："别紧张，我们会安全救你出去。"

蓝一诺看向一旁的小巫："幸亏有你。"

小巫镇定地眨眼："继续合作愉快，力争脱离险境。"

枪声渐渐稀落，逐渐停止下来。蓝一诺果断指挥："抓紧时间，迅速撤离！"

蓝一诺和小巫一左一右架扶起珍奈特，把她带出酒店，马木呷带领战士前来接应，顺利把几名联合国人员安全护送到步战车上。

小巫和同时撤出大堂的楚曼准备走向自己的汽车，却被蓝一诺叫住："为了安全起见，上我们的车，一起回丹曼。"

小巫摇头："你们 UN 车不得搭载平民，这规矩我知道。我可不想让你再犯错误。"

"特殊情况，特殊处理。事后我自会写明情况上报。现在听我的命令，你俩赶紧上车。"蓝一诺军容威严，语气强硬。

小巫还想争辩，受到惊吓的楚曼已经抢先爬上了步战车。

离开梅耶镇不到一公里，临时行动小组的步战车被一群持枪的人拦住。看他们的装束，是政府军人员。

马木呷上前交涉片刻，又跑回到蓝一诺的步战车前。

"组长，对方是政府军，他们号称要对从交火区域出来的任何车辆任何人员进行全面检查。"马木呷凑近蓝一诺，低声说道，"对方很强硬。眼下还没完全脱离危险区，我们要尽快通过，免生意外。"

蓝一诺稍一沉吟，决定道："我去交涉。"

蓝一诺跳下步战车，却看到小巫也跟着跳下来。

"你干什么？"

"我陪你去。"

"你陪我？开玩笑！"蓝一诺扬起眉毛，"你又不是军人，去什么去？快回车上。"

"你是军人，却不带枪。"

"作为步兵营女兵，我可以持枪。而此次任务中，我的身份是翻译，按规矩不能佩枪。"

蓝一诺准备向前，小巫抢先一步拦住她。小巫指指前方持枪的政府军："你看看他们，荷枪实弹，杀气腾腾。你这样上前，会有危险！"

"我心里有数。你不是军人，此刻最应该做的，是回到步战车上去！"

蓝一诺音调提高，口气严峻地再次命令小巫："上车！这是命令！"

小巫满脸担心，他还想对蓝一诺说什么，马木呷把他推向步战车。马木呷低声对他说了一句："我会保护她，放心！"

小巫回到步战车上，又一次为自己不是军人扼腕叹息。

蓝一诺走到政府军临时哨所前，用流利的英语开始交涉。不管蓝一诺亮明他们的联合国部队人员身份，还是讲述自己分队的任务，对方为首的政府军少尉通通摇头："我只听命于我的长官，得不到他的命令，我不会放行。"

马木呷低声对蓝一诺建议："组长，碰到这死心眼子的，算咱们倒霉。咱们是否联系副营长，请他通过电台向营部上报，请求总部帮助协调政府军方面？"

"远水解不了近渴……"蓝一诺蹙眉思索，突然灵光一闪，她记起一个人来。

蓝一诺背过身去，掏出手机拨打电话，低声说了几句，就把电话递到政府军少尉面前："少尉，有个长官想和你通话。"

"长官？哪个长官？"少尉将信将疑地接过蓝一诺的手机，听筒里传来怒不可遏的斥责声："少尉，我不知道你的名字，但是一分钟后你会接到你的直接上司的电话，马上放行，不得有误！"

政府军少尉一头雾水，他把手机还给蓝一诺，果然一分钟后，哨卡上临时拉线的一部电话响了。士兵叫少尉去接电话。

马木呷惊讶地看着蓝一诺："组长，你这是给何方神圣打了电话？"

蓝一诺抿嘴一笑："天机不可泄露。这是军事机密。"

政府军少尉再次跑过来，对着蓝一诺认真敬了个军礼："对不起，上尉。刚才是一场误会。请你们马上通过。前面五百米处还有一个哨卡，我已经打好招呼了，绝对保证你们顺利通过。"

"谢谢，少尉。"

"上尉，一路顺风。"

蓝一诺回到步战车上，迎面看到小巫惊讶的眼神。其实惊讶的不只是小巫，步战车上的所有人都用钦佩的目光望着蓝一诺。

顺利回到临时行动基地，蓝一诺向洪浩详细汇报了这一程的惊险经历，洪浩听到最后通关这一段时，不由得感叹："那个政府军少尉怎么也不会想到，你手里竟然握有一张'王炸'牌。"

蓝一诺笑道："难怪革命领袖有名言曰，'所谓政治，就是要把朋友搞得多多的，把敌人搞得少少的'，又说'我们的朋友遍天下'，真是至理名言。关键时刻，这些朋友就起作用了吧。"

洪浩赞许："你出色的外交能力让你做到了这一切，必须为你点赞。"

"是我们的国家强大，我们的军队优秀。"蓝一诺认真纠正洪浩的说法，"任何语言都是苍白无力的，外交手段背靠的是有效的行动和真实的实力。咱们维和步兵营几次任务的圆满完成，纠正了詹姆斯上校的偏见，他昨天电话里，又一次称赞中国军队是'Forward'而非'Backward'。"

蓝一诺对小巫讲述了自己认识赛旺国国家安全局詹姆斯上校的经过。小巫才明白如洪浩所言，蓝一诺手握的"王炸"是什么。

蓝一诺接着就揶揄起小巫来："你还在担心我作为军人不能佩枪吗？"

小巫无言以对。

蓝一诺语重心长："跟你说过很多遍了，并不是只有佩枪才能解决争端，并不是只有佩枪才能维护和平！"

第二十九章 "一诺，我爱你"

五名联合国调查员经历了梅耶镇惊魂一夜，为自己的任性行为向中国维和步兵营的官兵致歉。珍奈特受到过度惊吓，出现了应激反应，蓝一诺安排何瑛医生对她做了心理辅导，情况明显好转。

洪浩却因自己指挥失误出现纰漏受到了处分。蓝一诺为他抱不平："当时的情形，我全程在场啊。几名调查员情绪激动，完全不听劝诫，情况特殊，咱们确实无能为力。"

洪浩却态度坦然："是我的错误，就要勇于承担，这没什么好说的。根据步兵营作战手册标准作业程序的要求，民事行动在武装护卫情况下，指挥权限一律在武装护卫分队，也就是说，最终决定权是在咱们手里。是我自己没有坚持原则，感性战胜理性，差点酿出祸端。"

蓝一诺知道他说得很客观，就不再说什么。

洪浩郑重地向蓝一诺建议："你可以把这个案例记录下来，帮助其他同志，尤其是后面过来接班继续参加维和行动的指挥员，增强意识，提高警惕，避免同样的错误发生。我想，这也算是我这个处分的一点儿意义了吧。"

"这也是我佩服你，愿意和你成为黄金搭档的原因所在。"蓝一诺笑着称赞洪浩，"直面错误，真诚坦率，勇于承担，责任大于天。洪浩，我要为你点赞，直接按动10086下！"

蓝一诺勾勾手指，洪浩笑着摆手："不敢当，不敢当。我才不是你的什么黄金搭档。你的搭档另有其人，别拿我做幌子啊！"

"另有其人，谁啊？"蓝一诺一头雾水。

"装聋作哑？忒不真诚了！"洪浩撇撇嘴，转身就走。蓝一诺跳上前拦住他："你把话说完，别藏着掖着的，这可不是你洪浩的风格作派！"

洪浩站住，盯着蓝一诺："梅耶镇的事我都听说了，危急时刻，有人助你一臂之力，功不可没。"

"你说小巫？那真是巧了。那晚他正好也留宿在那里，撤离酒店时，倒真的幸亏有他，帮助我把近乎吓瘫的珍奈特女士架出了酒店，送入步战车中。"

洪浩点头不语，蓝一诺微笑："那天我和他的配合倒也默契。虽然是第一次联手救人，却好像演练过，合作起来竟然完全没有生疏感。"

"心有灵犀一点通？这个感觉就对了。"洪浩也笑了，"有些人，搭档一辈子，也找不到任何默契点，有些人，搭档一次，就是一拍即合的感觉。"

蓝一诺哈哈笑："洪浩，你快变成大哲学家了。一点小事，都生发这般大道理。"

"是小事吗？"洪浩看着蓝一诺的眼睛，轻轻摇头，"我从小巫那里看到的，可是大事，天大的事，一辈子的大事。你呢？会无知无觉，无情无义？我不相信。好歹我算你的蓝颜知己，对吧？"

蓝一诺低头踢踢脚边的小石头，坦率承认："我和他虽然没说，其实都在心里达成了默契，时机不成熟，客观条件不允许，一切都要隐忍、克制。人生道路漫长得很呢，何必争一时一刻的爽快和任性？"

蓝一诺抬头，望向远处的芭蕉树，那里有成双成对的鸟儿在树间玩耍、鸣叫。蓝一诺语气轻柔，像是自言自语，也像是在对整个世界诉说。

"一切随缘，一切放下。就像依米花——小巫那天歌里唱到过的那种花儿，六年沉默忍耐，暗中等待，积蓄能量，不急不躁，最后开出了最神秘最浪漫的花朵，把自己活成一种传说，成长为一种传奇。也挺好！"

"YIMI，YIMI，YIMI，"洪浩哼起小巫那天唱的歌，笑着摇头，"不要这么残忍好吧。人不是花，没必要干熬六年。咱们在这边任务区的时间只剩不到三个月了，我前次问过小巫，他在红十字会飞行队的服役时间也即将到期。翻过年去，就是春天，春天来了，花还不开吗？"

蓝一诺心里的花儿已经绽放起来。她也隐藏不住如花的笑靥。不想被鬼灵精的洪浩发现再取笑自己，蓝一诺选择赶紧离开。

她刚转身要走，就被洪浩的一番话叫停了步子。

"下周六我约小巫来咱们连队吃饭。"

蓝一诺狐疑地盯住洪浩："下周六？他来咱们连队？还……吃饭？"

"对啊。"

"什么好日子啊，还聚餐？"

"某人可喜可贺的好日子，她自己不记得，有人记得，咱们部队上的优良传统不能忘啊。"

洪浩只是笑，笑得蓝一诺突然明白过来，自己掰着指头算算，也忍不住笑了："下周六是我的生日，我真的都忘到没影没边了。"

"个人忘记不要紧，集体不忘就可以。咱们步兵营在维和任务区已经给368名战士过了生日，你是第369个。同一天，还有二班副班长周飞，四班战士黄雷，你们仨一起过。标配饭食，很有意义。"洪浩说得认真，蓝一诺却听出来不对劲之处。

"可是咱们每次都是关起门来给自己的战士过生日，没听说过请外人的。"

"小巫也不能完全算外人吧？"

"他怎么不是外人了？非步兵营的人，都叫外人。"

"根据目前种种迹象分析，他会在不久的将来，以军属的身份成为'内人'。"

"洪浩，你又没正形儿了。"

"开句玩笑。一诺，你也不必多心。其实请小巫来，也不完全是因为你的生日。他总在我面前提，想尝尝咱们军营的'兵哥兵姐饭'，我就借这个机会满足一下他的要求。你放心，营长批准了，他对小巫印象也很好。何况你和另外两名战士，三个人，算是过集体生日，也不显眼。为了避嫌，我还让小巫把潘达也带来，这样，就更没问题了。"

蓝一诺还是觉得哪里不对劲儿，但是她也说不出完全反对这样做的理由，只好罢了。

晚上小巫给蓝一诺发来信息，小心翼翼地试探口气："洪浩约我周六去你们步兵营。"

"哦，知道了。"

她这回答是啥意思？不经意？懒洋洋？小巫看着手机上蓝一诺的回复反复品读咀嚼。

"我一直特别期待，能体会一下军营的生活，吃一次军营的饭，听说有个很牛的名字——'兵哥兵姐饭'。"小巫手指灵动地敲击手机键盘，发出一条信息。

蓝一诺的回复仍旧是漫不经心式的："'兵哥兵姐饭'？别玩啥概念，也别想太多，普普通通一餐饭而已。"

这样的回答让小巫完全不得要领。但是小巫已经不在意了，能得到如此这般千载难逢亲近她的机会，他已经是惊喜万分，手舞足蹈了。

蓝一诺的生日，他该给她送一个什么样的礼物呢？小巫陷入焦虑中。那本蓝色的花儿影集还没有做好，他还没有找到并拍到蓝色依米花。身处物资贫瘠的地区，一时半刻也找不到买礼品的地方。小巫无计可施，满心郁闷。

恰好这周末小巫接到任务飞了一趟班嘉市，那里是边境口岸，小巫幸运地在当地的工艺品市场上淘到一件宝贝——一个蓝色玫瑰的干花工艺品，精致的玻璃盒中，一朵蓝色的玫瑰花被抽干水分，定格它怒放时的模样。

小巫在收集各式蓝色的花时，刚好找到过蓝色玫瑰，它代表的花语是"奇迹、爱"，小巫曾在自己精心拍摄的蓝玫瑰旁写下这样一段话：遇见你是奇迹，我自会好好珍惜。

眼下小巫拿着这件千载难逢的物件儿几乎快乐晕了。啥叫踏破铁鞋无觅处，得来全不费工夫？信哉斯言——蓝色，花儿，还是玫瑰！小巫觉得这是老天的恩赐，也是特殊启示，这就是他送给蓝一诺绝佳的生日礼物。

充满期待的日子似乎过得特别慢，转眼已是周二的早晨，小巫却觉得离周六好像还有一个世纪般漫长。

小巫坐在飞行队的宿舍里，看着手里的那盒蓝玫瑰干花发呆，雷诺进来，小巫都没有发现。

雷诺抢过小巫手里的干花工艺品看了看，笑着问："这是送给蓝上尉的吧？"

"她过生日，送个小礼物。"小巫说得轻描淡写。雷诺呵呵笑起来："蓝玫瑰又叫蓝色妖姬，用来代表爱情却不吉利哦。"

"为什么？"小巫惊讶。

雷诺努努嘴巴："在我们国家，蓝色妖姬代表着不可能得到的爱。你想想，无望的爱情，这很吉利吗？"

小巫呆住了，看着手里的蓝玫瑰微微发愣。雷诺看他当真了，就拍拍他的肩膀："其实也无所谓了。世上的花千朵万朵，每个国家花的花语也不同。你不必太在意。哎，蓝上尉是最近过生日吗？哪一天？"

"本周六。"

"哦，"雷诺计算着，"她们每周一、周四会去一号难民营巡逻，搜查武器，周二、周六去二号难民营。如果蓝上尉周六过生日，会不会他们巡逻时间有变化？"

小巫没在意他的话，随意回答："她过生日，不会和工作有什么冲突吧？"

"那你确定他们步兵营到难民营搜查的时间不变吗？"雷诺似乎很关心这件事。

小巫有点诧异了："你怎么这么关心这件事？"

雷诺脸上露出不自然的表情，他掩饰着把蓝玫瑰工艺品塞回到小巫手里，匆匆说了句"我就随便说说"就急忙走了。

这件事在小巫心里留下一个问号。等到了第二天中午，飞行队队长，被小巫他们称为"老吉姆"的 K 国飞行员告诉了小巫一个令他震惊的消息。

原来雷诺私下加入了当地的一个走私组织，把赛旺国的一些古代文物偷运出境，他们这个组织庞大，经常把走私文物藏到难民营中。

小巫震惊。联想到雷诺昨天向自己打听步兵营搜查难民营信息的情景，小巫心里紧张万分。他又仔细回忆了这段时间雷诺的反常行迹：经常偷偷带不明物品回宿舍，以腰痛病为由拒绝执行飞行任务，寻常会有意无意向自己打听和蓝一诺交往的情况以及蓝一诺的工作信息。

天呐，我竟然又给她招来麻烦了！小巫突然感觉自己呼吸不畅起来。他急忙掏出手机，想告诉蓝一诺。他点开和蓝一诺私聊的界面，发了一个打招呼的表情。

且慢！小巫突然一激灵，收回了自己刚才冒出的念头。雷诺的事情自己并无确凿证据，该如何向蓝一诺言明真相？如果此事传开，广为扩散，会不会反而为蓝一诺招来闲言碎语，引来莫须有的事端？毕竟自己和她的来往，是雷诺可以利用的条件。如果果断掐掉这个条件呢？和她暂时断绝关系，不能让她在维和军旅生涯的最后一阶段再陷入麻烦境地。

小巫瞬间打定主意，他立刻收手，关掉了手机。

回头再看看那个蓝玫瑰干花，小巫觉得真像是不祥之兆。他悄悄把这个工艺品塞到抽屉中。

蓝一诺此时正在食堂吃午饭。今天没有任务，她处于休息状态。她看到小巫发来一个打招呼的表情包，自己也挑了个回应的表情包发了过去。

奇怪的是，那边再无任何消息传过来。

这人怎么回事啊？欲言又止？也许是发错人了？或者，是突然接到工作任务？

蓝一诺猜测了几种可能，也就把这件事丢开了。

周四早上阳光灿烂，步兵营这天要例行去一号难民营巡逻，还要配合维和警察搜查武器以及违禁品。因为一号难民营区域妇女儿童居多，巡逻分队特意多加了几位女兵。蓝一诺亲自带队女兵班六名女兵，和一连一班、三班一起登上猛士步战车。

这天的工作进展顺利。在即将离开难民营返回的途中，步战车经过难民营红十字会医疗所附近，曾经的足球课堂前，突然沙娜娜指着前方大声喊着："看，快看，那是什么？"

"蓝一诺，我爱你！"

"女神蓝一诺，请你嫁给我！"

男兵女兵们七嘴八舌，像是在读着什么句子，蓝一诺被弄蒙了："什么乱七八糟的？"

蓝一诺跳下车，看向前方，看见曾经用作足球课堂的白色帐篷上，贴着两张大大的红色横幅。红底白字，分外醒目。一张上面写着："蓝一诺，我爱你。"另一张写着："女神蓝一诺，请你嫁给我！"

蓝一诺懵圈了，她四下看看，横幅下没有人，自己身后，跟着下车的十几名战士在交头接耳、窃窃私语。

李楠走上前，对蓝一诺说道："组长，这……这是什么意思啊？"

蓝一诺又羞又气："我哪儿知道，是谁搞的恶作剧？"

蓝一诺话音未落，潘达捧着一束红色玫瑰花走出帐篷，然后是米妮，也手握玫瑰，接着一个又一个娃娃都走出来，每个人手里都有玫瑰花，蓝一诺认出他们都是小巫足球课堂的学生。

最后出来的是小巫。他今天没有穿标志性的休闲服，而是一身黑色西服，白色衬衣，勾勒出他瘦高挺拔的身材。

他手捧一束火红的玫瑰，满面笑意地向蓝一诺走来。

蓝一诺呆在那里。

身后的男兵女兵也目瞪口呆，看着眼前梦幻般的情景。这样的情景，不是只有在电影电视剧中才会出现吗？

"一诺，我爱你。"

这句话，含情脉脉，温润如水。虽然是俗得不能再俗的三个字，却被小巫说得深情无比。他深深地看着她，眼里氤氲的，也全是柔情蜜意。

这家伙在干什么呢？

这小子是不是疯了？

说好的忍耐、等待呢？

心照不宣的相知，彼此的爱护和维护呢？

灵魂伴侣的默契呢？

蓝一诺心里，此刻滚过万千情愫：惊愕、不解、猜测、失望、痛苦、愤懑……各种情绪交集翻滚，汇聚成千江万水，奔腾在蓝一诺心头。

"嫁给他！嫁给他！嫁给他！"

潘达带领娃娃们开始欢呼、喊叫，他们冲着蓝一诺晃动着手里的花束。

小巫手里的花束也已经递到了蓝一诺的面前，花枝在落在蓝一诺白皙的手上的那一瞬，仿佛触动了蓝一诺的神经，她突然间惊醒一般，所有压抑的情绪，就在这一刻强烈爆发出来！

"巫恪嘉，你混蛋！"

蓝一诺咬牙切齿地吼出这句话，举起花束，狠狠地摔在了小巫的脸上。

蓝一诺转身跑向了步战车。

回到营区的蓝一诺像是变了一个人，她神色冷峻，没有再流露出一丝一毫的异样神色。

她不理来看望安慰她的洪浩，也不在意女兵们充满同情的喁喁私语。甚至张瑛想和她谈心，都被她拒绝了。

蓝一诺主动写了一封检讨书，交给了雷江虎营长。她坦承由于自己个人的问题，使步兵营的声誉受损。虽然自己主观上没有违反军纪的想法，但是客观上造成了不遵守维和纪律的负面影响。

雷江虎听说了事情的来龙去脉，表示理解蓝一诺的无奈和苦衷，轻描淡写地接受了她的个人检讨，几乎没有批评她一个字，这事就算过去了。

周六的生日活动照旧。蓝一诺和两名战士过连队集体生日，炊事班专门做了蓝一诺他们老部队传统的生日饭——龙须长寿面，上面卧了两个鸡蛋。

官兵们欢笑着，给三个寿星庆祝生日，依照往昔规矩，大家要看着寿星们一口气吃完一碗面加两个蛋。

两名男兵埋头苦干，一口气干掉面和蛋，还故意夸张地表现出意犹未尽的模样。

蓝一诺却看着这碗面有点犯怵。

她一直是运动健将，天生吃不胖的苗条身材也让她从来没有节食减肥的概念。以她往日的饭量，吃完眼前这碗长寿鸡蛋面毫无困难。

但是眼下的蓝一诺心情郁结，这两天来她都没有食欲，仿佛胃里顶了一个大石头般堵得她难受。此刻面对这碗面，她直反胃，但天生好强的她不愿意让人看出她的纠结情绪，也不愿拂了战友们的盛情。她暗吸一口气，咬咬牙，捧起面碗，狼吞虎咽地吃了起来。

"蓝组长，加油！蓝组长，一口气！"

战士们围着蓝一诺拍手雀跃，洪浩却担心地看着蓝一诺，直觉她的情绪依旧不对劲儿。张瑛在蓝一诺身边不断低声提醒："你慢点吃，慢点吃，别噎着……"

蓝一诺一口气干掉了面条，大家热烈鼓起掌来。

放下碗，蓝一诺抹了一把脸，抹去沁出的汗水，顺势也抹去了满眼泪花。

面对众人，蓝一诺笑着，脸上满是灿烂的表情。

趁着大家不注意，蓝一诺跑到营房背后的草丛里，蹲在地上开始呕吐起来。

雷江虎走来，拦住了要上前的洪浩和张瑛，他接过张瑛手里的纸巾，亲自递到蓝一诺的面前。

呕吐完的蓝一诺接过纸巾擦了脸，抬头对上营长关切爱护的目光。

蓝一诺瘪瘪嘴，极度的委屈下，她的情绪瞬间如火山般地喷发出来：

"营长，我再次声明，我的理想，是成为一名职业军人，其他的，都是过眼云烟，不足挂齿……在我这里，什么都不是！我什么都不要！"

蓝一诺边哭边喊，语无伦次，但是雷江虎却听明白了。他点头鼓励自己最欣赏的部下，在他眼里，这是个非常优秀的女兵：

"蓝一诺，你是个好兵，我看好你，大家也都明白你！"

傍晚回到宿舍的蓝一诺已经恢复了理智。她掏出手机，删除了小巫的电话，又拉黑了他的微信。

做完这一切，蓝一诺才松口气。她对着镜子，看着镜子里脸色略显憔悴的自己，轻轻说了一句："你的理想，就是你的爱情。这才不会出错！蓝一诺，加油！"

小巫作为难民营求婚事件的男主角，此刻的心情一点不比被动的女主角蓝一诺强多少。

小巫手里拿着那个蓝色玫瑰的盒子，自言自语："我这是失去她了吗？也许吧。但是我不会再成为她的麻烦。不能再给她带来任何困扰，这点终究是没错的，我坚信。"

但小巫还是悄悄流泪了。他曾经无数次想象着，将来向心爱的姑娘求婚时的情景。那将是多么神圣、多么浪漫的场景啊。

但是这次，他却以自己心目中最神圣的东西做刀，用最浪漫的手段为刃，亲手斩断了自己的爱情。

第三十章 "我不会让你的遗憾再次发生"

丹曼城的局势在十月下旬突然紧张起来。政府军和反政府军的局部零星冲突逐步升级，一场一触即发的大范围战争眼见不可避免。

UN城的安全拱卫形势严峻。驻扎城中的各国维和部队组成联合保卫力量，中国维和步兵营雷江虎营长为总指挥。曾担任某集团军军长的陈鸣将军，目前是联合国驻赛旺国战区副司令。他到UN城检查防务，见到了老部下雷江虎，也再次见到自己曾经非常欣赏的优秀女翻译蓝一诺。

"黑了，瘦了，英姿飒爽，更精神了。"看到蓝一诺向自己敬了一个标准的军礼，陈副司令赞许道。

面对即将到来的开战形势，陈副司令要求中国步兵营做好各种应急预案，确保UN城内人员的安全。

面对战争威胁，各个国家在丹曼城的人员开始撤离。楚曼也准备回国，他建议小巫和他一起回去，回哥大写论文，申请博士学位。楚曼拍拍自己的背包，里面装有厚厚的资料。楚曼这次来赛旺国三个月，收集到大量的资料，他认定他此次要写的学术论文很有意义，将给这片土地上身为弱势一方的妇女、儿童带来福音。

小巫摇头："我暂时还不想离开这里。我在这里的工作还没有做完。"

"飞行任务？"楚曼耸肩做了一个夸张的动作，"在发生战争的地区，这太危险了。巫，我知道你是一个勇敢的人，但我认为你更应该清楚你的价值绝不只是当一个飞行员运送物资这么简单。"

"但是这些工作总要有人去干，对吧？"小巫神色很平静，"楚曼，你先离开吧，咱们各司其职，将来有机会再见。"

其实小巫作为红十字会飞行队志愿者飞行员，和其他队友一样，也具有离开这里、远离战火的权利，这也许是理性明智的选择。雷诺第一个离开，其余十来个队员也陆续离去，飞行队里只留下队长"老吉姆"、小巫和另一名来自W国的飞行员。他们三人担负起特殊时期的运输任务。

随着局势的进一步恶化，丹曼市的中资企业人员也开始撤离。韩冬接到夫人巫恪柔的电话，巫恪柔让他一定要把小巫一起带回国。

韩冬找到小巫，传达了家人的命令，已经完成主要运输任务的小巫终于答应做准备，和姐夫一起撤离丹曼市。

突发情况发生在两天后的清晨。

政府军和反政府军展开全面交战，整个丹曼市陷入炮火硝烟中。

UN城内驻扎着联合国机构人员，还有各国维和部队，紧挨着UN城的三个难民营也在枪炮威胁之中。中国维和步兵营坚持在UN城外围巡逻，保护这里民众的安全。

洪浩说服雷江虎留守城中，坐镇指挥，他自己作为副营长，毅然走向巡逻最前线，他要和他的兵一起坚守在最危险的地方。

十月八日这天清晨，马木呷率领的一连一班战士乘坐猛士步战车在UN城外沿一号区域巡逻时，一发榴弹炮突然从空中飞来，落在了步战车顶部，随之掉入车内引发爆炸。

车内共有七名战士，两名重伤，五名轻伤。其中班长马木呷伤情最为严重，被弹片直接击中大腿股动脉，瞬间血流如注。

当时作为现场指挥员的洪浩就距离被袭的步战车不到五十米，他第一时间冲向步战车，指挥战士把伤员从车内抬出。

马木呷浑身是血，已经看不出军装的颜色。洪浩紧紧抓住马木呷的手，卫生员用止血带快速扎紧马木呷的伤口。

"副营长，其他人……怎么样？"马木呷喘息着问道。

"你和于磊伤势略重，其他都是轻伤，放心。"洪浩理解马木呷的心情，作为班长，他第一时间想到的不是自己，而是战友们。

简单包扎后，伤员们被就近送到 UN 城医院，步兵营一级医院的何瑛医生带着两名护士也赶到这里。

五名轻伤员很快被救治。于磊的左边臀部被炸开花，大量出血，脸色苍白。医护人员紧急为他输血，经过抢救稳定了生命指征。

马木呷的伤情不容乐观，他的股动脉伤势严重，根本无法止住血。何瑛和 UN 城医院医生配合，对马木呷实施紧急抢救。UN 城医院储备的血浆不够用，何瑛组织步兵营战士献血。

蓝一诺和沙娜娜赶到医院时，马木呷已经陷入昏迷中。沙娜娜满目含泪，几乎不敢接近马木呷的床边，怕自己控制不住痛哭出来。

蓝一诺是 O 型血，迅速加入献血行列中。经过紧张抢救，马木呷的情况暂时平稳下来。

雷江虎和战区副司令陈鸣都赶到医院，亲自组织对伤员的救助。

白大衣上沾满血迹的何瑛走到两位领导面前，神色严峻："报告领导，两名重伤员伤情严重，这里的医疗条件非常有限，需要马上转运到上级医院处理。尤其是马班长，看他的情形，如果再拖延下去，恐怕生命不保……"

陈鸣看向雷江虎："距离这里最近的上级医院，我记得是 N 国维和部队二级医院，距离这里有多远？"

雷江虎："350 公里。"

何瑛摇头："如果用汽车载运伤员，恐怕来不及。而且，这路上的颠簸，伤员承受不住。"

陈鸣："如果用飞机呢？"

何瑛眼前一亮："那太好了。"

雷江虎提醒陈鸣："副司令，战争打响后，这边的领空就被封锁住了，任何军用飞机无法起降。"

陈鸣皱着眉头，原地来回走着，雷江虎也表情严肃，内心焦急如焚。

"如果用红十字会的飞机呢？"

陈鸣和雷江虎同时喊出这句话，陈鸣一锤定音："我马上以战区的名义请求红十字会派飞机支援。"陈鸣急忙吩咐秘书拨电话。

雷江虎也问身边的三班长张威："洪浩呢？"

张威："副营长还在哨所前沿。"

雷江虎命令："去找洪浩，传我的命令，让他赶紧联系红十字会飞行队那个叫小巫的飞行员。"

张威正要跑开，蓝一诺进来，何瑛示意雷江虎："营长，蓝组长来了，她就可以联系上小巫啊。"

蓝一诺感觉自己接到了一个为难的军令。联系小巫？自己已经把他从心里彻底删除了，不，应该是在心底把他格式化掉了，不可复盘。

但是眼下情形危急，战友的生命高于一切。蓝一诺没再犹豫，果断掏出手机。

小巫的电话号码已经被她删除了无法找到，但是好在微信上，自己只是把他拉黑，并未删除。

此刻蓝一诺打开微信，重新把小巫从黑名单里拽了出来，她拨通微信电话，心里在暗暗祈祷：别不接电话……别不接电话……别不接……

还没念到第三次，电话接通了，听筒里传来那个熟悉的男声："喂？"

"我是蓝一诺。"

"我当然知道……"

"废话不说，"小巫的话被蓝一诺不客气地打断，"有要紧事。"

"你说。"

"我们这里有重伤员，要紧急送往 N 国维和部队二级医院。目前只有你们的飞机能升空，所以请求……"

"你别说了，我马上赶来。"这次是小巫果断打断了蓝一诺的话。

陈鸣以战区副司令的名义协调好红十字会方面，小巫也在第一时间驾车赶到这里。

UN 城医院走廊，匆匆跑进来的小巫和蓝一诺相遇。

蓝一诺发现小巫原本瘦长的脸颊又消瘦了一大圈，几乎可以清晰地看出颧骨的轮廓。过分的瘦削显得他略微憔悴，但一双眼眸却晶亮如昔，此刻看向她，依旧发出明媚温润的光芒。

蓝一诺你瘦了。小巫在心底默念着，心痛着。女孩原先丰盈的桃花眼竟然有了凹陷的痕迹，精巧的下巴更尖瘦了些。她看着他，面色镇定，眼光无波，但他却分明感受到她此时此刻狂热的心跳和难以平复的情绪。

他何尝不是如此。

任何的个人恩怨、委屈误会、解释安慰、眼下都毫无意义，任务在肩，责任如山，他们此刻别无选择。

他们甚至都没有说一句话，眼光一碰，默契暗生，彼此心领神会，心有灵犀，语言在此刻倒显得多余。

伤员护送小组迅速成立，由洪浩担任组长，蓝一诺、何瑛、沙娜娜以及三班战士为组员，护送两名重伤员，分别乘坐一辆猛士步战车和一辆救护车出发。

小巫驾车走在最前面。他作为飞行员，将带领护送小组赶往丹曼市郊区，那里有红十字会一个小型机场，直升机就停在那里。

三辆车在不时响着炮火枪声的泥泞小路上行进。小巫显然很熟悉路，他把车开到飞起，猛士车和救护车紧紧跟随。

远远看到有军队设立的路障，小巫把车缓缓停了下来。

是政府军设立的哨卡，洪浩下车，上前交涉，蓝一诺跟随其身边。

小巫坐在车上，眼睛盯着蓝一诺的身影。她还是翻译身份，按规矩还是不能佩枪。

这个有胆有识的女人。这个倔强勇毅的女人。

小巫在心底感叹着。

好在交涉顺利，三辆车再次奔跑在土路上，飞驰在树林间。

在距离机场不到两公里的地方，又一个哨卡的出现却让护送小组陷入困境。这次是反政府军设立的一个关卡。洪浩和蓝一诺亮明联合国军人身份并再三交涉，可对方就是不肯放行。

小巫跳下车，走到为首的反政府军中尉面前，拿出自己红十字会的证章，反政府军中尉摇头："这一切都不作数。为了确保我们这方的安全，想要过这个哨卡，你们必须留下人质。如果三小时后没有意外，人质才可以释放。"

反政府军中尉看看面前的几个人，指定小巫："就把他留下。"

"不行，他是飞行员，要开飞机运送伤员。如果你们坚持要留下人质，我留下。"洪浩平静地说道。

"洪浩！"小巫和蓝一诺异口同声地阻拦道。

洪浩平静地说道："时间紧迫，救伤员要紧。我不会有事的。"

正在此刻，一辆军用吉普车疾驰而来。原来是陈鸣联络上的中国使馆武官带队赶到，他们同时带来了反政府军的一个少校，解除了眼前的困境。

护送小组终于赶到小型机场，小巫驾驶飞机，平安地将重伤员马木呷和于磊运送到 N 国维和部队二级医院。

看到马木呷被推进急救室，小巫和蓝一诺都松了口气，终于说出两人此次重逢后的第一句对话。

"马班长不会有事的。"

"嗯。这次幸亏有你。"

四目相对，眼中流淌的，竟然都是曾经的温情和暖意。却原来，人的记忆是可以跳过一些部分的，那些不和谐的、令人不舒服的，百口莫辩，不容解释、也不用解释的部分，那些无法言说的误会，那些至暗时刻……

沙娜娜跑过来，抱住蓝一诺泪流满面。

蓝一诺安慰着她："别紧张，娜娜，马班长不会有事的。"

"他已经有事了……呜呜呜……"沙娜娜哭得喘不上气来，"他的腿……保不住了！"

"什么?！"蓝一诺和小巫都惊愕地瞪大眼睛。

马木呷的伤势在 N 国维和部队二级医院得到有效控制，生理指征平稳下来。但他的大腿股动脉几乎被打断，创面大，失血过多，已经有感染迹象，为避免败血症危及生命，这里的医生建议马上截肢，否则随时会发生危险。

在场的步兵营战友们听到这个消息都惊呆了，洪浩激动之下一拳砸向身旁的树干，手背上沁出了血珠。蓝一诺理解洪浩的痛苦心情。马木呷曾是洪浩招的兵，是洪浩把马木呷带入部队这个大家庭。

一班长马木呷在一连一班，甚至在整个步兵营都是一个神奇的存在。这个来自大凉山的彝族青年，因为家乡位于偏僻的山沟中，每天到镇上上学要走 20 公里的山路，他用自己的双腿常年跑过这段路程，从而练就了令人不可思议的长跑本领。

当年洪浩到大凉山招兵，一眼就看中了这个皮肤黝黑、运动能力极为突出的青年。马木呷那时刚考上一所大专院校。为了给家里节省学费，也为了圆自己的军旅梦想，马木呷决定办理休学，先去当兵。

从军后，马木呷很快在新兵中脱颖而出，成为训练标兵。因为优秀的体能成绩，他还参加了全军军事技能大赛，拿到了总分第二名的成绩，并荣获个人二等功。

"小马他……本来已经被保送进军校了……他执意参加这次维和，想完善自己的军旅梦想……他说，他要在军校继续奔跑，为军队争光，可现在……"沙娜娜伏在蓝一诺肩头泣不成声。

耳边是沙娜娜哭泣的诉说，小巫的眼前却闪过另一张面孔：赛尔德，这个在中东 L 国相识的少年。他躺在手术台上，浑身血污，小巫颤抖着手，签下手术单。这个有着细长双腿，总是蹦蹦跳跳灵巧奔跑的男孩，在一场恐怖袭击后，不仅成了孤儿，还失去了双腿。

"不能再来一次！"小巫失声喊出这句话，所有人都惊讶地看着他。小巫从回忆中惊醒过来，拉住蓝一诺，急切地说道："还记得赛尔德吗？咱们别让悲剧重现！一诺，你去问问医生，看能不能想想别的办法……"

蓝一诺和何瑛一起，再次和 N 国维和部队二级医院医生商量，对方除了摇头还是摇头。

"如果能马上送马班长回国治疗呢？"蓝一诺脑海里突然进出这样的念头。

"路途遥远，又面临战火……"张瑛痛苦地摇头。

"我们该试试！"蓝一诺跳起身来，跑了出去。

洪浩请示了上级领导。其实陈鸣副司令和雷江虎营长一直在关注着受伤战士的情况。陈副司令马上联系国内，将马木呷和于磊的伤情汇报给国内相关领导。

经过各方面协调，国内上级指示，在情况允许的条件下，可以考虑尽快送伤员回国治疗。最高领导专门指示，将派遣最先进的军用医疗运输机在赛旺国边境城市等待。

目前面临的情况是，在战争状态下，只能用红十字会飞机把伤员运往赛旺国边境城市班嘉市，中国军机在那里转接伤员回国。

洪浩把手机递给小巫："陈副司令要亲自和你说。"

小巫接过手机，里面传来陈鸣低沉的声音：

"飞行员同志，我想问的是，在目前这样特殊的情形下，你有没有把握完成这趟飞行？"

小巫回头看看众人，洪浩、沙娜娜及步兵营的战士们都充满期待地看着他，等待着他的回答。

蓝一诺看着小巫，她的眼光平静、柔和，虽没有跳跃着的小火苗，但却让小巫读出了一丝特殊的味道，那就是信任。

小巫读懂了此刻蓝一诺的内心：你是我心中最优秀的人，一切的行动，不是基于期待、渴望和要求，而是来自你的专业判断和实力预测。我相信你会做出最佳选择。

小巫吸口气，然后慢慢吐出，他的情绪完全恢复冷静状态，他郑重地答复陈鸣："陈副司令，我有把握完成这次飞行！"

周围响起一片掌声。

但是所有人都低估了这场飞行的困难，就在伤员被送上飞机的时候，天又下起了雨，还伴随着一阵紧似一阵的狂风。

蓝一诺担心地看向小巫，身着飞行服的小巫刚刚进入驾驶舱。

"外边风雨交加，还能飞吗？"

小巫冷静地检查仪器设备，又翻开了自己刚才做的飞行准备记录数据，回头对着蓝一诺微笑："飞行的事，交给我。伤员，交给你。"

螺旋桨开始转动，飞机慢慢升空，冲破雨幕，直冲蓝天。

小巫沉稳地驾驶着直升机，豆大的雨点拍打着舷窗，发出刷刷刷的声音。

机舱内，蓝一诺和何瑛，以及三名医护人员守护在两名伤员身旁。

突然，机身开始抖动起来，担架有些移位。

"注意，按住担架，观察输液管是否脱落。"何瑛喊出声，蓝一诺已经匍匐在担架前，用自己的身体紧紧压住担架两侧。医护人员效仿她的动作用身体固定担架。

机身持续抖动，担架和机舱地面摩擦，发出嚓嚓嚓的声音。

"蓝一诺，飞机遭遇强气流，会有剧烈颠簸，你们还好吗？"小巫的喊声从驾驶舱传来。

"我们一切都好。巫恪嘉，你大胆地飞！"

蓝一诺的回复让小巫嘴角挂起微笑，他的心里飘过那句话——有你在，我总能化险为夷。

四十多分钟的飞行仿佛有一个世纪那么漫长。当直升机稳稳地降落在班嘉市机场时，一架中国医疗军用飞机已经等候在那里，像一只雄壮威武的战鹰，在等待迎接勇士荣归。

两名重伤员被送进机舱。沙娜娜激动地哭了。她向小巫和蓝一诺告别，她将和何瑛一起，护送马木呷他们回国。

蓝一诺和小巫站立在微雨的草坪上，目送战鹰升空，消失在远方。

"你又创造了一个奇迹。"蓝一诺这样对小巫说。

"那是因为，这奇迹里有你。"小巫这样回答蓝一诺。

两人回头对视，眼波流转，一种奇妙的感觉此刻氤氲在彼此之间。

细雨沙沙，小巫脱下牛仔外套，举起来罩在蓝一诺头顶，在雨中为她撑起了一片晴天。

"到底发生了什么事？怎么会有那个奇怪的求婚仪式？"蓝一诺终于问出了心底难解的一个谜。

羞赧加愧疚，让小巫的脸颊漾起红晕，好在蓝一诺此刻并没有抬头看他。

他的声音也是低低的："咱们相识相遇，我似乎总在给你带来麻烦，甚至是祸患，这是我不能容忍的事情，也是我最不能原谅自己的地方。我宁可挥刀斩断自己的幸福，也不愿让你陷入困境和险情！"

小巫的表情像一个无辜纯良的孩童，内心的自责和纠结全写在脸上。蓝一诺不再细问事情真相，她觉得她读懂了这颗心就行。

"真正的爱，不是占有，不是侵权，更不是任性；爱情应该是克制，是妥协，是守信，更是……成全。"

小巫还在喃喃自语，蓝一诺已经轻快地跳出了他的遮盖伞。她伸手朝向天空，雨不知什么时候停了，天清气爽。蓝一诺尽情呼吸着湿润清新的空气，看着四周的草坪芳草萋萋。

"你瞧，这里的深秋就像咱们国内的春季。但不管怎样，我还是更爱咱们那里的春景。"蓝一诺的声音清爽明朗，感染并点醒了身边正在纠结的人。

"你是说……春天？"小巫看着蓝一诺，证实着自己刚才听到的，有可能的一个约定。

"傻子，"蓝一诺抿嘴笑，"已经是深秋了，春天还远吗？"

小巫证实了自己感受到的这个承诺，几乎喜极而泣。他突然抱起了蓝一诺，开始在草地上欢乐地转起圈来。

"哦，春天！蓝小花的春天，小巫的春天，我们的春天……"

小巫大声呼喊着，他的泪水流淌出来，滴落在怀中蓝一诺的面颊上。蓝一诺在小巫有力的环抱中沉沦着、陷落着，她的心也在这飞跃的激情中飘荡着、陶醉着……

天地一家春，在这异国他乡的土地上，在这深秋的雨后初晴中。

丹曼市的形势持续恶化。一周后，最后一批丹曼市的中资企业人员也已准备撤离归国，这些人中包括韩冬和荣达公司的员工，还有小巫，他是韩冬监督必须一起带走的人。

中国维和步兵营负责帮助当地华人有序撤离丹曼市。根据事先做好的预案，步兵营分为五个组，分别由洪浩和蓝一诺以及三个连长带领，引导组织各类撤离人员从 ABCDE 五个集中点向机场靠拢，在那里最后集结，飞回祖国。

按照事先接到的通知，小巫和韩冬带领荣达公司员工准时到达 C 集中点。蓝一诺正是这个集中点的负责人。

蓝一诺无暇理会小巫，她跑前跑后清点完人数，办理好交接手续，才走到小巫面前。

"一诺，我担心的是，你们什么时候能撤离？"

"别瞎担心。我们是军人，有自己的任务。放心吧，我这次不是翻译，是普通女兵，带着这个呢。"

蓝一诺拍拍自己身上挂着的 05 式微型冲锋枪，傲然微笑。

小巫也咧嘴笑了，他拍拍自己的背包，示意蓝一诺："我有个礼物要送给你。"

"是什么？"蓝一诺美目盼兮，在蓝色钢盔和迷彩服的映衬下，又美又飒的女兵格外刚劲动人。

"等到机场分别时，我再给你。"小巫狡黠地眨眨眼。

"好吧，我也有个小秘密要和你分享。"蓝一诺也玩起了神秘。

"啊？是什么？"小巫果然被勾起了兴趣。

"到时候交换吧。用你的礼物，交换我的秘密。"蓝一诺微笑着和小巫约定。

一个神情慌乱的男孩此刻拨开人群，冲到两人面前，竟然是潘达！

"小巫哥哥，诺言姐姐，终于找到你们了。快救救我姐姐！"

"潘达的声音带着哭腔，他的脸上布满灰尘，看来一路上折腾不小。

"潘达，别急，告诉我，发生什么事了？"蓝一诺俯下身子，柔声问潘达。

潘达喘着气，磕磕绊绊地说清楚了事情原委。

原来潘达姐姐怀孕，突发大出血，危在旦夕，目前战事混乱，无法送进医院，所以潘达只有向自己最信赖的人求救。

"救救姐姐，她快死了，她的身上都是血，血还在流，怎么也止不住……"

蓝一诺焦急万分。她任务在身，周围几十号撤离人员在等着她带领赶赴机场。

小巫取下背包，交到蓝一诺手里。小巫的语气很平静。

"我去。我开车快，送完孕妇我就直接赶往机场，咱们按原计划在那里汇合。"

蓝一诺一把拉住小巫，眼中露出焦急、担心的神色："不行，你去太危险。"

"你有任务在身，何况，你是军人，首先应该服从命令，完成你的职责。"小巫对蓝一诺微笑，"放心吧，我不会有问题。有你在，我总能化险为夷。"

小巫顽皮的笑，此刻看在蓝一诺眼里，却有着一种莫名的心悸。她说不清什么原因，此刻直觉想阻止他的行动。但是小巫下面的话，却狠狠击中了蓝一诺的心。

"我还记得你上次提到过的无法救助的遗憾。我不会让你的遗憾再次发生。"

蓝一诺放开了抓住小巫的手。小巫拉着潘达跑向吉普车。留下呆立在那里的蓝一诺，和发现小巫离开大声喊叫的韩冬。

小巫发动自己那辆贴着熊猫图案的吉普车，掉转车头，奔向战火纷飞的城中。

机场上，几百名中国公民登机准备撤离战火笼罩下的赛旺国，飞回自己的祖国。

在蓝一诺的劝说下，韩冬无奈地一步一回头地登上飞机。

蓝一诺还等候在舷梯下，痴痴望着通向机场的那条土路。

近处的尘土，远处的硝烟。隐隐可闻的枪炮声。

土路上，一直没有出现那辆熟悉的白色吉普车，也没有看到那个已经印刻在心底的人影。

冥冥之中，似有感应，蓝一诺的眼前，像是放电影一般，浮现出这样的一幕情景：

小巫驾车冒着枪林弹雨一路飞驰，把潘达姐姐送到了 UN 城红十字会医疗所，母子两条性命终于保住了。小巫擦擦额头和颈部的汗水，轻松地笑了。

蓝一诺，等着我，我来了。

小巫在心底念叨着这句话，驾车飞奔向机场。

白色的吉普车欢快地飞驰在坑洼的土路上，像是一个跃动着的白衣青年，奔跑在自己理想和幸福的道路上，去赴一个春天的约会。

蓝一诺此刻的目光正仿佛飞翔在一架无人机上，如同电影镜头一般瞬间拉开远景，深情地凝视着这样充满激情、充满希望的景象。

天空中突然响起恐怖的哨音，蓝一诺分明看到一颗流弹在空中划了一道死亡弧线，自由落体般向那辆白色吉普车砸了下去……

小巫，快躲开，快躲开！

蓝一诺已经听不出自己完全变调的嗓音。

有你在，我总能化险为夷。

小巫的笑脸绽放，他在轻声诉说，宛若燕子呢喃在春天里。

尾 声

蓝一诺在小巫留下的背包里找到了那本蓝色花儿影集。翻到最后一页，是一张蓝色野花的照片。旁边，是小巫用很像他身材的瘦金体记录下的一段花语：

"依米花——转瞬即逝的爱，瞬间的绚烂，奇迹。"

这张照片的下方，还有小巫写下的另一段话，蓝一诺相信，是小巫专门写给她的："我终于找到了它。我相信这就是蓝色的依米花。"

蓝一诺久久凝视着蓝色野花的照片，恍然记起自己曾见过它们的真容。那日在尼罗河畔，小巫发现了这种花，他们曾经讨论过这个话题：

"依米花怎么会是蓝色的？"

"依米花怎么不能是蓝色的？"

蓝一诺想起那天，小巫曾满面狐疑地盯住蓝一诺，问道："你也知道依米花？"

"我为什么不能知道依米花？"蓝一诺强辩道。

其实她有点心虚，她就是和小巫在直播间互动的那位"男网友"，网名叫"那些蓝色的花儿"，被小巫简称为"蓝色"的知心朋友。这次，她原本想在机场和小巫坦白这件事，这就是她说的准备和小巫交换的那个"小秘密"。但是现在一切都失去了意义。

回国后的那个春天，蓝一诺专门带着蓝色依米花相册回到了自己的家乡，来到有着四千年历史的喇家遗址。当年她和小巫在非洲曾相约，将来有机会能一起同游。

蓝色的依米花来到了这里，就算那个大男孩来过了吧？

春天真的来了，小巫，你还记得我们的约定吗？

蓝一诺擦去眼中的泪花，望向天空。

一只欢快的小鸟掠过她的头顶，巡视过整个古迹的残垣断壁，向远处飞去。

生命有限，真爱无疆。

他和她，都相信并寻觅到了自己的灵魂伴侣。